Dirndl Swinger

Andreas Karosser, geboren 1982, Mediengestalter, studierter Germanist und Kommunikationswissenschaftler, (aus-)gebildeter Versicherungsfachmann, Autor des »Dirndl Pornos«, fotografiert gern schöne Frauen, mag gute TV-Serien, Kinofilme und Chewbacca, seinen Zwerghamster. Er würde gerne Gitarre spielen können, weil er laue Grillabende schätzt, hat mal Pfeife geraucht und ist der Spiritualität und dem Pfad der Erleuchtung nicht abgeneigt.

ANDREAS KAROSSER

Dirndl Swinger

EROTISCHER HEIMATKRIMI

emons:

Bibliografische Information der Deutschen Nationalbibliothek
Die Deutsche Nationalbibliothek verzeichnet diese Publikation in der Deutschen Nationalbibliografie; detaillierte bibliografische Daten sind im Internet über http://dnb.d-nb.de abrufbar.

FSC www.fsc.org MIX Papier aus verantwortungsvollen Quellen FSC® C083411

Umschlagmotiv: Andreas Karosser
Umschlaggestaltung: Tobias Doetsch
Gestaltung Innenteil: César Satz & Grafik GmbH, Köln
Lektorat: Carlos Westerkamp
Druck und Bindung: CPI – Clausen & Bosse, Leck
Printed in Germany 2015
ISBN 978-3-95451-555-4
Erotischer Heimatkrimi
Originalausgabe

Aus Fehlern zu lernen,
aus Nachteilen Stärken zu entwickeln,
im Chaos Möglichkeiten zu erkennen,
Geduld vor Ego zu stellen –
heißt: im Einklang zu wachsen.

Alfred R. Stielau-Pallas

Prolog

Für Christine, dachte Anoosh, als er sich auszog und den Lendenschurz umgürtete. Zum wiederholten Male fragte er sich, wie es so weit hatte kommen können. Ob er nicht zu weit ging, ob jetzt der geeignete Zeitpunkt wäre, einfach wegzulaufen. Doch der brodelnde Zorn, nach wie vor seine wichtigste Antriebsfeder, ließ ihn weitermachen. Was hatte er nicht alles versucht, um auf legale Weise an Geld zu kommen. Aber dieses System hielt ihn klein, erstickte alle seine Bemühungen, sich aus dem Dreck hochzustemmen.

Seit der Silvesternacht war für Anoosh klar: Er liebte Christine. Und sie liebte ihn. Sie hatten seit Neujahr so viel Zeit miteinander verbracht, wie Christine aufbringen konnte. Sie hatten sich heimlich bei ihr getroffen, wenn ihre Eltern nicht zu Hause waren, Spaziergänge unternommen, waren nach Bad Aibling ins Kino gefahren oder hatten Kneipen besucht. Aber schon bald taten sich die ersten Hindernisse für ihre junge Liebe auf: Wie sich herausstellte, waren Christines Eltern alles andere als erfreut über die Liaison ihrer Tochter mit einem Asylanten und schienen es darauf anzulegen, sämtlichen denkbaren Klischees, die zu solch einer Verbindung gehörten, gerecht zu werden. Sie verbaten Christine den Kontakt zu Anoosh, und als er eines Tages vor ihrem Haus gewartet hatte, um sie abzuholen, jagte ihn ihr Vater fort und drohte, ihn zu verprügeln, sollte er sich hier noch einmal blicken lassen. Christine hingegen luden sie so viele Aufgaben auf, dass sie kaum noch Zeit für ihn hatte. In der wenigen gemeinsamen Zeit, die ihnen blieb, schmiedeten sie Pläne, die sie von hier wegbringen sollten. Sie malten sich aus, wie sie die Welt bereisten und immer dort blieben, wo es ihnen am besten gefiel. Doch all das scheiterte am Geld, das weder Christine noch er besaßen.

Als Anoosh schon aufgegeben hatte, geschah etwas völlig Absurdes. Eines Abends, als er am Ortsrand auf seiner Parkbank saß, zu der er sich in letzter Zeit immer zurückzog, um nachzudenken oder wütend zu sein, und er gerade gedankenverloren auf das herrliche Bergpanorama stierte, hielt vor ihm plötzlich ein protziger schwarzer Volkswagen und ließ die Scheibe herabfahren …

Lang scho nimmer g'sehn

Montag, Tag 1 nach der Orgie im »Sternenhof«

Lorenz Hölzl schwitzte. Sein Körper hatte jede Schleuse geöffnet und presste den Schweiß aus allen Poren. Das war ihm peinlich, doch noch peinlicher war die Vorstellung, jetzt aufzugeben. Er versuchte, so gut es ging, den Schmerz in seinen Beinen zu ignorieren, aber das Ziehen machte ihn wahnsinnig. Es fühlte sich an, als würden die Muskeln jeden Augenblick reißen.

Lorenz konzentrierte sich auf seine Atmung. *»Hanumanasana«*, hatte der Lehrer das genannt. Dabei ging es im Wesentlichen darum, das eine Bein gestreckt nach vorne und das andere gestreckt nach hinten zu bringen, während das Becken so weit wie möglich nach unten sinken sollte. Unauffällig blickte Lorenz nach links zu Franzi. Seine Kollegin saß neben ihm in einem perfekten Spagat, hatte die Augen geschlossen, die Hände vor ihrer Brust gefaltet und sah sehr zufrieden aus. Doch grade als Lorenz schon ansetzte, seinen Schmerz herauszustöhnen, gab der Yogi die Anweisung, dass alle sich zur Schlussentspannung, der *Savasana*, hinlegen sollten.

Lorenz genoss das Gefühl, als sich seine Muskeln entspannten und sein Körper sich beruhigte.

Seit nunmehr drei Monaten begleitete er Franzi einmal pro Woche in die Yogastunde. Diese fand, so wie heute, bei schönem Wetter im Feilnbacher Kurpark statt, weswegen jetzt auch die warme Mittagssonne auf die im Gras liegenden Yogaschüler schien. Mit Franzis Beweglichkeit konnte Lorenz bei Weitem nicht mithalten. Damit kam er jedoch noch besser klar als mit der Tatsache, dass ihm auch die ebenfalls am Kurs teilnehmende Frau Gruber um Längen voraus war, was die Durchführung der verschiedenen *Asanas* betraf. Die alte Frau war biegsam wie eine Reitgerte und führte selbst schwierige Übungen wie den Kopfstand oder den Skorpion mit einer bemerkenswerten Präzision aus.

Frau Gruber überraschte Lorenz immer wieder aufs Neue. Auf ihr Drängen hin hatte er beschlossen, dauerhaft bei ihr zu wohnen. Eigentlich hatte Lorenz Frau Grubers Pension nach seiner Versetzung von Hamburg nach Rosenheim zunächst nur als Zwischenstation zu einer Mietwohnung nutzen wollen, den Überredungskünsten der alten Frau war er jedoch nicht gewachsen.

Frau Gruber hatte schließlich auch ihn – oder besser Franzi – überzeugt, sie zur Yogastunde zu begleiten. Und da Lorenz alles tat, um möglichst viel Zeit an Franzis Seite zu verbringen, hatte er bereitwillig zugesagt. Außerdem hatte sich Lorenz schon lange vorgenommen, wieder mit Sport anzufangen, bisher aber immer eine passende Ausrede gefunden. Ärgerlicherweise zeigte ihm jeder Blick in den Spiegel, dass er mehr und mehr aus der Form zu geraten drohte und dass auch das beständige Baucheinziehen nicht mehr half, den wachsenden Wanst zu kaschieren. Das lag vor allem am guten Essen hier, Lorenz hatte schnell die bayrische Küche für sich entdeckt und sich hemmungslos den allgegenwärtigen Genüssen hingegeben. Frau Gruber war ebenfalls alles andere als unschuldig an seiner wachsenden Leibesfülle, denn sie ließ keine Gelegenheit aus, ihren einzigen Pensionsgast nach allen Regeln der kulinarischen Kunstfertigkeit zu verwöhnen und zu mästen. Die Kehrseite des Schlaraffenlebens erkannte Lorenz schnell darin, dass er glaubte, Franzi könnte sich an seinem Waschbärbauch stören.

Überhaupt, Franzi. Ein knappes halbes Jahr kannte er seine Kollegin nun schon. Und war mittlerweile schwer in sie verliebt. Obwohl er sich einbildete, dass da auch von ihrer Seite mehr war als nur bloße Kollegialität, brachte er es nicht auf die Reihe, Franzi seine Gefühle zu gestehen. Dies und ihre Passivität machten Lorenz wahnsinnig, und es überforderte ihn so sehr, dass er sich für den Weg des geringsten Widerstands entschieden hatte. Was in seinem Fall bedeutete, einfach so zu tun, als ob nichts wäre, und jede Minute, die er in Franzis Gesellschaft verbringen konnte, zu genießen.

Während der Schlussentspannung war Lorenz wieder einmal eingeschlafen, denn ihn weckte das laute Räuspern des Yogis. Franzi hatte ihre Matte bereits zusammengerollt und sah umwerfend aus in ihrer engen Caprihose und dem Spaghetti-Top. Sie lächelte Lorenz zu und gesellte sich zu Frau Gruber, die bei einer Gruppe älterer Frauen stand und lebhaft mit ihnen schwatzte. Lorenz schloss noch mal die Augen und genoss die warmen Sonnenstrahlen auf seiner Glatze, bis die Frauen endlich allen Klatsch ausgetauscht hatten, den es eben auszutauschen galt. Dann schlenderten die drei zurück zu Frau Grubers Pension.

Als Franzi dort in ihr Auto steigen und nach Hause fahren wollte, sagte Frau Gruber: »Ja wo willst du denn hin? Du kannst jetz' noch nicht gehen, ich hab frische Striezl geback'n, die müsst's ihr unbedingt ausprobiern!«

Lorenz verabschiedete sich in Gedanken wieder von seinem heutigen Trainingserfolg und ließ sich auf die gemütliche Bank vor dem Haus fallen. Franzi nahm ihm gegenüber am Tisch Platz, und Frau Gruber verschwand in der Küche. Frau Grubers Pension war die perfekte Idylle. Ein Postkartenmotiv, das alles vereinte, was ein Urlauber sich erträumen konnte. Der ehemalige Bauernhof thronte auf einer kleinen Anhöhe, deren Zufahrt mit Obstbäumen gesäumt war. Die Front des Gebäudes mit seiner großen Terrasse blickte gen Westen über die Ortschaft hinweg. Bad Feilnbachs Herz schlug nicht nach dem Puls der Zeit. Seinen Venen fehlte eine sauber definierte Gegenwart, und so mäanderte es irgendwo zwischen Vergangenheit und Zukunft dahin, stets unentschlossen, ob nun Fort- oder Rückschritt die bessere Alternative war. Vielleicht lag genau in dieser Ambivalenz aber auch Bad Feilnbachs Charme verborgen. Von seinem Standort irgendwo zwischen München und Österreich, zwischen Kur und Gewerbe, Brauchtum und Wellness-Oase lauschte der kleine Ort den verlockenden Reizen der Zukunft, behielt aber vorsichtshalber immer mindestens einen Fuß in der Vergangenheit, deren fester Boden Sicherheit und Ruhe versprach.

Frau Grubers Terrasse bot einen herrlichen Blick über die Gemeinde. Im Garten wuchs ein uralter Kirschbaum, der einer ganzen Reihe gemütlicher Liegen Schatten spendete. Eine kleine Schar Zwerghühner tummelte sich in einem Gehege im hinteren Bereich des Anwesens, gleich neben einem großzügig angelegten Salat- und Gemüsebeet. Die Pension selbst stand schon lange unter Denkmalschutz, zu selten war heute die einstmals traditionelle Bauweise aus roten Ziegeln und schönem alten Holz geworden. Frau Grubers finanzielle Mittel ließen es zu, dass sie das Haus in bester Form erhalten konnte, und um die unzähligen Blumen kümmerte sich die alte Frau nach wie vor mit bemerkenswertem Eifer selbst.

Lorenz ließ den Blick vom Garten zurück zu Franzi schweifen. Ihre dunkelblonden Haare fielen ihr wallend über die Schultern und leuchteten im Sonnenlicht. Sie hatte sich das Bündel Werbeprospekte, das auf der Hausbank gelegen hatte, geschnappt und blätterte es gelangweilt durch. Ihre blauen Augen flogen über die Bilder, und sie kaute dabei auf ihrer Unterlippe herum.

»Beobachtest du mich schon wieder? Ich kann dich genau sehen, auch wenn ich gar nicht hinschaue!«, behauptete Franzi plötzlich und riss Lorenz aus seinen Träumereien.

»Wozu wäre all die Schönheit denn nütze, wenn sie nicht jemand genießen würde!«, erwiderte Lorenz galant, merkte aber, dass er rot wurde.

»Du alter Charmeur!« Franzi kicherte und wandte sich wieder einem Baumarktprospekt zu.

»All dieser Schnickschnack!«, kommentierte sie und schüttelte den Kopf. »Wer braucht denn das alles?«

Lorenz sparte sich eine Antwort, denn er wusste, dass die Frage rhetorisch gemeint war. Eine von Franzis Besonderheiten war ihr ausgeprägter Sinn für Minimalismus. Sie lebte eine radikale Konsumentschlackung, was dazu führte, dass sie auf jedweden überflüssigen Tand verzichtete und nur kaufte oder aufbewahrte, was einen unmittelbaren Nutzen erfüllte.

»So, jetzt macht's mal Platz für des Tablett«, rief Frau Gruber und kredenzte den beiden ein Mahl, das auch eine kleine Fußballmannschaft satt gemacht hätte. Frau Grubers Striezl waren, wie alles was sie kochte und buk, ein Gedicht, und Lorenz gab sich der leckeren Sünde nur zu gern hin.

Als er sich das dritte Stück Schmalzgebäck auf den Teller laden wollte, klingelte sein Handy.

»Lenz, du sollst des doch ausschalten beim Essen«, moserte Frau Gruber.

»Das ist das Diensthandy, Frau Gruber, das muss immer an sein!«, antwortete Lorenz und fingerte das Telefon aus der Hosentasche. »Hölzl hier, guten Morgen!«

»Hölzl, hier spricht Lallinger. Wir sind oben am ›Sternenhof‹ in Bad Feilnbach, hier hat's einen Mordversuch gegeben. Wann kannst da sein?«

»Wir fahren gleich los«, sagte Lorenz und legte auf. Er blickte auf und in die erwartungsvollen Augen der beiden Frauen.

»Franzi, wir müssen.«

»Was ist passiert, Lenz?«, fragte Frau Gruber und fuchtelte aufgeregt mit ihren Armen. »Is wieder einer abgemurkst worden?«

»Aber Frau Gruber«, tadelte Lorenz die alte Frau, musste dabei jedoch grinsen. Unter den Dorfratschen gab es nichts Besseres, als eine brandneue Information aus erster Hand und vor allen anderen zu erhalten. »Sie wissen doch, dass ich Ihnen nichts sagen darf, das ist doch alles streng geheim, was wir hier ermitteln!«

»Ach Lenz, jetzt komm schon! Ich mach dir abends auch a Currywurscht!«, bat die alte Frau.

»Meine liebe Frau Gruber, ich muss doch auf meine schlanke Linie achten! Mehr als eine Sünde pro Tag kann ich mir nicht erlauben, damit können Sie mich also heute nicht bestechen! Sie müssen schon warten, bis wir wieder zurück sind.«

Der »Sternenhof« lag oberhalb von Feilnbach am Ende einer kurvigen Bergstraße. Von seiner Terrasse aus sah man den ganzen Ort und konnte bis weit ins Rosenheimer Land hineinblicken. Damals, als die Kur in Bad Feilnbach noch geboomt hatte, war der »Sternenhof« ein beliebtes Hotel mit weit über die Ortsgrenzen hinaus bekanntem Restaurant gewesen. Der Festsaal hatte zahllose Hochzeiten und Feiern aller Art gesehen, und am Sonntagnachmittag waren die Feilnbacher den Trampelpfad den Hügel hinauf gewandert, um den rituellen Kaffee mit Kuchen zu genießen. Dann kam die Kurreform, und mit ihr blieben die Gäste aus. Bereits nach kurzer Zeit war der »Sternenhof« so heruntergewirtschaftet worden, dass er seit nunmehr drei Jahren leer stand und nur noch als gelegentliches Seminarhaus dubioser Strukturvertriebe genutzt wurde.

Sein Besitzer, ein Münchner Hotelier, der seinen Lebensabend auf der Südseeinsel Aruba verbrachte, hatte wahrscheinlich längst vergessen, dass er noch ein kleines, heruntergekommenes Berghotel in den südbayrischen Alpen besaß. Bis schließlich Alexander Barranow die Bühne betreten hatte. Barranow kam bereits seit vielen Jahren zum Skifahren in die Region und hatte schließlich beschlossen, Bayern zu seiner Wahlheimat zu machen. Woher der Reichtum des Russen stammte, wusste in Feilnbach niemand. Und auch nicht, warum er sich gerade das kleine Dorf unter dem Wendelstein als Bleibe ausgesucht hatte.

Vor fünf Monaten war bekannt geworden, dass Barranow den alten »Sternenhof« gekauft hatte. Seine erste Handlung nach seiner Ankunft in Bad Feilnbach hatte darin bestanden, die Bürgermeisterin zu besuchen und ihr eine Flasche Beluga-Wodka zur Begrüßung zu schenken. Im Anschluss hatte er verkündet, dass er jedem Ortsverein fünftausend Euro spenden werde, und sich dann darangemacht, den »Sternenhof« zu renovieren. Keiner wusste genau, was er mit dem alten Hotel vorhatte, aber neugierige Zaungäste konnten beobachten, wie sich Handwerksbetriebe unterschiedlichster Gewerke über Wochen dort die Klinken in die Hand gaben. Von den Handwerkern lieferte jeder ein weiteres Puzzleteil, aus denen dann an den Feilnbacher Stammtischen schon alsbald ein Mosaik aus Legenden, die sich um den »Sternenhof« wie um ein mystisches Märchenschloss rankten, zusammengesetzt wurde.

»Der Russe hat alle Zimmer renovieren lassen, jedes in einem anderen Stil.«

»Die Schreinerei Haltinger musste einen Raum komplett mit Zirbelholz ausstatten.«

»Der Hirzinger Klaus, der sich nicht nur als Maurer, sondern auch als Stuckateur verdingt, durfte in einem weiteren Zimmer prunkvolle Deckenmuster anbringen.«

Die einen meinten, daraus zu schließen, dass Barranow das Haus für seinen Harem vorbereite, andere, dass er dem bayrischen Märchenkönig nacheifere und sich ein Bergschloss errichten wolle.

Was auch immer davon zutrifft, jetzt durchsucht den Laden erst einmal die Kriminalpolizei, dachte Lorenz, als er seinen Wagen vor dem Hotel parkte. Dort kam ihnen auch gleich ein aufgeregter Polizeiobermeister Kerschl entgegengewatschelt. Andreas Kerschl sah aus wie ein Siloballen auf zwei Beinen und war ein herzensguter Kerl, der Lorenz als sein großes Vorbild auserkoren hatte. Zumindest was dessen Kleidungsstil betraf. Lorenz liebte ausgefallene Schuhe. Er trug sie zu jeder Gelegenheit, auch im Dienst. Und so hatte auch Kerschl damit begonnen, sich extravagante Treter anzuschaffen, die in seinen Augen denen von Lorenz am nächsten kamen. Doch wo Lorenz seine Schuhe in ausgewählten Geschäften und manchmal auch direkt bei Schuhmachern in Italien zu exorbitanten Preisen orderte, wofür er einen Großteil seiner Freizeit aufbrachte und viel Geld ausgab, kaufte Kerschl in Rosenheimer Schuhdiscountläden ein. Jetzt stand der Mann vor ihm, und an den Füßen trug er forstgrüne Lederslipper, die Lorenz das Wasser in die Augen trieben vor Schmerz. Er wandte sich schnell ab in Richtung »Sternenhof« und sagte: »Servus, Kerschl, was ist los hier?«

»Servus, Hölzl«, antwortete der Polizist. »Und grüß dich, Franzi! Schickes Outfit!«

»Servus, Andi. Danke, ich konnte mich nach dem Yoga nicht mehr umziehen«, sagte Franzi.

»Kerschl, ich hab dich was gefragt!«, fuhr Lorenz dazwischen.

»Ein Mordversuch ist los«, antwortete der Siloballen. »Einen jungen Asylanten hätt's fast erwischt.«

»Wo und wie?«, fragte Lorenz, während Kerschl die beiden Kriminalbeamten ins Hotel führte.

»Im Wellnessbereich. Den Bub hat einer bewusstlos geschlagen und dann in eine Sauna gelegt. Die Putze hat ihn beim Aufräumen gefunden.«

»Was habt ihr mit dem Jungen gemacht?«, wollte Lorenz wissen.

»Der ist schon auf dem Weg ins Krankenhaus. Schaut übel aus, wie eine Pellwurst. Überall abgeplatzte Haut. War bewusstlos, als er gefunden wurde, und ist seither nicht mehr aufgewacht«, antwortete Kerschl.

»Habt ihr jemanden mitgeschickt, der auf ihn aufpasst? Ich mein, wenn's ein Mord*versuch* war, könnte ja jemand auf die Idee kommen, aus dem Versuch einen Erfolg zu machen, oder?«

»Klar, Chef, die Juffinger bewacht ihn. Wir sind ja schließlich keine Amateure«, behauptete Kerschl stolz.

Er führte sie ins Innere des Hotels, das im Empfangsbereich wie eine Kreuzung aus dem Kaminzimmer eines Großwildjägers und einem Gewächshaus aussah. Hier gab es so viele Zimmerpflanzen, dass es Lorenz nicht gewundert hätte, wenn gleich ein Affenrudel vorbeigesprungen wäre.

Von der Lobby aus ging es eine Treppe hinunter, an deren Fuße ein Hinweisschild den Spa-Bereich auswies. Dieser befand sich auf der Souterrain-Ebene des Hotels und war nicht besonders groß. In seinem Zentrum stand ein Jacuzzi, der mit edel wirkenden sandfarbenen Fliesen eingefasst war. Alles hier wirkte neu und sauber. Rund um den Whirlpool befanden sich eine Kelosauna, eine Rosenquarzsauna, ein Dampfbad, eine Aromasauna und eine Infrarotkabine. Kleine Palmen, Drachenbäume und anderes exotisches Gewächs waren großzügig über den Bereich verteilt und genossen in der feuchtschwülen Luft beste Wuchsbedingungen. Lorenz fühlte sich weit weniger wohl als das Grünzeug, er schwitzte, obwohl die großen Fenster zur Panorama-Terrasse allesamt weit aufgerissen waren und kühle Luft in den Raum flutete.

»Und wo wurde das Opfer gefunden?«, fragte Lorenz.

»In der Kelosauna, schau«, antwortete Kerschl und deutete auf einen Raum mit Glastür.

Lorenz zog sich Einmalhandschuhe an und inspizierte die Sauna. Auf den ersten Blick sah diese ganz normal aus. Bänke, Liegen und die Fassung des Ofens waren aus hellem Erlenholz, es gab Sanduhren und Thermometer an den Wänden. Und am Boden prangte unverkennbar eine Lache getrockneten Blutes.

»Da ist der arme Kerl gelegen. Bewusstlos, Platzwunde am Kopf. Wenn sich die Sauna durch den Zeitschalter nicht selbst ausgeschaltet hätte, wär der hier elendig verreckt«, kommentierte Kerschl.

»Wissen wir schon was über das Opfer?«

»Ja, der Junge heißt Anoosh Kapun. Wir haben in der Umkleide eine Tüte mit Kleidung gefunden, darin war auch sein Ausweis. Demnach handelt es sich um einen zweiundzwanzigjährigen Iraner aus Bad Feilnbach ... Muss einer von den Asylbewerbern sein, die jetzt da in dem alten Bauernhaus am Ortsrand wohnen.«

»Ein Asylant? Was hat den denn hierher auf den ›Sternenhof‹ verschlagen?«

»Das darfst mich nicht fragen, das ist dein Job, du musst des rausfinden ...«, antwortete Kerschl. Lorenz zog die Brille von der Nase und rieb sich die Augen. Ein Mordanschlag auf einen Asylanten. Darüber ließen sich bestimmt wunderbare Schlagzeilen basteln. Bernhard Eibl, der Feilnbacher Kurdirektor, würde sich sicher freuen.

»War die Spurensicherung da schon dran?«, wollte Lorenz wissen.

»Nein, aber die kommen auch gleich«, versprach Kerschl.

Franzi drehte sich einmal um die eigene Achse. »Das Hotel ist doch noch gar nicht eröffnet, oder?«

»Tja, das ist des Spannende an diesem Fall. Die haben hier eine Party der ganz besondern Art gefeiert«, sagte Kerschl und lief puterrot an.

»Wie, der besondern Art?«, hakte Franzi nach.

»Na ja, wie soll ich des ausdrücken ...«, druckste der Polizeiobermeister herum und hüpfte von einem Bein aufs andere.

»Mensch, Kerschl, jetzt rück's schon raus! Was geht hier vor?«

»Ja da war gestern halt so eine, ähm ... so eine Sexparty!«

»Eine Sexparty? Meinst du vielleicht eine Orgie?«, wollte Lorenz wissen, und während er sich bemühte, seinen Geduldsfaden nicht reißen zu lassen, bemerkte er, wie sich seine Nackenhärchen aufrichteten.

»Echt?«, platzte Franzi dazwischen, ehe Kerschl antworten konnte. »Der ›Sternenhof‹ ist jetzt ein Swingerclub? Na, da wird's aber in Feilnbach wieder abgehen, wenn des an die Öffentlichkeit kommt!«

»Ähm, ganz so einfach ist des wohl nicht«, stotterte Kerschl. »Aber ich hab des auch nicht so genau verstanden, des müsst's euch vom Barranow selbst erklären lassen.«

»Aha. Und wo ist er, der Barranow?«, fragte Lorenz.

»Er ist, glaub ich, draußen auf der Terrasse mit dem Steff«, lautete Kerschls Antwort.

Sie fanden Polizeihauptmeister Stefan Lallinger auf besagter Terrasse, zusammen mit einem Mann, der in Lorenz' Augen einen großartigen Wrestler abgegeben hätte. Dieser Kerl konnte bestimmt auf jeder Schulter einen Baumstamm tragen. Oder einen halben Kerschl stemmen. Ein gewaltiger Vollbart bedeckte einen Großteil seines Gesichts, und seine Augen waren von buschigen Brauen gekrönt, der Mann explodierte schier vor Haaren. Er diktierte Lallinger gerade seine Personalien, als Franzi und Lorenz zu den beiden stießen.

»Mahlzeit, Hauptkommissar Hölzl nebst Oberkommissarin Graßmann«, stellte Lorenz sie vor. »Sind Sie der neue Eigentümer dieses Hotels und Veranstalter jener Festivität, bei der heute Nacht beinahe ein junger Mann zu Tode gekommen wäre?«

»Oi blin!«, fluchte der Angesprochene, und sein Körper schwabbelte dabei, als hätte man eine mannsgroße Götterspeise mit dem Finger angetippt. »Das hätte nicht dürfen passieren!« Er schüttelte Lorenz die Hand und ergänzte: »Ich bin Alexander Barranow. Ich grüße Sie. Und Ihre Kollegin ebenfalls.«

Er drehte sich zu Franzi, ergriff ihre Hand und hauchte ihr einen Kuss darauf, was ihm sogleich die ersten Minuspunkte bei Lorenz einbrachte. Er vermochte das Alter des Mannes schwer zu schätzen. Ein strammer Mitvierziger wahrscheinlich. Seine Augen säumten zahllose Lachfältchen, die darauf schließen ließen, dass Barranow ein fröhlicher Zeitgenosse war. Wenn er sich nicht gerade mit Mordversuchen in seinem neuen Hotel herumschlagen durfte.

»Herr Barranow, stimmt das, dass Sie hier gestern Nacht eine Orgie veranstaltet haben?«, fragte Lorenz.

Barranow kniff seine Augen zu Schlitzen zusammen und antwortete: »Party für Freunde. Wir Russen feiern wild und ausgelassen!«

»Das beantwortet meine Frage nur halb.«

»Nun ja, um genau zu sein, war es ein sogenanntes ›Schlossfest‹. Zum nächsten Sie müssen auch kommen. Und nehmen Sie Ihre schöne Kollegin mit!« Barranow lachte laut, und sein ganzer Körper vibrierte ob des dampfmaschinenartigen Gelächters.

»Sie schließen wohl schnell Freundschaften, stimmt's?«, antwortete Lorenz. »Unter uns Freunden: Ich brauche Ihre Gästeliste.«

Barranows Lachen verschwand abrupt aus seinem Gesicht. »Das geht nicht«, sagte er.

»Warum nicht?«, klinkte sich Franzi ein.

»Weil es keine gibt«, antwortete Barranow.

»Sie sagten gerade, dass Sie eine Party für Ihre Freunde organisiert haben. Wie haben die denn von der Veranstaltung erfahren?«

Barranow wand sich bei dieser Frage hin und her und rang sich schließlich zu einer Antwort durch: »Um ehrlich zu sein, es waren keine Freunde, deren Adressen ich habe …«

»Sondern?«, hakte Franzi nach.

»Nun … es waren … Fürsten.«

»Fürsten? Kommen Sie schon, Herr Barranow, raus mit der Sprache. Was geht hier vor?«

Barranow schnaufte. »Also gut. Wissen Sie, was ein ›Schlossfest‹, auch *Castle Party* genannt, ist?«

Franzi schüttelte den Kopf. »Im gegebenen Kontext tippe ich auf etwas, das mit einer Orgie zu tun hat.«

»Ja. Im weitesten Sinne. Das sind flamboyante Veranstaltungen, zu denen sich Paare mittels Aussehen oder in meinem Falle Geld verschaffen Zutritt. Wir uns nennen Fürsten. Die Feste finden an geheimen Orten, in der Regel auf Burgen oder in Schlössern, statt. Es herrscht eine strenge Etikette mit entsprechendem Dresscode. Und: Die Gäste allesamt maskiert sind.«

»Ah, wie Tom Cruise und Nicole Kidman in ›Eyes Wide Shut‹? So was in der Art?«, unterbrach ihn Franzi.

»Ja, der Film war große Inspiration für die Szene«, antwortete Barranow. »Es gibt auf manchen Partys sogar den Initiationsritus.«

»Und den Sex?«, fragte Franzi.

»Den auch. Doch er steht nicht im Vordergrund. Die Devise lautet: Alles kann, nichts muss. Und die wichtigste Regel ist: absolute Diskretion. Niemand kennt anderen, nach Namen zu fragen ist streng verboten.«

»Und jetzt wollen Sie uns sicher erzählen, dass Sie hier im ›Sternenhof‹ eine Castle Party veranstaltet haben, mit einer anonymen Meute Edelswinger, von denen Sie aber keine Namen und Adressen haben?«, mutmaßte Lorenz.

»Ja, Herr Kommissar, das Sie haben ausgezeichnet erkannt.«

»Wie konnten Sie dann die Swinger einladen, wenn Sie deren Namen doch gar nicht hatten?«

»Nun, hier wird es ein bisschen komplizierter …«, und weil Lorenz ihn nur erwartungsvoll anblickte, leckte sich Barranow über die Lippen und fuhr fort: »Es gibt im Internet ein geheimes Forum, in dem sich die Fürsten über die nächsten Schlossfeste informieren können. Auf jedem Event erklärt sich an dessen Ende bereit ein Fürst, die nächste Party zu organisieren. Er gibt dann den Termin und den Ort bekannt, und die anderen Fürsten tragen sich mit ihren Tarnnamen ein.«

»Und Sie haben eines dieser Feste ausgerichtet?«

»Nein. Ich habe zu einer außerplanmäßigen Eröffnungsfeier geladen. Auf meiner Party waren nicht so viele Leute, wie sich einfinden auf den großen Veranstaltungen.«

»Wenn wir Zugang zu diesem Forum haben, können wir über die jeweiligen IP-Adressen die Echtnamen herausfinden. Und irgendwo müssen ja auch die Mitgliedsbeiträge aufschlagen und verwaltet werden …«, mutmaßte Franzi.

»Wenn Sie sich da mal nicht täuschen, Frau Kommissarin«,

antwortete Barranow. »Ich mich kenne zwar nicht mit dem ganzen Computer-Zeugs aus, aber mir wurde versichert, dass das Forum mit modernsten Chiffrierungsmethoden ausgestattet ist. Es dürfte schwer sein, selbst für einen versierten Hacker, da etwas aufzudecken. Vergessen Sie bitte nicht, die Mitgliedsgebühr für das Fürstentum kostet viel Geld. Mein Jahresbeitrag allein liegt bei fünfunddreißigtausend Euro!«

»Stattlich …«, antwortete Lorenz. »Sie haben also den Ort und den Termin dort bekannt gegeben, die Leute, pardon, Fürsten haben sich angemeldet und sind dann zum ›Sternenhof‹ gekommen. Wie gewährleisten Sie denn, dass es sich da auch tatsächlich um die Leute handelt, die sich im Internet angemeldet haben?«

»Sie sind schlaues Kerlchen, Herr Kommissar. Mal abgesehen davon, dass Ort und Zeit absolute Geheimsache und nur zahlenden Mitgliedern des Forums bekannt sind, haben wir zusätzlich einen Code, den nur diejenigen wissen, die bereits auf einer unserer Partys waren. Wer den nicht kennt, dem nützt auch nicht, dass er zur richtigen Zeit am richtigen Ort ist.«

»Und wie konnte dann der junge Anoosh Kapun auf der Party sein?«, warf Franzi ein.

»Als Aspirant. Jeder Fürst darf zu jeder Party einen Aspiranten oder eine Aspirantin mitbringen. In jeder Neumondnacht kann sich dieser dem Ritus unterziehen, und wenn er besteht, kann er selbst zum Fürsten werden. Vorausgesetzt, er kann bezahlen Mitgliedsbeitrag.«

»Und wer hat Anoosh Kapun dann gestern mit zur Party gebracht? Oder sich mit dem Jungen abgegeben? Können Sie dazu keine Angaben machen?«, fragte Lorenz.

Barranow wirkte verlegen. »Das weiß ich leider nicht … Schauen Sie, gestern Abend so viele reizende Damen waren anwesend, da ist mir der Junge ehrlich gesagt gar nicht aufgefallen. Ich habe mich auch recht bald zurückgezogen an die Bar, und zumindest dort habe ich den jungen Mann nicht ausmachen können.«

»Gibt es denn irgendwelche Fotos von diesem Abend oder vielleicht sogar ein Video, etwa von einer Überwachungskamera?

Aber halt, lassen Sie mich raten: Natürlich gibt es da nichts, stimmt's?«, seufzte Lorenz.

»Sie haben recht. Es ist strengstens verboten, auf einem Schlossfest Fotos anzufertigen. Und leider hat der ›Sternenhof‹ auch keinerlei Überwachungs-Equipment«, antwortete Barranow.

»Okay, ich seh schon, so wird das nichts mit uns beiden. Versuchen wir es anders: Ich will eine Liste der Leute, die an jenem Abend im Service waren, also von allen, die mit den Swingern Kontakt hatten«, sagte Lorenz.

»So etwas gibt es leider nicht, weil ich noch kein Personal habe …« Und als Barranow sah, dass Lorenz die Nüstern blähte und sich spannte, beeilte er sich zu ergänzen: »Aber ich kann Ihnen die Kontaktdaten der Veranstaltungsfirma nennen, die ich für die Ausrichtung des Events engagiert habe! Es handelt sich um Herrn Stadler aus Bad Feilnbach.«

Lorenz notierte sich den Namen in seinem Notizbuch. Währenddessen fragte Franzi: »Und wer hält das Hotel hier in Schuss? Wurde Anoosh Kapun nicht von einer Putzfrau gefunden?«

»Ich habe Hausmeisterservice engagiert, der mir bis zur Eröffnung die Instandhaltung des Gebäudes abnimmt«, antwortete Barranow. »Kranheller heißt die Firma. Ebenfalls aus Bad Feilnbach.«

»Ist die Putzfrau noch da?«, fragte Lorenz Lallinger.

»Ja, die wartet oben in der Bar und genehmigt sich an Drink«, grummelte der Polizist. Lallinger war wie üblich schlecht gelaunt. Schlechte Laune war bei ihm eine Grundeinstellung, und es bedurfte großer Mengen Alkohol, um ihm zumindest den Anflug eines Lächelns ins Gesicht zu zaubern. Genau genommen hatte Lorenz Lallinger erst ein Mal so betrunken erlebt, dass der Mann kurzzeitig die Mundwinkel hochgezogen hatte. Das war auf Kerschls Geburtstagsfeier kurz vor Weihnachten gewesen. Dabei hatte Lallinger so viel Bier getrunken, dass es Lorenz nicht gewundert hätte, wenn der Mann einfach von einem auf den anderen Moment verschwunden wäre, weil der Alkohol das Wenige, das es von Lallinger gab, einfach aufgelöst hatte.

Lallinger war nämlich der dünnste Mensch, den Lorenz jemals gesehen hatte. Er wunderte sich immer wieder, dass der Mann überhaupt aufrecht gehen konnte.

»Danke für die Info. Franzi, hast du noch Fragen an den Herrn Barranow?«

»Nein, vorerst nicht«, antwortete Franzi.

»Fein, dann schlage ich vor, ich nehme mir die Putzfrau vor, und du siehst dir mit den Kollegen von der Spurensicherung den Tatort mal genauer an.«

Germoney

Dienstag, 8 Monate vor der Orgie im »Sternenhof«

Anoosh schlich verwirrt durch die Regale des kleinen Supermarktes. Er war mit dem Angebot hier völlig überfordert. Und das machte ihn zornig. So, wie er immer zornig wurde, wenn er aus eigener Kraft nicht weiterkam und auf fremde Hilfe angewiesen war. Daheim im Iran war er zum Einkaufen auf den Markt gegangen oder hatte sich in den kleinen Straßenläden mit Lebensmitteln eingedeckt. Dort hatten ihn die Leute respektiert, er hatte sich durch harte Arbeit und die eine oder andere Handgreiflichkeit einen guten Ruf aufgebaut. Er war es gewohnt, den Händlern zu sagen, was er wollte, und das dann ausgehändigt zu bekommen. Aber hier schien es keine Händler zu geben. Die Menschen, die hier einkauften, liefen mit Körben herum oder schoben metallene Wägen vor sich her, in die sie die Waren, die sie kaufen wollten, hineinpackten. Und beim Hinausgehen bezahlten sie. Anoosh war dieses Verhalten völlig neu, wie so vieles seit seiner Ankunft in Deutschland, und er fühlte sich unbehaglich. Vor allem, weil er gesehen hatte, dass die Leute an der Kasse mit Geld bezahlten. Anoosh selbst hatte kein Geld. Nur die Lebensmittelmarken, die ihm seine Mutter in die Hand gedrückt hatte.

Hinter ihm trat plötzlich Pari, Anooshs jüngere Schwester, aus einer der Regalreihen hervor.

»Anoosh, wir müssen etwas unternehmen, die Leute gucken schon ganz komisch!«, flüsterte sie ihm auf Persisch zu.

Auch Anoosh waren die misstrauischen Blicke der anderen Kunden und auch der Mitarbeiter des Marktes nicht entgangen, und er konnte es ihnen nicht verdenken, wenngleich sein Zorn dadurch nicht schwand. Die Menschen hier sahen zwei junge Ausländer, die durch die Regalreihen schlichen, miteinander tuschelten und nichts kauften.

»Wir müssen uns einfach nehmen, was wir brauchen, und beim Hinausgehen bezahlen, so wie es die anderen machen!«, antwortete Anoosh seiner Schwester.

»Und wie willst du bezahlen? Weißt du, wie das mit den Marken funktioniert?«, fragte Pari.

»Nein, aber das werden die uns dann schon sagen.«

Anoosh hoffte, dass Pari die Unsicherheit in seiner Stimme nicht herausgehört hatte, und gemeinsam machten sie sich daran, die Einkaufsliste, die ihnen ihre Mutter mitgegeben hatte, abzuarbeiten. Anoosh und Pari besuchten einen Nachhilfeunterricht, in dem sie Deutsch lernten, hatten bisher allerdings kaum Möglichkeiten gehabt, die Sprache in der Praxis außerhalb der Lehrbücher zu erproben. Und bei der Identifizierung der Lebensmittel half ihnen das kaum. Alles wirkte fremd und ungewohnt, aber auch auf wundersame Weise aufregend und schön. Der Markt war hell und sauber, es schien von jedem Produkt jeweils mindestens mehr als eine Ausfertigung zu geben, und über die Hälfte der Dinge, die es hier gab, hatte Anoosh noch nie zuvor gesehen.

Die beiden besorgten sich am Eingang des Marktes einen Einkaufskorb und begannen, ihn zu beladen. Gemüse und Obst waren einfach. Salat, Gurken und Äpfel hatten sie bald gefunden, Butter, Milch und Käse stellten da schon die größere Herausforderung dar. Anoosh traute sich nicht, die Verpackungen der Produkte zu öffnen, um sich ihren Inhalt anzusehen, also legte er mehrere Sachen, hinter denen er Butter, Salz und Tee vermutete, einfach auf gut Glück in den Korb. Völlig schief lief die Beschaffung von Fleisch. Zwar gab es eine Theke, hinter der eine gutmütig aussehende ältere Frau damit beschäftigt war, mit einer Maschine eine Rolle Wurst in Scheiben zu schneiden, aber auf seine Frage, ob sie *halal* zubereitetes Fleisch im Angebot habe, also solches, das nach den Reinheits- und Zubereitungsgeboten des Islam produziert wurde, blickte sie ihn nur verwundert und verlegen lächelnd an.

Die wahren Probleme allerdings hatten die beiden dann an der Kasse bekommen. Anoosh und Pari reihten sich in die Warteschlange ein und hatten genug Gelegenheit, die anderen Leute zu beobachten. Der Vorgang war immer der gleiche: Jeder legte seine Einkäufe auf ein schwarzes Band, das sie zum Platz einer jungen Frau transportierte, die dann jeden Gegenstand über ein piependes Fenster zog und am Ende der Prozedur etwas zu dem jeweiligen Kunden sagte, der ihr daraufhin Geld gab, seine Einkäufe einpackte und den Laden verließ.

Hinter Anoosh und Pari hatte sich bereits eine Schlange gebildet. Noch zwei Kunden vor ihnen, dann waren die beiden an der Reihe. Anoosh schwitzte bereits vor Aufregung. Und plötzlich war da auch noch diese junge Frau. Er hatte erst jetzt einen genaueren Blick auf die Kassiererin werfen können, wie sie da an der Kasse saß. Sie war ganz in ihre Arbeit vertieft und blickte trotzdem kurz auf, als spüre sie seinen Blick auf sich ruhen. Und sie lächelte ihn an! Sie war schlank und hatte feuerrote lange Haare. Eine solche Haarfarbe hatte Anoosh noch nie zuvor gesehen, und sie faszinierte ihn von der ersten Sekunde an. Auch ihr Gesicht war besonders. Als hätte man ihr durch ein Sieb Farbe ins Antlitz gepustet, verteilten sich unzählige Sommersprossen über ihre Stirn, die Wangen und die Nase. Doch am faszinierendsten war ihr Lächeln. Er war sich in diesem Moment sicher: So hatte ihn noch nie ein Mädchen angelächelt.

In Teheran, wo er bis zu ihrer Flucht zur Schule gegangen war und später studiert hatte, waren Mädchen und Jungen immer getrennt gewesen. Und doch war es für Anoosh und seine Freunde nie besonders schwierig gewesen, Mädchen zu treffen, und auch seine Jungfräulichkeit hatte er schon vor zwei Jahren verloren. Offiziell lernten Mann und Frau sich allerdings erst bei ihrer – oftmals durch die Familien arrangierten – Hochzeit kennen. Frauen mussten sich zudem in der Öffentlichkeit verhüllen, weil die radikalen Dschihadisten in jeder weiblichen Person die personifizierte Sünde vermuteten. Anoosh hatte das nie verstanden. Und noch weniger verstand er es, seit er in Deutschland war und voller Staunen beobachtete, wie Mann und Frau hier miteinander umgingen. Jetzt, da es Frühling wurde, kleideten sich die deutschen Frauen zunehmend freizügig, zum ersten Mal sah Anoosh Mädchen in kurzen Röcken, mit schulterfreien Hemden und ohne Kopftuch. Bis jetzt hatte er noch nicht das Bedürfnis verspürt, eine von ihnen zu vergewaltigen, und auch der Zorn Allahs war noch nicht auf ihn herniedergefahren. Also konnte das alles so schlecht nicht sein.

Endlich waren sie an der Reihe, und Anoosh beobachtete gebannt, wie das rothaarige Mädchen seine Einkäufe Stück für Stück über das piepende Fenster vor ihm zog und zwischendurch einen Bildschirm mit für Anoosh unverständlichen Zeichen kontrollierte. Als sie fertig war, blickte sie auf, lächelte Anoosh wieder an und sagte mit glockenheller Stimme: »Das macht dann bitte dreizehn Euro und einundsiebzig Cent!«

Anoosh verstand kein Wort. Im Nachhinein war er sich sicher, dass er die Kassiererin wie ein liebeskrankes Schaf angeglotzt haben musste, und er erwachte erst aus seiner Starre, als Pari ihn in die Seite knuffte und zischte: »Gib ihr die Essensmarken!«

Anoosh bemerkte das Rumoren hinter sich, und ein Blick über die Schulter verriet ihm, dass sich bereits eine formidable Schlange an wartenden Leuten gesammelt hatte, die ihn alle erwartungsvoll anstarrten. Hastig kramte er die Marken aus seiner Hosentasche und legte sie auf das Kassenband. Die Kassiererin sammelte sie ein, las sie, drehte sie um und gab sie dann Anoosh kopfschüttelnd zurück.

»Mit denen könnt ihr hier nicht bezahlen!«, sagte sie.

Anoosh gab ihr die Marken wieder zurück und stammelte: »Essensmarke! Zahlen mit Marke!«

Die Kassiererin zog die Stirn kraus, stand auf und schrie mit bemerkenswert lauter Stimme durch den Laden: »Herr Zaibel, kommen Sie bitte mal an die Kasse?«

Zum allgemeinen Murmeln und Brummeln hinter Anoosh gesellten sich nun auch die ersten Ausrufe, die sich über die zusätzliche Wartezeit beschwerten. Das schöne rothaarige Mädchen mit den Sommersprossen setzte sich wieder hin, zog entschuldigend die Schultern hoch und sah Anoosh und Pari verlegen an. Anoosh wäre vor Scham am liebsten im Supermarktboden versunken. Alles in ihm rief danach, Pari am Arm zu packen und einfach wegzulaufen. Aber das ging nicht. Er musste sich seiner neuen Realität stellen.

Wenn allerdings Leute wie Herr Zaibel diese neue Realität

sein sollten, dann prost Mahlzeit. Herr Zaibel war offensichtlich so etwas wie der Chef hier, zumindest gebärdete er sich wie einer. Als er die Schlange an der Kasse sah, rief er schon von Weitem: »Fräulein Krohneiser, was ist denn jetzt schon wieder los?«

Herr Zaibel erschien Anoosh noch relativ jung für einen Vorgesetzten, vielleicht um die dreißig Jahre, sein Gesicht war aufgedunsen, sein schwarzes Haar in einer Welle zur Seite gekämmt. Seine Augen waren kalt und grau, mit einem stechenden Blick. Er war weder besonders schlank noch besonders dick, weder richtig groß noch auffallend klein. Er fuchtelte mit seinen Händen, die in weißen Würstchenfingern endeten, in der Luft herum, während er auf die Kassiererin einredete.

»Warum steht hier alles? Sie wissen, dass ich großen Wert auf reibungslose Abläufe lege, und was ich hier sehe, ist alles andere als ein reibungsloser Ablauf!«

Frau Krohneiser deutete hilflos auf Anoosh und lenkte damit das Feuer des Unsympathen auf das Geschwisterpaar.

»Ihr könnt hier mit den Marken nicht zahlen! Hat euch das keiner gesagt? Ich wusst's. Ich wusst's die ganze Zeit, dass das schiefgeht mit dem Asylanten-Gesockse. Jetzt schaut's euch das an, den ganzen Betrieb haltet ihr auf! Verschwindet aus meinem Laden!«, blökte er, und sein Gesicht nahm dabei eine puterrote Farbe an.

Anoosh zitterte vor Wut am ganzen Körper. Hätte ihn zu Hause jemand derart blamiert, er hätte ihm das Gesicht zu Brei geschlagen. Pari klammerte sich verstört an ihn und wimmerte. Anoosh überlegte, was geschehen würde, wenn er einfach zuschlug.

»Rainer, jetzt reiß dich mal zam. Haben dir deine Eltern denn keinen Anstand beigebracht? Ich muss mal ein ernstes Wort mit deiner Mama reden.«

Anoosh drehte sich erschrocken um. Hinter ihm stand eine kleine alte Frau mit schlohweißem Haar, die er erst jetzt bemerkt hatte. Ihre wachen Augen loderten, und sie hatte ihre ganze Aufmerksamkeit dem überrumpelten Marktleiter gewidmet.

»Frau Gruber, ich … ähm …«, begann er zu stammeln, doch die alte Frau fuhr ihm sofort wieder über den Mund.

»Scham di. Wirklich, scham di, Rainer. So geht man ned mit Leuten um, die unsere Hilfe brauchen. Du bist echt eine Schand für unseren Ort.« Und dann, an Anoosh und Pari gerichtet: »Ich entschuldig mich für den Rainer, der weiß es ned besser. Wir sind ned alle so.« Und als die alte Frau Anooshs und Paris verschreckte Gesichter sah, ergänzte sie: »Passt's auf, wir machen das jetzt so: Fräulein Krohneiser, wie viel war das gleich noch mal?«

»Frau Gruber, das können Sie doch nicht …«, begann Zaibel, doch er wurde sofort von Frau Gruber unterbrochen: »Sag du mir ned, was ich kann und was ich ned kann, denn des weiß ich schon sehr gut selber, lieber Rainer.«

»Dreizehn Euro und einundsiebzig Cent, Frau Gruber!«, antworte die Kassiererin hastig, als wolle sie weiteren Ausschreitungen vorbeugen.

»Gut, hier haben S' das Geld.« Sie zog eine große Lederbörse aus ihrer Leinenhandtasche und drückte Frau Krohneiser einen blauen Geldschein in die Hand.

»So, ihr beide könnt jetzt gehen.« Sie sprach ganz langsam mit Anoosh und betonte jedes Wort mit lauter Stimme, als könne sie die Sprachbarriere damit überwinden. Anoosh stammelte ein verwirrtes: »Danke!« und verbeugte sich vor der alten Frau. Dann fasste er Pari an der Hand und zerrte sie aus dem Laden.

Irgendwie und sowieso

Montag, Tag 1 nach der Orgie im »Sternenhof«

»Prost, gute Frau!«, sagte Lorenz und setzte sich an die Bar zu der älteren Dame, die dort Platz genommen hatte und in ihr Schnapsglas stierte. Die Flasche stand geöffnet neben ihr.

Die Hotelbar des »Sternenhofs« befand sich rechts neben der Lobby in einem abgetrennten Bereich. Roter Samt und dunkles Holz beanspruchten hier die Vorherrschaft. Die Fensterfront bot die gleiche Aussicht wie der Spa-Bereich: einen herrlichen Panoramablick über Bad Feilnbach.

»Darf ich mich zu Ihnen setzen?«

Die Putzfrau war auch als solche zu erkennen, um die fünfzig Jahre alt, mit blauem Kittel und weißem Kopftuch. Sie drehte sich zu Lorenz und antwortete mit belegter Stimme: »Klar, hocken S' sich her. Wollen S' auch einen?« Sie hielt ihm die Flasche Feilnbacher Birnenschnaps hin, die Lorenz dankend ablehnte.

»Ich heiße Lorenz Hölzl und habe ein paar Fragen wegen des jungen Mannes, den Sie heute Morgen in der Sauna gefunden haben. Wie lautet Ihr Name?«

»Rosi Neckarman. Ich hab doch alles dem dünnen Polizisten schon erzählt. Was wollen S' denn noch wissen?«

»Die ganze Geschichte, Frau Neckarman«, antwortete Lorenz und versuchte unauffällig, sich aus der Schusslinie ihrer feuchten, alkoholgeschwängerten Aussprache zu manövrieren.

Die Putzfrau stöhnte theatralisch und begann zu erzählen: »Na ich hab halt die Schweinerei von den Dreckbären sauber g'macht. Da hat's heut morgen ausgesehen, des glaubt mir kein Mensch. Ich hab die gebrauchten Pariser aus den Blumenkübeln klauben müssen.«

Auf die Erinnerung hin musste sie sich gleich noch einen Schluck Schnaps genehmigen.

»Und dabei haben Sie den Jungen gefunden?«, hakte Lorenz nach.

»Ja erst hab ich alles zusammengewischt und die Fenster geputzt, und ganz am Schluss hab ich mir dann auch noch die Saunas vorgenommen. Oder sagt man ›Saunen‹? Wurscht. Sie wissen, was ich mein«, lallte sie. Und überlegte. Und überlegte.

Bis Lorenz wieder eingriff und erwartungsvoll nachfragte: »Und dann?«

Noch ein Schluck Schnaps war nötig, damit Rosi Neckarman weitersprechen konnte. »Ja, dann hab ich den armen Bub da drin liegen sehen. Alles war voller Blut. Aber das Schlimmste waren seine Beine und seine Arme. Da ist die Haut abgeplatzt, da war nur noch rohes Fleisch. Des hat ausgeschaut wie ein Würschtl, das man zu lange im Wasser lässt.«

Dass Anoosh Kapun schwere Verbrennungen davongetragen hatte, wusste Lorenz bereits aus Kerschls Bericht, aber bei der Erzählung der Putzfrau wurde ihm trotzdem übel.

»Wissen Sie was, ich nehme doch einen Schluck Schnaps«, sagte er und goss sich ein Stamperl ein.

»Haben Sie sonst irgendetwas bemerkt, das uns helfen könnte, die Leute zu finden, die für das alles verantwortlich sind?«, fragte Lorenz, nachdem er den Alkohol hinabgestürzt und sich ausgiebig geschüttelt hatte, wie er es immer tun musste, wenn er einen der hochprozentigen Feilnbacher Obstbrände trank.

»Nein«, antwortete die Frau und stierte wieder auf ihr Glas. »Ich bin ja gleich davongerannt und hab dem Russen Bescheid gesagt. Ich wollt, ich hätt das alles nicht sehen müssen.« Sie schenkte sich nochmals ein, die Flasche war mittlerweile fast geleert.

Plötzlich schien ihr doch noch etwas einzufallen, denn sie richtete ihren verschwommenen Blick auf Lorenz und lallte: »Eins war doch komisch. Alle Saunas, Saunen, wie auch immer, alle waren offen. Alle, sag ich! Keine zu! Bis auf die eine, wo der Junge drinlag. Da war unten drin ein Keil, der die Tür zugehalten hat, jawohl. Da hab ich ganz schön dagegentreten müssen, bis der raus war und ich reinkonnt.«

Wenn Lorenz bis hierher noch Zweifel gehabt hätte, dass es

sich um einen Mordversuch und nicht um einen Unfall handelte, so wäre der Keil in der Tür nun der Beweis, dass es hier jemand sehr ernst gemeint hatte.

Er verabschiedete sich von der betrunkenen Putzfrau und riet ihr, nach Hause zu gehen. Dann schlenderte er wieder hinunter in den Spa-Bereich. Dort erblickte er Franzi, die zusammen mit einem Spurensicherer einen Stein begutachtete.

»Puh, wie riechst du denn?«, begrüßte seine Kollegin ihn. »Saufen im Dienst, sind wir nun schon so weit?«

»Ich musste seelischen Beistand leisten«, antwortete Lorenz. »Was habt ihr da?«

»Die Mordwaffe. Oder die Fast-Mordwaffe. Einer der Ziersteine aus dem Kneippbecken da drüben. Der Täter hat den Stein zwar wieder ins Wasser geworfen, aber nicht bedacht, dass Fett nicht wasserlöslich ist. Wir haben da also Eins-a-Fingerabdrücke drauf. Und sogar etwas Blut von Anoosh Kapun. Was das Ding quasi zu unserem ersten Beweisstück macht.«

»Sauber, gute Arbeit!«, lobte Lorenz. »Habt ihr hier irgendwo einen Keil gefunden?«

»Da liegt einer neben der Sauna, unter den Kleiderhaken, warum?«, fragte Franzi.

»Weil die Putzfrau gesagt hat, dass die Tür heute Morgen damit verrammelt war«, antwortete Lorenz, schnappte sich das Stück Holz und kniete sich auf den Boden. Er entdeckte eine Stelle an der Unterseite der Tür, an der das Holz deutlich eingedrückt war, und zwar genau in Breite des Keils. Er schob ihn in die Vertiefung, stand wieder auf und rüttelte am Türgriff.

»Sitzt bombenfest. Wenn ich mich von innen dagegenwerfe, würde sie vielleicht aufgehen, fraglich ist nur, ob mir das mit einer Kopfverletzung, Dehydrierung und Verbrennungen am ganzen Körper noch gelingen würde.«

Lorenz stellte sich vor, wie er in dieser Saunakabine eingeschlossen wäre. Er hatte es ohnehin nicht so mit engen Räumen, und wenn er saunierte, hielt er es selten länger als fünf Minuten aus, bevor er die Flucht ergriff. Die Vorstellung, genau dann, wenn der ganze Körper nach frischer Luft und Abkühlung schrie, diesem Drang *nicht* nachgeben zu können, ließ ihn erschauern.

»Hier können wir vorerst nichts mehr tun«, sagte er. »Nehmen wir uns die Veranstaltungsfirma vor?«

»Okay. Schaun wir mal, was die uns erzählen können«, antwortete Franzi. »Ist aber besser, wenn ich fahre, oder?«, sagte sie und schnappte sich Lorenz' Autoschlüssel.

Wenig später saßen sie in Lorenz' Dienstwagen, und Franzi steuerte ihn die Straße hinunter nach Bad Feilnbach.

»Kennst du den Münchner Schabernackt-Ball?«, fragte Franzi, während sie das Auto die Straße hinunter nach Bad Feilnbach lenkte.

»Ich gehe mal davon aus, dass ich mich grade nicht verhört habe und du dich auch nicht versprochen hast?«, vergewisserte sich Lorenz.

»Nein, der heißt schon so. Das ist ein bekannter Faschingsball, bei dem der Name Programm ist. Findet jedes Jahr im Löwenbräukeller statt. Da muss man sich höllisch sputen, wenn man Karten bekommen will, so schnell ist immer alles ausverkauft.«

»Gehen da so viele Leute hin?«, wollte Lorenz wissen.

»Och, an die tausend haben dort schon Platz.«

»Und woher kennst du den Ball?«

»Ich war da auch schon mal. Vor zwei Jahren«, antwortete Franzi, und Lorenz verschluckte sich.

»*Du* gehst auf solche Veranstaltungen?«, fragte er entgeistert und versuchte, sich von seinem Hustenanfall zu erholen.

»Ja, warum denn nicht? War richtig lustig!«, sagte Franzi kichernd.

»Du nimmst mich auf den Arm!«

»Nein, wieso sollte ich denn? Glaubst du etwa, ich bin zu prüde?«

»Und mit wem warst du da?«, fragte Lorenz, und der Filmvorführer in seinem Kopfkino legte gerade die Rolle auf, in der Franzi mit ihrem muskelbepackten Exfreund leicht bekleidet auf einem Swingerball umherhüpfte.

»Mit ein paar Freundinnen. Wir wollten das einfach mal ausprobieren.«

»Und seid ihr da dann … ähm, *nackt* herumgelaufen?«

»Ich glaub, des stellst du dir jetzt falsch vor. Das Motto des Balls lautet ›Kommen S' so oder so, aber mit'm bisserl was o‹. Eine Freundin von mir hat Kunst studiert, und für ein Uniprojekt hat sie sich mit Körperbemalung befasst. An uns hat sie immer geübt, und weil sie das am Ende dann so gut konnte, haben wir beschlossen, auf den Schabernackt-Ball zu gehen. Sie hat damals so ein Tigermuster aufgesprüht, das sah richtig gut aus! Wenn du brav bist, zeig ich dir mal die Fotos!«

»Und wie war dann der Ball? Eine wilde Orgie?«

»Nein. Eigentlich war's eine ganz normale Faschingsparty, auf der die Leute halt freizügig rumlaufen. Alles ganz gesittet. Früher ist es da angeblich richtig abgegangen, da kannten die Besucher keine Scham, und es sind wohl auch viele echte Swinger gekommen. Als wir da waren, haben aber so viele Sicherheitsleute aufgepasst, dass keiner irgendeinen Schweinkram macht, dass es unmöglich war, da was Unanständiges abzuziehen. Die wollen nicht mehr, dass der Ball ein solch verruchtes Image hat. Da herrscht übrigens auch striktes Fotoverbot, wir mussten sogar unsere Handys im Spind einsperren. Ich glaub dem Barranow das also gerne, dass es keine Fotos von dem Abend gibt.«

Lorenz war beinahe froh, dass Franzi wieder das Thema wechselte. Er wusste bereits, was er heute Nacht träumen würde.

»Jetzt schaun wir mal, was dieser Stadler uns erzählt«, sagte Lorenz. »Da ist es, glaub ich …«

Franzi parkte den Wagen in einer Einfahrt, die ein Schild als Firmensitz der Stadler-Eventagentur markierte. Ohne die Kennzeichnung hätte Lorenz dort kein derartiges Unternehmen vermutet: Das Haus sah aus, als hätte es seine besten Tage längst hinter sich. Die Wände mochten früher vielleicht weiß gewesen sein, heute waren sie ergraut, und der Putz bröckelte an vielen Stellen ab. Ein ungepflegter Garten nebst vollgerümpelter Terrasse komplettierte Lorenz' Eindruck, dass der

Besitzer dieses Hauses keinen großen Wert auf Äußerlichkeiten legte.

Als Lorenz die Türklingel suchte, fand und gerade läuten wollte, schrie Franzi plötzlich: »Lenz, da ist grad einer aus der Terrassentür raus und will weglaufen! Den schnapp ich mir!«

Pfeif drauf

Dienstag, 8 Monate vor der Orgie im »Sternenhof«

Anooshs Mutter weinte. Sie weinte oft seit ihrer Flucht aus dem Iran. Anoosh konnte sich nicht erinnern, wann er seine Mutter zuletzt hatte lachen sehen. Jetzt weinte sie als Reaktion auf Anooshs Erzählung über die Vorfälle im Supermarkt. Obwohl er sich große Mühe gegeben hatte, das Eingreifen der alten Frau hervorzuheben und auch noch auszuschmücken, konzentrierte sich seine Mutter einzig auf die negativen Aspekte in Anooshs Geschichte. Für seine Mutter war die Ankunft in Deutschland der berühmte Tropfen gewesen, der das Fass zum Überlaufen gebracht hatte. Nachdem sie im Iran ins Visier des Regimes geraten war, weil sie sich zu immer waghalsigeren Protestaktionen hatte hinreißen lassen, hatten ihr die Flucht und der Empfang in Deutschland endgültig jede Lebensfreude genommen. Das rettende gelobte Land entpuppte sich als Wüste überforderter und unfreundlicher Beamter, die der Familie Kapun ständig das Gefühl gaben, unerwünscht zu sein, und deren einziges Ziel schien, sie so schnell wie möglich wieder loszuwerden.

Nachdem sie in Leipzig mit Hunderten anderen Flüchtlingen in einem Auffanglager zusammengepfercht worden waren, wurde die Familie drei Wochen später hierher nach Bad Feilnbach verlegt. Man hatte ihnen unmissverständlich klargemacht, dass ihr Aufenthalt in dem alten Bauernhof am Ortsrand der Gemeinde nur vorübergehend sei und sie sich am besten gar nicht erst häuslich einrichten sollten. Da half alles Flehen und Bitten von Anooshs Mutter nichts, weder ihr eigenes Schicksal noch das ihres getöteten Mannes. Neunzig Prozent der Asylgesuche werden abgelehnt, hieß es immer wieder. Zu wenig Platz, zu wenig Ressourcen.

Die Einzige, die zumindest ein bisschen Hoffnung verströmte, war Madra Malki. Frau Malki war ebenfalls aus dem Iran geflohen, allerdings lebte sie nun schon fast zwei Jahre in Deutschland und gehörte zu den Ersten, die damals nach Bad Feilnbach gekommen waren. Da für die Betreuung der Asylbewerber im ganzen Rosenheimer Landkreis nur drei Sozialarbeiterinnen abgestellt worden waren, hatte Frau Malki das Schicksal am Schopf gepackt und kümmerte sich wie eine Glucke um die Bewohner des Feilnbacher Heims. Sie knüpfte Beziehungen, las sich in das komplexe Asylrecht ein und gab sich redlich Mühe, für alle Nöte und Belange ihrer Schützlinge so gut es ging und immer da zu sein.

Anoosh mochte die dicke Frau, die stets mit einem Lächeln im Gesicht durchs Leben zu laufen schien. Von ihr ging eine Freundlichkeit aus, die wie ein gemütliches Lagerfeuer wärmte und Geborgenheit versprach. Frau Malki schien die Einzige zu sein, der wirklich etwas am Schicksal ihrer Familie lag. Gleich nach ihrer Ankunft hatte sie Anooshs Mutter erklärt, was sich wo in Bad Feilnbach befand, und hatte in Aussicht gestellt, sich schnellstmöglich um Fahrräder für die Familie zu kümmern. Diesem Versprechen war sie dann auch bald nachgekommen und hatte für Anoosh und Pari zwei alte, aber noch funktionstüchtige Drahtesel besorgt, mit denen die beiden das schöne Bad Feilnbacher Umland erkunden konnten. Zwar hätte Anoosh sich zu Hause mit solch einem Rad niemals auf die Straße getraut, für Deutschland musste es aber zunächst genügen.

Zu Beginn hatte sich Frau Malki sogar um die Einkäufe gekümmert. Nur konnte sie das aus Zeitgründen dann nicht weiter tun, und sie war ja auch nicht das Hausmädchen der Kapuns. Allerdings vermochte auch Frau Malki Anooshs Mutter nicht aufzumuntern, und die neue Umgebung besserte ihren Zustand nicht. Mehr noch, sie zog sich weiter ins Schneckenhaus ihrer Depression zurück und schien ihr Umfeld immer weniger wahrzunehmen. Deshalb lag es an Anoosh, die Rolle des Familienoberhaupts auszufüllen.

Also ließ er seine Mutter und seine Schwester im Duett greinen, verstaute die Einkäufe und trollte sich nach draußen in den Garten. Er versuchte, sich nicht mehr über die Vorgänge im Supermarkt zu ärgern, sondern konzentrierte seine Gedanken auf das rothaarige Mädchen. Etwas an der Art, wie es ihn angelächelt hatte, ließ ihn wohlig schaudern. Am liebsten würde er gleich noch mal in den Supermarkt gehen, um es zu sehen. Aber das traute er sich nicht. Noch nicht. Erst musste er sich mehr anpassen.

Von diesem Tag an verdoppelte Anoosh seine Anstrengungen, sich zu integrieren. Bald war er der beste Schüler der Förderklasse, welche die Mittelschule Bad Feilnbach für die Asylanten eingerichtet hatte. Den Supermarkt besuchte er so selten wie möglich, doch entweder arbeitete das rothaarige Mädchen dort nicht mehr, oder es hatte nie Schicht, wenn Anoosh dort war: Er sah es nicht mehr wieder.

Bis zu jenem Tag, an dem in Bad Feilnbach der Waldadvent stattfand.

Hühnertechno

Montag, Tag 1 nach der Orgie im »Sternenhof«

»Das, äh, ist jetzt ganz falsch bei Ihnen angekommen«, murmelte Robert Stadler und kauerte zusammengesunken auf seinem alten Drehstuhl. Stadler besaß kein Büro im eigentlichen Sinne, sondern benutzte dafür sein kleines Wohnzimmer. Er war ein untersetzter Mann, fast so breit wie hoch, mit kurzen schwarzen Haaren, die ihm so am Schädel klebten, als hätte ihm eine Kuh über den Kopf geschleckt. Ebenso glänzten sie auch.

Lorenz reichte ihm trotzdem die Hand zur Begrüßung. »Na, dann fangen wir an dieser Stelle noch mal von vorne an. Ich bin Lorenz Hölzl, Kriminalkommissar der Polizeiinspektion Rosenheim. Warum wollten Sie vor uns weglaufen?«

Franzi hatte den Mann nicht lange verfolgen müssen. Genauer gesagt hatte ein scharfer Befehl gereicht, dass Stadler bereits nach zwei großen Ausfallschritten stehen geblieben war und er sich Franzis natürlicher Autorität gefügt hatte. Es war schwer zu beweisen, dass er wirklich hatte flüchten wollen, und er selbst behauptete: »Von Weglaufen kann, äh, keine Rede sein. Ich wollte gerade einen Spaziergang machen. Ich wusste ja nicht, dass Sie kommen.«

»Ich glaube Ihnen das erst mal«, antwortete Lorenz, der sich sicher war, dass Stadler jetzt gerade an jedem anderen Ort lieber gewesen wäre als hier mit den beiden Polizisten. »Herr Stadler, es geht um die Party von Alexander Barranow, die Sie gestern Abend organisiert haben.«

»Ich, äh, ja, was wollen Sie denn da wissen?«, stammelte Stadler und wischte sich mit dem Ärmel über die Stirn.

»Wir untersuchen einen Mordanschlag, den jemand auf dieser Veranstaltung verübt hat«, sagte Lorenz und lehnte sich zurück, so weit er dem wackeligen IKEA-Stuhl traute.

»Damit hab ich nichts zu tun, ganz sicher!«, rief Stadler und sah aus, als würde er gleich zerfließen.

»Hab ich auch gar nicht behauptet. Aber ich brauche Ihre

Hilfe. Sie wollen doch jetzt nicht wieder weglaufen, oder, Herr Stadler?«

Stadler rutschte auf seinem Stuhl hin und her, als brummte ihm eine Ladung wilder Hummeln durch den Hintern.

»Äh, nein, Herr Kommissar. Wer wurde denn umgebracht?«

»Umgebracht wurde gar keiner, es gab lediglich einen entsprechenden Versuch. Haben Sie eine Ahnung, was ein Schlossfest ist? Worum handelt es sich bei einem Aspiranten?«

»Äh, so nennen die, glaub ich, ihre Frischlinge, Herr Kommissar.«

»Sehr gut, Herr Stadler! Dafür trag ich Ihnen schon mal ein Sternchen ein. Ich muss unbedingt wissen, wer unser Opfer, einen gewissen Anoosh Kapun, gestern Abend eingeladen und mit wem sich der junge Mann abgegeben hat. Können Sie mir da weiterhelfen?«

Stadler leckte sich über die Lippen. »Das, äh, dürfte schwierig werden … So was wie eine Gästeliste hat's da nicht gegeben. Ich sollt mit meinem Team am Nachmittag anrücken und ein Catering für, äh, dreiunddreißig Personen bereiten. Exquisite Küche, piekfeines Zeug.«

Lorenz runzelte die Stirn und ließ seinen Blick durch das Wohnzimmer schweifen. Hier hatte sicher bereits Stadlers Großmutter gehaust, und seither war wenig bis gar nichts verändert worden. Die braune Tapete mit den ausgebleichten Abbildungen irgendwelcher Töpfe und Vasen ließen einem die Augen bluten, wenn man nicht rechtzeitig wegsah, und was von Stadler nicht als Ablagefläche für Papierkram jeglicher Art genutzt wurde, war von einer dicken Patina uralten Staubs bedeckt.

»Nicht ganz Ihre Kragenweite, so eine Veranstaltung, oder?«, vermutete Lorenz.

»Das, äh, stimmt, ich bin eher spezialisiert auf Vereinsfeiern und Geburtstage. Aber einmal ist immer das erste Mal, haha!«, antwortete Stadler und lächelte dabei gequält.

»Haben Sie eine Ahnung, warum Barranow ausgerechnet Ihnen den Auftrag erteilt hat?«, fragte Lorenz.

»Äh, nein. Aber der Russe legt anscheinend Wert darauf, nur

Handwerker und Dienstleister aus Bad Feilnbach zu beschäftigen. Der will, dass das Geld hier im Ort bleibt.«

»Aber Sie haben's trotzdem hingekriegt? Wie viele Leute haben Sie denn beschäftigt?«

»Ja, es hat ganz gut geklappt. Aber ich, äh, würde lügen, wenn ich jetzt behaupten würde, es hätte mich nicht ordentlich geschlaucht. War ein anstrengender Abend. Hab leider gar nicht so viel von dem versauten Treiben mitgekriegt, wie ich gehofft hatte. Ich hatte zwei Mitarbeiter dabei, Verena Kleiner und Franz Wildhammer. Die beiden habe ich auf Vierhundert-Euro-Basis angestellt. Franz war für die Getränke und das Essen zuständig, Verena hat bedient.«

»Die beiden allein für über dreißig Leute? Respekt. Und wie haben Sie das mit dem Essen hinbekommen?«, fragte Franzi.

»Hab ich beim hiesigen Metzger geordert, die haben des geliefert. Und Sie haben recht, Verena musste an diesem Abend ganz schön sausen. Hat aber gut Trinkgeld gekriegt. Und auch das ein oder andere, äh, unanständige Angebot.« Stadler grinste lüstern, bis ihm einfiel, in welcher Gesellschaft er sich befand. Er duckte sich gleich wieder und ergänzte: »Ich kann Ihnen Ihre Frage nicht beantworten. Ich war den ganzen Abend damit beschäftigt, den Laden am Laufen zu halten. Ich weiß nicht mal, wie der Kerl aussieht, den Sie da suchen, Ehrenwort!«

»Na, das gilt sicher was, das Ehrenwort ...«, entgegnete Lorenz. »Geben Sie mir die Telefonnummern Ihrer beiden Mitarbeiter. Ich will wissen, ob die auch so wenig mitbekommen haben wie Sie. Außerdem lasse ich Ihnen meine Karte da. Für den Fall, dass Ihnen noch was einfällt.«

Waldadventromantik

Samstag, 4 Monate vor der Orgie im »Sternenhof«

Der erste Tag des Bad Feilnbacher Waldadvents war gleichzeitig auch jener Tag, an dem Anoosh seinen ersten Schneefall in Deutschland erlebte. Schnee kannte er bereits von zu Hause, auch wenn es im Norden Teherans nur selten geschneit hatte. Früher wollte er immer gerne Ski laufen, nur ein paar Fahrstunden vom Haus seiner Familie entfernt gab es ein kleines Skigebiet, aber seine Eltern hatten es nie erlaubt. Der Schnee faszinierte ihn. Und hier in Bayern schien viel mehr davon zu fallen als daheim! Dicke weiße Flocken purzelten aus dem Himmel herab und bedeckten das Land. Es hatte zu schneien begonnen, als Anooshs Unterricht am Morgen angefangen hatte, und als er nachmittags die Schule verließ, war die ganze Landschaft bereits unter einer dicken weißen Decke begraben.

Und dann dieses Weihnachten! Anoosh hatte zwar davon gehört, dass die Christen so ein Fest feierten, aber er war sich nicht im Klaren darüber gewesen, welchen Aufwand die Deutschen dafür betrieben. Schon Wochen vorher schmückten sie ihre Straßen und Häuser, und im Supermarkt gab es zahllosen Tand und Naschzeug zu kaufen. Vieles davon verstand Anoosh nicht, zum Beispiel was der Unterschied zwischen Nikolaus, Weihnachtsmann und Christkind war. Oder warum es Christkindl-, Advents- und Weihnachtsmärkte gab. Wo doch offensichtlich alles dasselbe war. Leute stellten Hütten auf, aus denen heraus sie weihnachtliche Dinge, Würstchen und Glühwein verkauften. Oftmals spielte eine Kapelle, oder ein Chor gab Weihnachtslieder zum Besten. Und viele Menschen nutzten die Märkte, um dort ausgiebig zu trinken und zu feiern. Zumindest hatten das die Jungen in der Schule erzählt.

Anooshs erster Weihnachtsmarkt war der Bad Feilnbacher Waldadvent. Jedes Jahr veranstaltete der Trachtenverein an einem der Adventswochenenden dieses Fest im Naturpark. Fasziniert war Anoosh durch die Reihen der Buden geschlendert und mit dem Strom der Besucher geschwommen, hatte sich die Waren angesehen und sehnsüchtig auf die lecker duftenden Köstlichkeiten der Essstände gestiert. Er hatte sich nicht zu fragen getraut, ob seine Essensmarken auch hier akzeptiert wurden. Als er gerade an einer Bude stand, aus der herrlich duftender Flammkuchen verkauft wurde, vernahm er plötzlich eine lange nicht gehörte Stimme: »Ich hatte schon gefürchtet, ich seh dich nicht wieder! Wie geht's dir?«

Anoosh prallte zurück. Da war es, das rothaarige Mädchen aus dem Supermarkt! Es stand, mit einer Wollmütze auf dem Kopf, einem Schal um den Hals und dick eingepackt in eine Daunenjacke, hinterm Tresen und grinste ihn mit all seinen Sommersprossen fröhlich an. Wie oft hatte er für genau diese Situation geübt und minutiös geplant, wie er reagieren würde. Und natürlich war all das in diesem Moment vergessen. Er schrumpfte zu einem stammelnden Häufchen Elend zusammen, und hätte sich ein Erdloch aufgetan, er hätte nicht gezögert und wäre reingesprungen.

»Magst einen Flammkuchen? Du hast noch was gut bei mir!«, sagte sie, und ohne eine Antwort abzuwarten, kam sie aus dem Häuschen heraus, in der Hand einen dampfenden Fladen. Und weil Anoosh zur Salzsäule erstarrt war und kein Wort aus dem Mund bekam, ergänzte sie: »Ich mag zurückhaltende Männer. Du bist süß, wie heißt du? Ich bin die Christine!« Sie streckte ihm beide Hände entgegen, in der einen den Flammkuchen, die andere zum Gruß.

Anoosh riss sich zusammen und ergriff Christines behandschuhte Hand. Ihr Druck war fest und seiner viel zu lasch, zu mehr war er aber gerade einfach nicht in der Lage.

»Ich heiße Anoosh«, sagte er und lächelte schüchtern.

»Freut mich, dich kennenzulernen, Anoosh! Hör mal, es tut mir wahnsinnig leid, was damals im Laden geschehen ist. Mein Chef ist ein richtiges Arschloch, und ich hätte es wissen müssen, dass das so endet. Ich hab da mittlerweile übrigens gekündigt. Hat aber nichts mit dir zu tun. Was ist jetzt mit dem Flammkuchen? Willst ihn nicht?«

Anoosh versuchte, von Christines Redeschwall nicht überschwemmt zu werden, und griff zögernd nach dem Fladen. Sie erinnerte sich an ihn! Und sie freute sich, ihn wiederzusehen! Er konnte sein Glück kaum fassen und spürte dankbar, wie die Anspannung von ihm abfiel und sein souveräner Part wieder das Ruder übernahm.

»Ist kein Problem«, antwortete Anoosh, während er in den Flammkuchen biss. Er schmeckte würzig, nach Feuer und Kräutern. Kauend fuhr er fort: »Ist das hier deine neue Arbeit?«

»Nein!«, sagte Christine lachend. »Ich bin im Trachtenverein, und alle Vereinsmitglieder müssen beim Waldadvent mithelfen. Ich bin für heute Abend hier eingeteilt. Eigentlich studiere ich. Und was machst du so?«

Anoosh wurde unwohl: »Ich, ähm, ich …«

»Oh, Anoosh, tut mir leid! Manchmal denke ich nicht richtig nach, bevor ich was sage. Außerdem ist es ja auch gar nicht wichtig, was einer arbeitet. Ist dir mal aufgefallen, dass immer dann, wenn zwei fremde Menschen sich treffen, einer den anderen zuallererst fragt, was er beruflich macht? Das ist doch doof. Man sollte sich lieber gegenseitig fragen, was man gerne macht oder was man schön findet!«

Fast hätte Anoosh vergessen, zu antworten, weil er Christine ständig ansehen musste und von ihrer Schönheit wie berauscht war. Schließlich lächelte er und erwiderte: »Was findest du denn schön?«

Bellaria

Montag, Tag 1 nach der Orgie im »Sternenhof«

Nach dem Besuch bei Stadler schickte Lorenz Franzi zu Franz Wildhammer, um sich Stadlers Geschichte bestätigen zu lassen, und er selbst besuchte Verena Kleiner. Lorenz' Armbanduhr zeigte kurz vor halb drei, als er das Ortsschild von Dettendorf, einem Gemeindeteil von Bad Feilnbach, passierte. Verena Kleiner wohnte hier, wie Stadler berichtet hatte, im Keller des Hauses eines alten Ehepaars. Für eine studentengerechte Miete hatte sich die junge Frau verpflichtet, ihren Vermietern bei der Hausarbeit zu helfen, und Lorenz vermutete, dass ihre Optik zumindest für den Hausherrn eine nicht unerhebliche Rolle gespielt hatte.

Als Lorenz die Adresse gefunden und geklingelt hatte, verwies ein alter, buckliger Mann, der sich ihm als Herr Lindner vorstellte und nur noch über einen einzigen Schneidezahn verfügte, Lorenz auf den Garten hinter dem Haus, wo er Verena Kleiner vorfand, die, nur mit einem Bikinihöschen bekleidet, auf dem Bauch auf einer Liege lag und in ein Buch vertieft war.

»Fräulein Kleiner?«, fragte Lorenz und wiederholte die Frage nochmals etwas lauter, als er bemerkte, dass sie Kopfhörer in den Ohren trug. Sie zupfte sich die Stöpsel heraus und drehte sich völlig ungeniert um.

»Ja bitte, wer will das wissen?«, sagte sie.

Lorenz befreite seinen Blick mit einiger Mühe von den braun gebrannten und kugelrunden Brüsten des Mädchens und sah Verena Kleiner konzentriert in die Augen.

»Kommissar Hölzl, Kriminalpolizei Rosenheim. Ich hab da ein paar Fragen an Sie. Könnten Sie sich vorher vielleicht was anziehen?«

»Aber klar doch, Herr Kommissar. Nehmen Sie Platz«, sagte sie, deutete auf die Liege neben ihr und band sich ein halb transparentes Strandtuch um den Busen.

Lorenz setzte sich und wischte sich über die Stirn. *Ganz schön heiß hier,* dachte er.

»Haben Sie heut frei?«, fragte Lorenz.

»Nicht direkt«, antwortete Kleiner. »Ich schreibe an meiner Diplomarbeit.«

»Was studieren Sie denn?«

»Kunststofftechnik in Rosenheim. Besuchen Sie mich deshalb?«, fragte Kleiner und lächelte zuckersüß.

Lorenz wurde noch heißer. Sie mochte Anfang zwanzig sein, hatte braun gebrannte Haut, langes schwarzes Haar, lose hochgesteckt und von einer Sonnenbrille gehalten, ihr Gesicht zierte eine mehr als markante, hakenartige Nase, und sie musterte ihn aus tiefgrünen wunderschönen Augen. Lorenz bemühte sich krampfhaft, nicht auf ihre durchschimmernden Brüste zu starren, und antwortete: »Ich habe ein paar Fragen zu Ihrem letzten Job. Robert Stadler hat mir erzählt, dass Sie gestern Abend für ihn im ›Sternenhof‹ bedient haben, korrekt?«

»Ja, das stimmt, ich hab gestern für Robert gearbeitet. War ein skurriler Job dieses Mal …«

»Inwiefern?«

»Na, hören Sie mal, was da gestern ablief, kennt man sonst nur aus Schundfilmen und -romanen. Das reinste Sodom und Gomorrha!«, sagte sie lachend.

»Sonderlich empört erscheinen Sie mir aber nicht …«

»Na, geil war das schon, was die da abgezogen haben. Sieht man nicht alle Tage, das sag ich Ihnen!«

»Erzählen Sie mal!«

»Kennen Sie den Film ›Eyes Wide Shut‹ von Stanley Kubrick?«, fragte sie.

»Nein, aber mir scheint, ich muss das dringend nachholen«, antwortete Lorenz.

»Unbedingt. Jedenfalls ist da eine Gruppe von Leuten, die sich regelmäßig an geheimen Orten trifft, dort isst und trinkt und dann eine Orgie feiert.«

»Das weiß ich bereits. Beschreiben Sie mir den gestrigen Abend bitte genauer.«

»Die hatten ein Motto: ›Erotische Tracht‹ hat das, glaub ich, gelautet. Jedenfalls waren sie alle so gekleidet. Die Männer in

Lederhosen, diejenigen, die es sich leisten konnten, oben ohne oder nur mit Weste bekleidet, ein paar allerdings auch in voller Montur, inklusive Gamsbart.«

Wieder unterbrach sie sich mit einem unbekümmerten Lachen, als Lorenz aber nichts erwiderte, fuhr sie fort: »Die Frauen trugen Trachtenkleider. Was mir da aufgefallen ist: Ein paar hatten durchsichtige Dirndl an. Ich kann's schwer beschreiben, die Kleider sahen zwar aus wie normale Dirndl, waren aber aus einem durchsichtigen Stoff gefertigt. Sah bombe aus!«

In Lorenz' Vorstellung schlichen sich Bilder, gegen die der »Dirndl Porno« wie ein Kindergeburtstag anmutete. Er widerstand der Frage, was Verena Kleiner getragen hatte, und sagte stattdessen: »Ist Ihnen gestern ein junger Iraner namens Anoosh Kapun aufgefallen? Ich müsste unbedingt wissen, mit wem der Junge da war …«

»Wie sah der denn aus? Sie dürfen aber nicht vergessen, dass da alle Masken aufhatten. Selbst ich musste eine tragen. So ein venezianisches Teil, rattenscharf!«

Lorenz zeigte ihr eine Kopie von Anooshs Ausweis.

»Nein, tut mir leid, Herr Kommissar. Den habe ich nicht bemerkt …«

Verflixt, dachte Lorenz, *Sackgasse also. Aber gut, hätte ja sein können. Immerhin war die Fahrt hierher nicht ganz umsonst, der Anblick ihres Busens war's wert.*

»Ach, Herr Kommissar, jetzt schaun Sie nicht so geknickt drein … Wollen Sie Fotos von der Party sehen?«

»Sie haben da gestern fotografiert? Nicht Ihr Ernst!«, platzte es aus Lorenz heraus.

»Doch, mit meinem Handy! Heimlich. Muss das doch meinen Freundinnen zeigen, die glauben mir das sonst nie! Aber bitte erzählen Sie's Robert nicht, der fände das sicher gar nicht lustig …«

Sie nahm ihr Smartphone, stöpselte die Kopfhörer ab, wischte mit dem perfekt manikürten Finger auf dem Display herum und reichte Lorenz das Gerät. »Einfach nach rechts weiterscrollen.«

Lorenz blätterte sich durch die Fotos. Kleiner hatte an die fünfzehn Stück angefertigt, manche verwackelt oder schief, weil sie ganz offensichtlich im Verborgenen fotografiert hatte, aber Lorenz konnte trotzdem überrascht feststellen, dass seine Phantasie der Realität recht nahekam: Ein Foto zeigte die Sitzecke neben dem Whirlpool, auf dem eine Frau im Dirndl rittlings auf einem Mann saß, dessen Lederhose auf halbmast zwischen seinen Knöcheln hing. Die Brüste seiner Partnerin lagen frei, das Dirndl war vorne aufgeknöpft, die Frau hatte die Augen geschlossen und den Mund genussvoll geöffnet. Besonders bemerkenswert fand Lorenz die Gruppe, die neben dem kopulierenden Pärchen stand, voll bekleidet und offenbar unbeeindruckt vom Treiben neben ihnen in ein Gespräch vertieft. Allen war gemein, dass sie kunstvolle Masken trugen, die das Gesicht bis mindestens unter die Nase verdeckten, in manchen Fällen gingen sie sogar bis zum Kinn. Ein anderes Foto zeigte ein sich liebendes Pärchen im Jacuzzi, wieder ein anderes eine Gruppe Männer in edel aussehenden Trachten, die sich an einem lebenden Buffet bedienten: Vor ihnen lag ein splitterfasernacktes Mädchen, auf dessen Körper allerlei Häppchen verteilt waren. Um ihren Busen herum und aus ihrem Schritt waren die meisten Speisen schon weggenommen worden.

»Das ist Anoosh!«, murmelte Lorenz beim nächsten Foto und zeigte auf einen jungen Mann, der außer seiner Maske lediglich eine Lederhose trug. Lorenz hatte ihn am Mund und an der dunklen Hautfarbe erkannt. Er unterhielt sich mit einem Mann, der einen auffälligen Zylinder trug, allerdings mit dem Rücken zur Kamera auf einer Liege saß.

»Das ist er? Hätte ich mir denken können, war, glaub ich, der einzige Dunkelhäutige. Ich hatte aber keinen Kontakt mit ihm, ehrlich!«, sagte Kleiner.

Lorenz wischte sich ein zweites Mal durch die Fotos. *Einer von euch ist der, den ich suche*, dachte er, *nur wer?* Laut sagte er: »Schicken Sie mir die Fotos bitte? Ich verspreche auch, Ihrem Boss nichts davon zu erzählen.«

»Klar! Hat Ihr Handy Bluetooth?«

Lorenz zog sein Handy aus der Tasche seines Jacketts und hielt es Kleiner hin. »Ich weiß nicht, hat es das?«, fragte er verlegen.

»Bestimmt, geben Sie mal her«, antwortete das Mädchen, nahm Lorenz das Telefon ab und tippte mit rasender Geschwindigkeit auf dem Bildschirm.

»So, erledigt. Kann ich sonst noch was für Sie tun?«, fragte sie, und wie von Geisterhand löste sich in just diesem Moment der Knoten ihres Strandtuchs, sodass sie für ein paar Augenblicke erneut oben ohne vor dem leicht überforderten Lorenz saß.

Als sie das Malheur wieder im Griff hatte, antwortete Lorenz: »Nein, Sie haben mir schon sehr geholfen, Fräulein Kleiner. Ich will Sie gar nicht länger vom Lernen abhalten. Ich gebe Ihnen meine Karte. Wenn Ihnen noch irgendwas einfällt oder Sie was erfahren, von dem Sie der Meinung sind, dass ich das wissen müsste, melden Sie sich!«

Er verabschiedete sich, kehrte zu seinem Wagen zurück und drehte die Klimaanlage auf volle Leistung. Dann machte er sich auf den Weg zurück nach Rosenheim. Was er dadurch nicht mehr mitbekam: Gleich nachdem er das Dettendorfer Ortsschild passiert hatte, schälte sich ein Mann aus dem Schatten eines Gebüsches an der Einfahrt zu Verena Kleiners Haus und sprang über den Gartenzaun auf das Grundstück.

Rote Haar

Mittwoch, 4 Monate vor der Orgie im »Sternenhof«

Das erste Mal liebten sich Anoosh und Christine in der Silvesternacht. Ein Junge namens Paul, Schulfreund von Christine, hatte ein altes Bauernhaus, das seinen Großeltern gehört hatte und jetzt leer stand, partytauglich gemacht. Es gab eine Musikanlage, viel Bier und ein Fondue. Irgendwie hatte Paul es auch geschafft, den alten Holzofen in Gang zu bringen. Der versorgte das ganze Gebäude mit wohliger Wärme, sodass die eingeladenen Mädchen nicht zugunsten langer Unterwäsche und Daunenjacken auf ihre Silvesterkleidchen verzichten mussten.

Anoosh freute sich so sehr darüber, dass Christine ihn gefragt hatte, ob er sie auf die Party begleiten wolle, dass er nach seiner Zusage Tage vor dem Silvesterabend nicht mehr schlafen konnte. Weihnachten war für ihn ohnehin schrecklich gewesen. Zwar hatte Frau Malki eine Sammlung in Bad Feilnbach und in der Umgebung organisiert und einen beachtlichen Sack an Geschenken angeschleppt, aber Anooshs Mutter konnte das natürlich nicht aufheitern. Sie nahm nicht an der großen Weihnachtsfeier des Asylantenheims teil, und zu Anooshs großer Betrübnis zeigte auch Pari immer weniger Interesse am Leben hier in Deutschland. Sie bestand als Einziges der Mädchen in ihrem Alter darauf, auch weiterhin Kopftuch und die langen Gewänder, die ihre Figur verbargen, zu tragen, und suchte keinerlei Kontakt zu den Einheimischen.

Zwar hatte Anoosh unter den anderen Asylanten in seinem Alter so etwas wie Freunde gefunden, aber diese Freundschaften waren wackelig. Zum einen waren längst nicht alle Neuem gegenüber so aufgeschlossen, wie Anoosh das war, und die vielen Nationalitäten und Religionen im Haus bargen genug Nährboden für das Aufkochen alter Feindschaften und Missverständnisse. Zum anderen konnte niemand mit Sicherheit sagen, wie lange er tatsächlich hier in Feilnbach bleiben würde. Zwar hatten fast alle Bewohner des Heims, deren Asylantrag abgelehnt wurde, gerichtlichen Widerspruch eingelegt, was ihnen etwas Zeit verschaffte, trotzdem verlegten die Behörden immer wieder anscheinend willkürlich Flüchtlinge in andere Unterkünfte. Erst vor Kurzem, zwei Tage vor Heiligabend, musste Salin, ein Junge aus Nigeria, mit dem Anoosh sich angefreundet hatte, nach Köln umziehen. Salin und seine Familie hatten erst einen Tag vor ihrem Umzug davon erfahren, und das, nachdem sie bereits zwei Monate in Feilnbach verbracht hatten. Salins Platz hatten bereits am Tag darauf zwei junge syrische Männer eingenommen, die allerdings schwer traumatisiert waren, denn sie schlossen sich sofort nach ihrer Ankunft in ihrem Zimmer ein und hatten es bisher kaum verlassen oder Kontakt zu den anderen Bewohnern aufgenommen.

An all das dachte Anoosh jedoch nicht mehr, als Christine ihm auf der Ofenbank gegenübersaß. Sie hatten das alte Jahr beschossen und das neue ordentlich begossen, und die Stimmung war angenehm gelöst. Ein Teil der Gäste tanzte im Nebenraum zu Elektromusik, ein paar der Jungs spielten in der Küche ein Kinderspiel mit einem loopingdrehenden Flieger, das sie zu einem Trinkspiel umfunktioniert hatten, und außer einem Mädchen, das bereits auf der Couch lag und einen bierseligen Schlaf schlief, waren Anoosh und Christine alleine. Der Holzofen verströmte eine wohlige Wärme, und das Flackern des Feuers ließ die Schatten im Raum tanzen.

Christine trug die langen roten Haare offen, und sie flossen wie Erdbeersirup über ihre schmalen Schultern. Sie hatte ein bodenlanges, tief dekolletiertes Kleid an, bei dem Anoosh auch jetzt noch der Atem stockte, obwohl er bereits den ganzen Abend Zeit gehabt hatte, sich an den Anblick zu gewöhnen. Christines Ausschnitt war so tief, dass er fast bis zum Bauchnabel reichte. Sie saßen sich auf dem Sofa gegenüber, Christine hatte ihre Pumps ausgezogen und fuhr mit ihren nackten Füßen unter Anooshs Hemd, strich ihm über Brust und Bauchmuskeln. Ihre Fußsohlen waren herrlich weich, und die Berührungen fühlten sich an, als zöge jemand ein Seidentuch über seine Haut. Er spürte, wie es ihm eng in seiner Hose wurde, und auch Christine schien das zu bemerken, denn sie drückte mit ihren Zehen prüfend auf Anooshs Schritt und kicherte dabei. Dabei verrutschte ihr Kleid so weit, dass Anoosh sehen konnte, dass sie keinen Slip trug. Sie bemerkte seinen Blick und sagte: »Man hätte sonst nur die Abdrücke des Höschens durchscheinen sehen, und das wollte ich auf keinen Fall!«

»Dann hast du also heute nur ein einziges Kleidungsstück an?«, fragte Anoosh. Anstelle einer Antwort lächelte Christine wieder und strich einen Träger ihres Kleides beiseite, unter der sich eine kleine, aber feste und schön geformte Brust versteckt hatte.

»Hast du schon mal mit einem deutschen Mädchen geschlafen?«, fragte sie leise und drehte eine Strähne ihres roten Haares um den Zeigefinger. Ihre Augen glühten im Feuerschein.

Anoosh schluckte und antwortete: »Du wirst die Erste sein …«

Christine stellte ihr Weinglas auf den Boden, beugte sich vor und setzte sich auf Anooshs Schoß. Dann knöpfte sie langsam sein Hemd auf. Er sog ihren Duft ein, sie roch nach süßen Mandeln und grünen Tannen. Ihr Gewicht auf ihm fühlte sich richtig an, als würde sie ihn ergänzen, als hätte er einen fehlenden Teil von sich gefunden. Genießerisch schloss er die Augen.

Als sie alle Knöpfe geöffnet hatte, beugte sie sich zu ihm herab und drückte ihm einen Kuss auf die Lippen. Dabei verschwanden sie beide unter einem roten Vorhang.

Noch während sie ihn küsste, wanderte ihre Hand nach unten und nestelte am Verschluss seiner Jeans herum.

»Du möchtest hier –?«, begann Anoosh, wurde aber von Christine unterbrochen, die ihm einen Finger auf den Mund drückte und somit gebot, still zu sein. Dann richtete sie sich auf und öffnete Anooshs Hose. Sie zog sein stocksteifes Glied heraus, hielt es kurz in den Händen, betrachtete es und murmelte: »Respekt«, dann rutschte sie etwas weiter nach vorne und führte ihn sich ein, ehe Anoosh auch nur wusste, was ihm geschah. Sie war wunderbar feucht und warm – und so eng, dass ihn augenblicklich ein Schauer heißer Lust durchzuckte und er schon befürchtete, augenblicklich zu kommen. Es war nun schon so lange her, dass er bei einer Frau gelegen hatte. Natürlich hatte er sich selbst befriedigt, immer wieder, wenn er etwas Privatsphäre zur Verfügung gehabt hatte. Ein kostbares Gut seit ihrer Flucht. Aber das Gefühl, in einer Frau zu sein, war damit nicht vergleichbar.

Anoosh schaffte es rechtzeitig, seinen Trieb zu zügeln, und atmete tief durch. »Was ist mit Verhüt…«, brachte er noch hervor, ehe sich Christines Lippen wieder auf die seinen pressten.

Als sie von ihm abließ, antwortete sie: »Keine Sorge, ich nehme die Pille.«

»Aber …«, versuchte er zu antworten.

»Genieß es einfach«, befahl sie und kreiste langsam ihre Hüften. Sie streifte das Kleid links und rechts über ihren Busen. Instinktiv griff Anoosh nach ihren Brüsten und knetete sie sanft. Christine stöhnte und warf ihren Kopf nach hinten, während ihre Bewegungen immer schneller wurden. Sie nahm Anooshs rechte Hand und führte sie an ihren Schritt, wo er seinen Zeige- und Mittelfinger an ihre Klitoris legte. Mit jeder Bewegung steigerte sich ihre Lust, und auch Anoosh merkte, dass sein Höhepunkt unausweichlich wurde. Er schloss die Augen, versuchte, nicht zu stöhnen, und ergoss sich in einem intensiven Orgasmus in Christine. Und weil er merkte, dass sie noch nicht fertig war, machte er einfach weiter und weiter, bis Christine ein heiserer Seufzer entfuhr und sie seine Hand aus ihrem Schritt wegschob.

Sie stützte beide Hände auf seiner Brust auf und keuchte: »Bist du schon gekommen?«

Er lächelte und antwortete: »Schon lange vor dir!«

»Echt? Das habe ich gar nicht gemerkt! Herzlichen Dank dir jedenfalls, ich hatte heute seit langer Zeit wieder einen Orgasmus!« Sie beugte sich hinüber auf den Couchtisch, schnappte sich eine Serviette, schob sie in ihren Schritt und glitt von Anoosh herunter.

»Bin gleich zurück!«, sagte sie und sprang in Richtung des Badezimmers. Anoosh zog seine Hose hoch und sank zurück in die Sofakissen. Er fühlte sich schmutzig und erfrischt zugleich, er schämte sich und war in Hochstimmung. Und je mehr Zeit verging, desto mehr überwogen die positiven Gefühle, und er hätte am liebsten den Moment eingefroren. Und just in diesem Augenblick, als ihn die irrationale Angst überfiel, Christine könnte nicht zurückkehren, schwang sie sich wieder auf seinen Schoß und flüsterte: »Hallo, mein Hengst, hast du mich vermisst?«

Und wieder ohne eine Antwort abzuwarten, schmiegte sie sich an seine Seite und bettete ihren Kopf auf seinen immer noch nackten Oberkörper. Anoosh tastete nach ihrem Haar.

»Pass nur auf, das leuchtet im Dunkeln. Das ist bei uns Rothaarigen so«, sagte sie lächelnd.

In diesem Moment stand das schlafende Mädchen auf der anderen Seite der Couchlandschaft auf, grummelte: »Ich kann hier nicht schlafen bei dem Krach …«, und trottete trunken aus dem Raum.

Anoosh nahm Christines Kopf in beide Hände und küsste sie lange und leidenschaftlich.

Hacklwurf

Montag, Tag 1 nach der Orgie im »Sternenhof«

Auf dem Weg nach Rosenheim rief Lorenz Franzi an und vereinbarte mit ihr, Anoosh Kapun zu besuchen. Fünfzehn Minuten später hatte Lorenz das Rosenheimer Kreiskrankenhaus erreicht, acht Minuten später einen Parkplatz und noch mal zehn Minuten später die Intensivstation gefunden, wo sich Franzi gerade mit Polizeihauptmeisterin Katrin Juffinger unterhielt. Beide Frauen hatten einen Pappbecher mit Kaffee in der Hand.

»Wie war's beim Wildhammer? Was rausgefunden?«, fragte Lorenz zur Begrüßung.

»Sei froh, dass du nicht dabei warst, du hättest den Knilch nach spätestens zehn Minuten an die Wand geklatscht. Der arbeitet beim Stadler eigentlich als Veranstaltungstechniker und hält sich selbst für den größten DJ aller Zeiten. Dass er am Sonntag als Kellner ranmusste und seine musikalischen und technischen Künste gar nicht gebraucht wurden, hat ihn sichtlich gewurmt.«

»Ist ihm wenigstens unser Opfer aufgefallen?«, fragte Lorenz.

»Natürlich nicht. Er behauptet, den ganzen Abend mit dem Ausschank beschäftigt gewesen zu sein, und hat dabei wohl ziemlich rotiert. Außerdem musste er sich ums Buffet kümmern. Wenn du möchtest, kann ich dir eine ziemlich genaue Beschreibung des Mannes und der Frau liefern, die als lebende Speiseplatte herhalten mussten.«

Auf dieses Stichwort hin kramte Lorenz sein Handy heraus. Die Bildergalerie, die Kleiner ihm übertragen hatte, war immer noch geöffnet, und er wischte zum Foto mit dem lebenden Buffet. Das hielt er Franzi hin und fragte: »So in etwa?«

Franzi blickte verwirrt auf die Fotografie. »Was ist das?«

»Stadlers Bedienung hat Fotos gemacht. Zeigen zwar alle nur maskierte Leute, aber immerhin haben wir damit etwas, mit dem wir arbeiten können.«

»Das Mädel hat Fotos von der Orgie gemacht, echt jetzt? Ich will die sehen!«, rief Franzi erstaunt.

»Wenn das unsere Freunde aus der Trachtenfraktion erfahren, dann geht's wieder rund. Barranow hatte als Motto ›Erotische Trachten‹ ausgerufen … Gegen das, was die da gestern im ›Sternenhof‹ abgezogen haben, ist der ›Dirndl Porno‹ ein Kindergeburtstag, das darfst du mir glauben. Ich zeig dir die anderen Bilder später.« Dann fragte er: »Wie geht's dem Jungen?«

»Nicht gut«, antwortete Katrin Juffinger. »Liegt im Koma, sein Zustand ist sehr instabil. Der arme Kerl hat großflächige Verbrennungen, ist stark dehydriert, und sein Kreislauf ist völlig im Eimer. Wird so schnell nicht aufwachen …«

»Auf seine Mithilfe können wir also nicht zählen. Haben die Ärzte schon was rausgefunden?«, fragte Lorenz.

»Bewusstlos wurde der Junge offenbar durch den Schlag auf den Kopf. Aber so zugerichtet hat ihn eindeutig die Sauna. Auch ohne Bewusstsein schwitzt der Körper, und irgendwann ist kein Wasser mehr da, das die Haut kühlen könnte. Sie wird rissig, zieht sich zusammen, und die Augen treten in die Höhlen zurück. Außerdem schwillt die Zunge an, man kann nicht mehr schlucken. Dann nimmt sich der Körper die Flüssigkeit, die er zum Überleben braucht, aus dem Blut. Das wiederum wird dadurch dickflüssig und kann die Hitze nicht mehr an die Oberfläche transportieren. Ein teuflischer Kreislauf …«

Lorenz blickte durch das Fenster auf die Gestalt des Jungen auf der Krankenliege. Der Schlauch des Beatmungsgeräts steckte ihm im Mund, und er war am ganzen Körper bandagiert. Nur die Augen waren noch frei.

Juffinger sprach weiter: »Derzeit steht's nicht gut um ihn. Ihm wurde viel Haut transplantiert, und bisher haben die Ärzte ihre Mühe, den Kreislauf stabil zu halten. Der Bub wird noch eine ganze Zeit im künstlichen Koma liegen müssen …«

»Habt ihr den Eltern schon Bescheid gegeben?«

»Ich hab im Asylantenheim angerufen und mit einer gewissen Madra Malki telefoniert. Die hat mir versprochen, es der Mutter auszurichten …«

»Okay, da müssen Franzi und ich zeitnah selbst hinfahren. Ich hoffe ja nur, dass derjenige, der ihm das angetan hat, nicht auf die Idee kommt, sein Werk zu Ende zu bringen. Ich will, dass der Junge rund um die Uhr bewacht wird, bis ich Entwarnung gebe.«

»Geht in Ordnung. Übrigens, eines solltet ihr noch wissen.«

Lorenz und Franzi blickten ihre Kollegin erwartungsvoll an.

»Ich bin Anoosh Kapun schon einmal begegnet«, sagte sie. »Vor ein paar Wochen wurde ich zu einer Schlägerei gerufen, der Junge hat sich mit dem Schwiegervater seiner Freundin angelegt und ihm die Nase gebrochen.«

»Ah, so einer ist das also«, sagte Lorenz. »Wie heißt der denn, der Schwiegervater?«

»Das weiß ich nicht mehr …«, antwortete Juffinger. »Das müsstest du in der Akte nachschaun.«

»Machen wir. Du bleibst hier und passt auf, dass dem armen Kerl nichts passiert.«

»Hölzl! Was ist da schon wieder im verflixten Feilnbach los? Können Sie nicht irgendwo anders Mordfälle lösen?«

Die vierschrötige Gestalt von Polizeidirektorin Johanna Maier schien zu vibrieren, und das ließ Lorenz eiskalte Schauer mit spitzen Spinnenbeinen über den Rücken laufen. Die Frau machte ihm Angst. Sie sah aus und gebärdete sich wie ein griechischer Hermaphrodit, der aus einem Leni-Riefenstahl-Film entstiegen war. Sie thronte hinter ihrem schlichten Metallschreibtisch, auf dem sich neben einem Monitor nebst Tastatur nur ein Telefon und eine leere Ablage befanden. Keine Familienfotos, keine Dekoration, absolut nichts Persönliches hatte hier Platz gefunden. Maiers Präsenz reichte vollkommen aus, um den Raum zu füllen.

Lorenz hatte es in seiner Karriere bereits mit mehreren, bislang ausschließlich männlichen Direktoren zu tun bekommen. Immer hatte er einen Weg gefunden, sich mit ihnen zu verbrüdern und damit aus der Schusslinie zu geraten. An Direktorin Maier biss er sich nun die Zähne aus. Sein Charme wirkte bei der Frau ebenso wenig wie seine Reputation, die er sich im Fall um den

»Dirndl Porno« erworben hatte. Maier ließ keine Möglichkeit aus, ihn daran zu erinnern, wer hier das Sagen hatte und wer der Einheimische und wer der »Preiß« war. Dabei hatte Lorenz ihr nie einen Grund gegeben, ihn zu hassen. Er vermutete vielmehr, dass Maiers Aversion ihm gegenüber mit ihrer engen Freundschaft zu Feilnbachs Bürgermeisterin, Erna Eiderdammer, zusammenhing.

Mit seinen »Dirndl Porno«-Ermittlungen hatte er damals für ziemliche Furore in Bad Feilnbach gesorgt. Der zwielichtige Fotograf Cornelius Wagner hatte vor einem halben Jahr zusammen mit drei Freunden einen Heimat-Pornofilm gedreht. Unmittelbar nach Fertigstellung des Machwerks war eine der Hauptdarstellerinnen, Sarah Lubner, ermordet mit einem Hirschfänger im Hals aufgefunden worden. Für zusätzlichen Zündstoff hatte gesorgt, dass der Verdacht zunächst auf zwei herausgestellte Persönlichkeiten Bad Feilnbachs gefallen war. Der kleine Kurort war noch lange nach Klärung des Falles durch die Medien getrieben worden, denn Cornelius Wagner hatte den »Dirndl Porno« am Ende tatsächlich veröffentlicht und sich damit eine goldene Nase verdient.

Direktorin Maier pflegte zudem einige für Lorenz äußerst unangenehme Verhaltensweisen. Ihr war ein außerordentlicher Kontrollzwang eigen. Als krassen Widerspruch zu seinem Arbeitsstil wollte sie alles dokumentiert haben und kontrollierte penibel jeden Bericht, der über ihren Schreibtisch wanderte. Die Zahl der Meetings überschritt weit das für Lorenz erträgliche Maß, und die schiere Masse an Bürokratie, mit der Maier die Inspektion überschwemmte, hätte ausgereicht, um selbst das gründlichste Finanzamt neidisch zu machen. In der Aufarbeitung des »Dirndl Porno«-Falls waren er und sie dann das erste Mal aneinandergeraten, da er bei den Ermittlungen nicht die von Maier geforderte Sorgfalt habe walten lassen, sie nicht in Entscheidungen eingeweiht und vor allem nur sehr unzureichend berichtet und dokumentiert habe. Seitdem hielt die Direktorin Lorenz an der kurzen Leine und gängelte ihn mit zusätzlichen Besprechungsterminen.

»Meine Liebe, Sie erwarten jetzt nicht ernsthaft, dass ich mich bei Ihnen für die Aufklärung des ›Dirndl Porno‹-Falls entschuldige, oder?«, flötete Lorenz nun mit übertriebener Freundlichkeit. Franzi duckte sich neben ihm in ihren Stuhl.

»Reden Sie keinen Scheiß, Mann. Ich will, dass ihr beide die Angelegenheit dieses Mal regelt, ohne die Hälfte von Feilnbachs Honoratioren zu verhaften, ist das klar? Und wenn ihr euch nicht sicher seid, wie ihr handeln sollt, sprecht das mit mir ab, sonst poliere ich Ihnen, Hölzl, höchstpersönlich mit grobem Schmirgelpapier die Glatze, haben wir uns verstanden? Und noch was, Hölzl: Sie werden bei der Feilnbacher Bürgermeisterin vorstellig und unterrichten sie über Ihre Vorgehensweise! Das habe ich ihr versprochen!«

»Jawoll, Sir!«, antwortete Lorenz zackig und salutierte, während Franzi sich nur mühsam das Lachen verkneifen konnte.

»Sie, Graßmann, brauchen gar nicht so blöde zu kichern! Ich mache Sie genauso verantwortlich, wenn etwas schiefläuft! Kein Kükenschutz mehr! Und jetzt raus hier, alle beide! Tun Sie was für Ihr Geld!«

»Diese Frau hat den Charme einer entgleisenden Dampflok«, konstatierte Lorenz, als Franzi und er das Büro der Direktorin verlassen und sich auf den Weg zur Bäckerei gegenüber der Inspektion gemacht hatten.

»Man munkelt, dass die nur auf der Durchreise ist. Wir sind sie los, sobald sie den Laden hier auf Vordermann gebracht hat«, meinte Franzi und bestellte sich einen Kaffee und ein Plunderstück. »Ich wette trotzdem, dass ihr beide euch bis dahin noch richtig in die Haare kriegen werdet. Das ist nur eine Frage der Zeit.«

»Sollte es dir noch nicht aufgefallen sein: Ich habe keine Haare auf dem Kopf und mein Temperament im Griff. Ich bin die Ruhe selbst, und jeglicher Ärger prallt von mir ab, wie mein Charme das an der Maier tut«, sagte Lorenz und entschied sich nach einer unauffälligen Inspektion seines aktuellen Bauchumfangs gegen ein Gebäckstück und für eine Scheibe Schwarzbrot, das mit Frischkäse und Salat belegt war. »Aber vergessen wir den Feldwebel und lösen wir lieber unseren Fall.«

»Genau. Jetzt zeig mir die Fotos, die das Servicemädchen gemacht hat. Wie hieß die noch gleich?«, fragte Franzi.

»Verena Kleiner«, antwortete Lorenz und holte sein Smartphone hervor. Dummerweise hatte er vorhin versehentlich die Galerie geschlossen und keine Ahnung, wie er sie wieder öffnen konnte.

»Die hat mir die Fotos irgendwo aufs Handy geladen, kennst du dich mit den Dingern aus?«

»Gib mal her«, befahl Franzi, und zum zweiten Mal an diesem Tag war Lorenz dazu verdammt, einer Frau zuzusehen, wie sie sein Telefon bediente, und kam sich unmännlich vor. Er musste dringend an seinem Technikverständnis arbeiten und nahm sich vor, Peter Pentenrieder, den Kriminaltechniker der Inspektion Rosenheim, bei nächster Gelegenheit um Nachhilfe zu bitten.

»Holla«, entfuhr es seiner Kollegin. »Ordentliche Brüste.«

Lorenz blickte ihr über die Schulter und stellte verwirrt fest, dass Franzi ein Foto einer Henne betrachtete.

»Ah, da ist also das Foto gelandet, dass Papa mir letzte Woche geschickt hat … Und ich hab schon gedacht, dass das Speichern nicht funktioniert hat …«, murmelte Lorenz und versuchte, Franzis Gelächter zu ignorieren.

»Spaß beiseite, nach dem Huhn kommen die Fotos, die Kleiner dir rübergezogen hat.« Franzi wischte sich durch die Bilder und stieß einen anerkennenden Pfiff aus. »Die Herrschaften wissen offenbar zu feiern, nicht schlecht …«

Sie sah sich die Fotoserie ein zweites Mal an und zoomte bei einigen Bildern die Gesichter der darauf Abgebildeten heran. »Können wir aber nicht wirklich brauchen, oder? Wird schwer sein, die Leute mit ihren Masken zu identifizieren …«

»Ich weiß auch noch nicht so recht, wie wir die Bilder verwerten können … Außer dass wir jetzt eine Vorstellung haben, wie es gestern da ausgesehen hat. Und dass ich jetzt überhaupt mal weiß, wie es auf so einer Party zugeht. Du bist ja da schon Expertin …«

»Du brauchst da gar nicht herumzufrotzeln, ich war nicht auf einer Swingerparty, sondern auf einem Faschingsball, das ist was ganz anderes.«

»Versuch jetzt nicht, dich herauszureden. Das brave Mädchen von nebenan kaufe ich dir jedenfalls nie mehr ab, hörst du? Nie mehr. Wie auch immer, wir müssen vorerst wohl woanders weiterermitteln. Ich schlage vor, wir besuchen mal das Asylantenheim in Feilnbach, um mehr über den Jungen herauszufinden«, sagte Lorenz.

»Aber nicht mehr heute«, bat Franzi. »Ich will am Abend aufs Rosenheimer Frühlingsfest. Und da du mich jetzt eh schon für ein böses Mädel hältst …« Sie klimperte bezaubernd mit den Wimpern, und Lorenz hätte sich eher eine Brustwarze abgeschnitten, als ihr ihren Wunsch zu verwehren.

»Na gut. Vielleicht fahr ich allein noch hin. Oder ich mach für heute auch Feierabend, und wir nehmen uns das Asylantenheim für morgen Vormittag vor. Mit wem gehst du denn auf das Fest?«, fragte er und hoffte, dass die Frage möglichst beiläufig klang.

»Och, mit ein paar Freundinnen …«, antwortete Franzi.

»Habt ihr dieses Mal was an, oder lasst ihr euch das Dirndl nur aufmalen?«

Als Antwort kassierte Lorenz einen wortlosen Knuff auf die Schulter.

Dass Franzi ohne ihn ausging, wurmte Lorenz mehr, als er sich eingestehen wollte. Den ganzen Weg nach Bad Feilnbach zurück malte er sich aus, wie seine hübsche Kollegin mit fremden Männern flirtete, und sein Magen verknotete sich mehr und mehr. Er musste sich dringend ablenken. Kurz überlegte er, ob er Bernhard Eibl, den Kurdirektor, anrufen und ihn fragen sollte, ob er heute Abend auch aufs Rosenheimer Frühlingsfest gehen wollte, entschied sich dann aber dagegen. Er wollte Franzi keinesfalls nachspionieren.

Als Lorenz Frau Grubers Pension erreicht hatte, fand er das Haus verlassen vor. Das blöde Vollkornbrot hatte ihn nicht satt gemacht, und überhaupt war er der Meinung, dass er sich nach dem heutigen Tag eine ordentliche Brotzeit verdient hatte. Wenn er schon nicht aufs Frühlingsfest mitdurfte. Er durchstöberte Frau Grubers Kühlschrank und fand eine Tupper-Schüssel, auf der ein Zettel mit seinem Namen klebte. Sehr gut, auf seine Pensionswirtin war eben Verlass. In der Box befand sich ein deftiger Nudelauflauf, den Lorenz nach eingehender Beschnupperung für gut befand, und er setzte sich mit einer Flasche Bier und einem Teller Nudeln nach draußen auf die Hausbank. Als ihm die Ruhe in der Idylle zu laut wurde, kramte er sein Telefon hervor und wählte die Nummer seines Vaters.

»Alessandro Abruzzi, *pronto*!« Lorenz' Vater war Italiener und die einzige Verbindung, die Lorenz noch in seine Heimat hatte. Seine Mutter und sein Vater hatten nie geheiratet, und Lorenz' deutschstämmige Mutter hatte nach seiner Geburt entschieden, in Deutschland zu bleiben und dass Lorenz bei ihr aufwachsen sollte. Alessandro Abruzzi besaß eine kleine Hühnerzucht im süditalienischen Galatina, urig gelegen und ganz nah am Meer. Er und sein Sohn telefonierten regelmäßig, denn trotz der Entfernung hatte Lorenz immer viel Wert darauf gelegt, dass der Kontakt zu seinem Vater nie abriss. Und insgeheim plante Lorenz schon seit Längerem, seinen Papa mit Frau Gruber bekannt zu machen, weil dieser nach der Trennung von Lorenz' Mutter und auch nach deren Tod vor vielen Jahren immer allein geblieben war.

»Grüß dich, Papa, hier ist Lorenzo.«

Hier in Deutschland nannte niemand Lorenz bei seinem vollen italienischen Namen, und er hatte kein Problem damit. Womit er aber schwer haderte, war, dass die Bayern dazu neigten, aus dem Lorenz einen Lenz zu machen, und diesen Spitznamen konnte er überhaupt nicht leiden. Den Lenz duldete er nur bei zwei Menschen: bei Frau Gruber, die ihn unbeirrbar entweder mit »Bua« oder der Kurzform seines Namens ansprach, und bei Franzi, der immer dann, wenn sie aufgeregt war, der Lenz herausrutschte, ohne dass sie es bemerkte.

»Lorenzo, *figlio mio*! Wie geht's dir?«

»Gut, Papa! Aber was ist denn das für ein Krach bei dir? Ich versteh dich ja kaum!«

»Die Hühner sind außer Rand und Band. In dem kleinen Wäldchen neben dem Hof hat sich ein Krähenschwarm eingenistet. Bestimmt fünfzig Stück! Und immer, wenn die Mistviecher über meine Hühnergehege fliegen, dreht das blöde Federvieh durch! Die machen dann einen Radau, dass ich sie am liebsten alle abstechen würde!«

Und da war die Ablenkung, die Lorenz gebraucht hatte. Fast fünfzehn Minuten lang ließ er sich von seinem Vater auf den neuesten Stand in Sachen Hühnerzucht bringen und erörterte mit ihm, wie er die Krähen am besten loswerden könnte. Das gipfelte im Vorschlag, dass Lorenz vorbeikommen sollte, um mit seiner Pistole die Störenfriede zu erschießen. Als Lorenz ihm sagte, dass die Krähen in Bayern als geschützt galten und die Bauern sie nicht anrühren durften, kam Alessandro aus dem Staunen gar nicht mehr heraus.

Und dann folgte die offenbar unvermeidliche Frage, die sich Lorenz in fast jedem Gespräch mit seinem Vater anhören durfte: »Mein Sohn, was macht die Liebe? Wann schenkst du mir endlich kleine Lorenzos?«

Eigentlich wollte er wie immer ausweichen, aber Lorenz verspürte plötzlich das Verlangen, jemandem sein Herz auszuschütten. Er erzählte seinem Vater alles von Franzi und seinem bisher erfolglosen Werben. Was er versucht hatte und was er nicht versucht oder sich nicht getraut hatte. Wie verfahren ihm die Situation erschien und wie sehr ihn das alles zerriss. Es sprudelte aus ihm heraus, als hätte jemand eine Bierdose kräftig geschüttelt und angebohrt. Und Alessandro, der alte Hühnerzüchter aus Italien, der außer Lorenz' Mutter keine Frau an seiner Seite gehabt hatte, antwortete seinem Sohn, dem abgebrühten Kommissar, ehemaligen Weltenbummler und Weiberhelden, mit den Worten: »*Figlio mio* … du wirst sehen, am Ende wird alles gut. Und wenn es noch nicht gut ist, dann ist es auch noch nicht das Ende.«

Und aus irgendeinem Grund wurde es Lorenz bei dieser Vorstellung warm ums Herz, und dessen Schmerz ließ nach.

Nachdem Lorenz das Gespräch mit seinem Vater beendet und sein Geschirr in die Küche geräumt hatte, erhielt er eine Kurznachricht von Bernhard Eibl, der ihn zum Pokerspielen einlud. Da es mittlerweile fast acht Uhr abends war und Lorenz keine Lust hatte, allein ins Asylantenheim zu fahren, sagte er zu und machte sich auf den Weg zum Gasthaus »Bachhäusl«. Als er dort ankam, war Eibl gerade damit beschäftigt, die Spielchips zu verteilen. Neben dem Kurdirektor und Lorenz waren noch der Birnbaumer Sepp, Wirt des »Bachhäusls«, Metzgergeselle Karl Stofflinger und Hias Schwager, Ökobauer und selbst erklärter Agrarkünstler, fester Bestandteil der unregelmäßigen privaten Zockerrunde.

Natürlich war klar, dass alle hier die Gelegenheit nutzen würden, um ihn ordentlich über seinen neuen Fall auszuhorchen, und Lorenz vermutete auch, dass dies der hauptsächliche Anlass für die heute einberufene Runde war. Das war ihm aber egal, weil alles besser war, als alleine daheim zu sitzen und sich den Kopf darüber zu zerbrechen, was Franzi wohl gerade auf dem Frühlingsfest trieb. Lorenz zog einen Fünfzig-Euro-Schein aus dem Geldbeutel und warf ihn in die Tischmitte. Dann ging er zur Schenke, zapfte sich ein Bier und setzte sich zu den anderen an den Tisch.

»Was gibt's Neues?«, fragte er.

»Da musst du unsern Freund, den Kommissar, fragen«, antwortete Birnbaumer.

»Aber der ist grad nicht da, stimmt's, Lorenz?«, ergänzte Eibl lächelnd und teilte die erste Runde Karten aus.

»Nein, der Kommissar hat jetzt Feierabend. Und seine Freunde wissen ganz genau, dass der Herr Kommissar ihnen nichts über eine aktuell laufende Ermittlung erzählen darf«, sagte Lorenz und trank einen Schluck Bier. Sein Blatt zeigte zweimal Pik, und im Flop, den der Kurdirektor gerade aufgedeckt hatte, befanden sich ebenfalls zwei Pik. Welch erfreulicher Spielbeginn. Lorenz erhöhte den Einsatz. Lange würde er die wehleidigen Blicke der anderen nicht ertragen, vor allem, wenn er ihnen gleich das Geld aus der Tasche zog.

»Aber vielleicht äußert sich der Kommissar zu Gerüchten, die ihr aufgeschnappt habt«, fügte er hinzu und stellte befriedigt fest, dass alle mit seinem Einsatz mitgegangen waren und Eibl im Turn das fünfte Pik aufgedeckt hatte. Er erhöhte abermals.

»Stimmt es, dass Barranow im ›Sternenhof‹ einen Swingerclub eröffnet hat?«, fragte der Stofflinger Karl, und seine Gesichtsfarbe wechselte munter durch die verschiedensten Rotschattierungen. Faszinierend, wie schnell in Bad Feilnbach die stille Post ihre bewährte Arbeit verrichtete.

»Als Swingerclub würde ich das jetzt nicht bezeichnen. Für das, was da gestern getrieben wurde, haben wir alle den Arsch zu weit unten«, antwortete Lorenz.

»Meinst, wir sind denen nicht hübsch genug?«, fragte Ökobauer Schwager, der über eine Statur verfügte, als hätte man drei seiner Biokohlköpfe gestapelt und drei Tage in der Sonne stehen lassen.

»Sagen wir mal so, besonders du müsstest da schon ein sehr dickes Geldbündel auf den Tresen liegen, um durch die Gesichtskontrolle zu kommen«, frotzelte Lorenz und erntete Gelächter. Der River brachte eine Kreuz-Neun, und Lorenz forderte sein Glück zum letzten Mal durch eine erneute Einsatzerhöhung heraus. Bis auf Eibl gingen alle mit, niemand konnte jedoch mit Lorenz' Flush mithalten, und so hatte er bereits in der ersten Runde seinen Einsatz verdoppelt.

»Ich hatte ja gehofft, dass nichts an den Gerüchten dran ist …«, seufzte Eibl. Dem Kurdirektor steckte immer noch das Drama um den »Dirndl Porno« in den Knochen, und nun stand ihm die nächste Schundaffäre ins Haus.

»So wie es aussieht, lautete das Motto gestern ›Erotische Trachten‹«, erzählte Lorenz und erfreute sich an den gierigen und erstaunten Blicken seiner Freunde.

»Bernhard, schau halt zu, ob du des touristisch vermarkten kannst!«, schlug Birnbaumer vor. »So was wie: ›Machen Sie Urlaub im Sündendorf! Das St. Pauli an den Alpen öffnet für Sie seine Pforten!‹ Da machst dann a Almbegehung zum ›Dirndl Porno‹-Mordschauplatz mit Almkino und zünftiger Brotzeit, und abends geht's zum munteren Dirndl-Swingen! Des wird bestimmt der Knaller!« Wieder lachten die Männer – alle außer dem Kurdirektor.

»Des werden nicht alle so locker sehen wie ihr, fürcht ich … Angefangen bei der Bürgermeisterin, die in dieser Hinsicht nicht einen Funken Spaß versteht, bis hin zu unseren Freunden aus der Brauchtumserhaltungsecke, die sich sicherlich auch dieses Mal wieder nicht zurückhalten und mit ihrem Protest erst recht für Medienaufmerksamkeit sorgen werden.«

»Eine regelmäßige Einrichtung wird das da oben wohl nicht«, sagte Lorenz, der Mitleid mit seinem Freund bekam. »Im Grunde war's nur eine Privatparty, die durch den Mordversuch jetzt an die Öffentlichkeit zu gelangen droht.«

»Mordversuch? Also gibt's dieses Mal gar keinen Toten?«, hakte Birnbaumer nach.

»Es muss ja nicht immer einen Toten geben, oder? Wenn bei jedem Fall, den die Kripo lösen muss, immer gleich einer umgebracht worden wäre, gäb's ja bald keine Leute mehr hier in Bayern, meinst nicht?«, schimpfte Lorenz, sauer auf sich selbst, weil er sich schon wieder dazu hatte hinreißen lassen, als Informationsquelle missbraucht zu werden.

»Des war bestimmt einer von den Asylanten«, brummelte der rotgesichtige Stofflinger.

Lorenz wurde hellhörig. »Wie meinst jetzt das?«, fragte er. »Woher weiß du, dass das Opfer ein Asylbewerber war?«

»Doch ned das Opfer, ich meinte, dass da ein Asylant für den Mord verantwortlich ist«, antwortete Stofflinger.

»Mord*versuch*«, korrigierte ihn Birnbaumer und teilte ein neues Blatt aus.

»Stofflinger, du bist ein Rassist«, beschuldigte Schwager den Metzgergesellen.

»Bin ich ned, aber des kann doch gar ned gut gehen mit diesen Affen da. Früher oder später raffelt's noch bei uns wegen denen, des wirst schon sehen!«

»Das Opfer war ein Asylbewerber?«, unterbrach Eibl, und Lorenz klatschte sich mit der flachen Hand an die Stirn.

»Ihr macht mich kaputt«, antwortete er. »Dass ich mich immer wieder dazu hinreißen lasse, mich aushorchen zu lassen … Wenn ich erfahr, dass ihr das, was ich euch erzähle, in Umlauf gebracht habt, dann wackelt der Watschenbaum aber ordentlich, das lasst euch gesagt sein! Also gut, das Opfer ist ein Asylbewerber.«

»Aus Feilnbach?«, fragte Eibl, und in seiner Stimme schwang pures Entsetzen mit.

»Ja, aus Feilnbach. Mehr weiß ich aber auch noch nicht über den Kerl.«

»Wir sind erledigt …«, jammerte der Kurdirektor. »Ich kann morgen gleich alles hinschmeißen und zum Angeln fahren. ›Dirndl Porno‹ mit Mord, Aufstand der Moralapostel, Asylanten, geheime Swingerpartys, die beinahe tödlich enden … Was sucht Feilnbach als Nächstes heim? Eine Sekte würde noch fehlen.«

»Ja, die würde gut ins Konzept passen!«, feixte Birnbaumer. »So wäre nicht nur fürs leibliche, sondern auch fürs geistige Wohl gesorgt!« Dann fuhr er fort: »Lorenz, du bescheißt doch! Wie kann des sein, dass du schon wieder gewinnst? Ich spiel gleich nimmer mit!«

Vor Lorenz türmten sich bereits Chips im Wert von zweihundert Euro. Bis auf zwei Runden, in denen er rechtzeitig ausgestiegen war, hatte er bisher alles gewonnen. Und das ging auch noch eine ganze Zeit lang so weiter. Wie hieß es doch immer so schön? Glück im Spiel … Wie auf ein stummes Kommando hin spürte Lorenz sein Handy in der Hosentasche vibrieren. Er zog es heraus und stellte überrascht fest, das Franzi anrief. Er stand auf und nahm das Gespräch entgegen.

»Hi, Franzi, was gibt's?«

»Lenz, kannst du mich bitte abholen kommen?« Franzis Stimme klang gehetzt und weinerlich. Ohne lange zu überlegen, blickte Lorenz auf seine Armbanduhr, es war kurz vor elf, und antwortete: »Ich bin in fünfzehn Minuten da.« Und als er aufgelegt hatte, fragte er in die Runde: »Wer von euch ist mit dem Auto da und kann mich schnell nach Rosenheim fahren, die Franzi vom Frühlingsfest abholen?«

»Spinnst? Du kannst doch jetzt nicht abhaun, ich will mein Geld zurückerspielen!«, moserte Birnbaumer.

»Ich kann dich fahren«, bot sich Bernhard Eibl an und stand auf.

»Sorry, Jungs, wir holen das nach, versprochen«, sagte Lorenz und ließ sich seinen Gewinn auszahlen. Und an Eibl gewandt: »Danke dir, mein Freund, hast was gut bei mir. Auf geht's!«

Leise Vuvuzela

8 Wochen vor der Orgie im »Sternenhof«

Seit der Silvesternacht waren Anoosh und Christine ein Paar. Zwar keines, das in der Öffentlichkeit auftrat, aber immerhin trafen sie sich heimlich.

Schon bald erwachte in Anoosh der innige Wunsch, seiner neuen Freundin etwas bieten zu können. Doch das Leben in Deutschland war teuer, und immer wieder stieß er an die Grenzen seiner finanziellen Möglichkeiten. Er konnte Christine nicht mal zum Essen ausführen, so klamm war er bei Kasse. Sie behauptete zwar, dass es ihr nichts ausmachte und sie ihn auch so liebte, aber sein Ego kam damit gar nicht klar. Das beanspruchte auch gerupft den Gipfel des Misthaufens für sich. Also beschloss er, sich Arbeit zu suchen. Er wollte einen Antrag für eine Arbeitserlaubnis stellen, denn er hatte gehört, dass er ohne eine solche als Flüchtling weder arbeiten noch eine Ausbildung machen durfte.

Als er mit seinem Entschluss zu Frau Malki ging, erklärte diese ihm jedoch, dass Asylsuchende und Geduldete in den ersten neun Monaten ihres Aufenthalts gar keiner Arbeit nachgehen durften. Und auch danach stünden die Chancen auf einen Job derzeit schlecht, weil sogenannte »bevorrechtigte Arbeitnehmer« immer zuerst bedient würden. Und als bevorrechtigt galten sowohl deutsche Arbeitsuchende als auch EU-Ausländer oder eben anerkannte Flüchtlinge. Erst nach vier Jahren Aufenthalt in Deutschland dürfte er als Asylbewerber oder geduldeter Flüchtling ohne diese Einschränkungen arbeiten. Das Ergebnis dieser Erkenntnis waren ein noch frustrierterer Anoosh und ein zerbrochener Gartenstuhl im Asylantenheim, der sich Anoosh fahrlässig in den Weg gestellt hatte. Immerhin hatte er von Frau Malki den Rat erhalten, es doch einmal in der Gemeinde zu versuchen. In einem gewissen Rahmen könne er sich dort gemeinnützig engagieren. In seiner Not wurde Anoosh gleich am nächsten Tag bei der Gemeindeverwaltung vorstellig.

Es war ein kalter Februarmorgen, und er fror erbärmlich, als er in viel zu leichter Kleidung schlotternd zum Rathaus lief. Dort schickte man ihn ohne großes Federlesen weiter zum örtlichen Bauhof. Die hier beschäftigten Männer waren ein gemütlicher und eingeschworener Haufen und spendierten ihm zur Begrüßung ein Bier, während er sich in ihrem Gemeinschaftsraum aufwärmen konnte. Dann stülpten sie ihm einen alten Bundeswehrparka über, der mit einem muffigen, aber wärmenden Fell gefüttert war, und setzten ihn auf den Beifahrersitz eines großen Unimogs. Den ganzen Vormittag tourte der dann salzstreuend durch den Ort, und der Fahrer, ein gutmütiger Kerl namens Hermann, fragte Anoosh unentwegt über seine Geschichte aus. Am zweiten Tag hatte es über Nacht geschneit, und Hermann drückte ihm am Morgen eine Schneeschaufel in die Hand. Anoosh schaufelte, bis seine Hände voller Blasen waren und ihn jeder Muskel im Rücken schmerzte. Am dritten Tag schließlich traute er sich, während der Pause zu fragen, wie hoch denn eigentlich sein Lohn sei. Seine neuen Kollegen zuckten allesamt mit den Schultern. Danach müsse er in der Gemeindeverwaltung fragen, hieß es.

»Einen Euro und fünf Cent pro Stunde«, lautete die Antwort, die er dort dann erhielt. »Eine Aufwandsentschädigung. Können wir für vier Stunden pro Woche leisten. Es ist nicht viel …«, beeilte sich die Beamtin zu ergänzen, als Anoosh in ihrem Büro die Kinnlade herunterklappte. »Aber doch besser als nichts, und mehr dürfen wir Ihnen einfach nicht zahlen, das verbietet die Gesetzgebung!«

Auf diese Nachricht hin ließ Anooshs Enthusiasmus schlagartig nach, und mit ihm verabschiedeten sich große Teile seiner guten Laune.

Der Rest ging an einem Dienstag. Anoosh räumte gegen zehn Uhr morgens einen verschneiten Gehweg, als es plötzlich »Ausländerpack!« aus einer Einfahrt tönte. Ein älterer Herr hatte gerade sein Garagentor geöffnet und funkelte Anoosh nun abfällig an. Obwohl er mit seiner Glatze, dem weißen Vollbart, der Halbmondbrille, seinem Rollkragenpulli und den Filzpantoffeln wie der untersetzte kleine Bruder des Weihnachtsmannes aussah, schien er keinerlei Bedürfnis zu verspüren, Güte und Frohsinn zu verbreiten. Vielmehr schüttelte er drohend die Faust und fügte hinzu: »Verschwinde von meiner Einfahrt, du schmutziger Bengel!«

Und als ob das nicht genug wäre, tauchte auch noch seine Frau auf, eine hagere Spargelstange mit altmodischer Dauerwelle in ihren gefärbten Haaren, und stimmte ins Gekeife ihres Gatten mit ein. Sie höhnte etwas von »widerlicher Brut« und »Zigeunerpack«, aber das bekam Anoosh schon nicht mehr so genau mit, weil ihm das Blut in den Ohren rauschte und er sich zusammenreißen musste, um nicht auf den Hof zu stürmen und den alten Zauseln mit seiner Schneeschaufel die Schädel zu zertrümmern. Wütend stapfte er davon, pfefferte sein Werkzeug in die Garage des Bauhofs und erschien von diesem Tag an nicht mehr zur Arbeit.

Als er Christine von dem Vorfall erzählte, versuchte sie, ihn zu trösten, und bot sogar an, ihren Vater, der ja immerhin Gemeinderat in Bad Feilnbach war, auf die Sache anzusetzen. Das wiederum ließ Anooshs Stolz nicht zu, und er fraß seine immer weiter wachsende Verzweiflung still in sich hinein. Er fühlte sich schrecklich unnütz und schämte sich. Denn trotz der mageren Bezahlung hatten ihn die Männer im Bauhof nicht schlecht behandelt, und es hatte sich gut angefühlt, etwas zurückgeben zu können für all das, was ihm und seiner Familie seit ihrer Ankunft in Deutschland und insbesondere in Bad Feilnbach an Gutem widerfahren war.

Welche Möglichkeiten hatte er denn jetzt noch, an Geld zu kommen? Eine Zeit lang erwog er tatsächlich, bei dem bösen alten Ehepaar einzubrechen und sich zu rächen, indem er sie bestahl. Sicherlich hätten die beiden Unsympathen das verdient. Dann stellte er sich jedoch vor, was geschehen würde, wenn man ihn erwischte. Das würde seiner Mutter einen weiteren Schlag verpassen, von dem sie sich vielleicht nicht mehr erholen würde.

So verging Tag um Tag, bis sich der Winter endlich aus Bad Feilnbach zurückzog und der Ort sich zaghaft dem Frühling öffnete. Anoosh genoss die Zeit zusammen mit Christine, und ihre Liebe wuchs, auch ohne dass Anoosh Geld besaß und seine Freundin so hofieren konnte, wie er das gerne getan hätte. Was nicht bedeutete, dass ihn der Gedanke ans Geldverdienen losließ. Er wurde viel mehr zur fixen Idee, zur glorifizierten Lösung all seiner Probleme.

Wenn ich nur genug Geld hätte …, war sein häufigster Gedanke, den er sowohl in Christines Gegenwart ständig dachte als auch wenn er seiner Mutter beim Leiden und Vegetieren zusah.

Wenn er allein sein wollte, zog er sich zu einer Parkbank am Ortsrand hinter dem Asylantenheim zurück. Die stand unter einer alten Eiche neben der Straße nach Au, und wenn er dort saß und in die Berge blickte, konnte er am besten nachdenken und Pläne schmieden.

Und wie der Zufall es wollte, war dies auch der Ort, an dem er eines Tages das erste Mal Lady Charlotta treffen sollte …

Butterbrot auf Pauke

Montag, Tag 1 nach der Orgie im »Sternenhof«

Als sie die Loretowiese in Rosenheim erreichten, strömten die Menschenmassen bereits vom Festgelände, unbeeindruckt vom einsetzenden Nieselregen, den Lorenz und der Kurdirektor unterwegs aufgegabelt und mit in die Stadt gebracht hatten. Wie beim berühmteren Bruder des Frühlingsfestes, dem Rosenheimer Herbstfest, mussten alle Wirte und Fahrgeschäfte um dreiundzwanzig Uhr die Pforten schließen. Dann schlug die Stunde der Kneipen und Bars, denn auf diese verteilten sich jene Frühlingsfestbesucher, die so früh und mit dem mühsam und teuer erarbeiteten Alkoholpegel noch nicht nach Hause gehen wollten.

Franzi hatte Lorenz mitgeteilt, dass sie am Nordtor auf ihn warten würde. Lorenz vereinbarte mit Eibl, dass der ihn aussteigen lassen und dann weiter vorne umdrehen und sie auf dem Rückweg wieder aufgabeln solle. Er schob und drängelte sich durch die Menge und hielt angestrengt nach Franzi Ausschau. Die Gesänge und das Geschrei der Betrunkenen trafen auf den Lärm der Straße mit hupenden Autos und heulenden Motoren. Grelles Scheinwerferlicht und die in allen Regenbogenfarben blinkenden Lichter der Fahrgeschäfte und Buden spiegelten sich auf der feuchten Straße und ließen Lorenz' Augen tränen.

Schließlich fand er Franzi. Sie trug ihr braunes knielanges Dirndl mit grüner Schürze und schwarzen Pumps. Und sie war nicht allein. Bei ihr waren drei junge Männer, mit einem war sie in ein lebhaftes Gespräch vertieft, die anderen beiden standen unschlüssig neben dem Paar, gehörten aber offensichtlich zu Franzis Gesprächspartner. Lorenz wusste sofort, dass hier etwas nicht stimmte.

»Ist hier alles in Ordnung?«, fragte er trotzdem.

»Verpiss dich, Mann!«, zischte einer der beiden nicht an der Konversation beteiligten Kerle und funkelte Lorenz böse an. Lorenz unterzog ihn einer schnellen Musterung. Deutschstämmig, um die dreißig, Lederhose und knittriges Trachtenhemd, Turnschuhe. Sportlich, muskulös. Und sehr alkoholisiert. Also besser keine Schlägerei anfangen.

»Halt den Mund, Fred«, wies Franzi den Pöbler zurecht. Und zu Lorenz sagte sie: »Vielen Dank, dass du mich abholen kommst …« Auch sie war betrunken, daran zweifelte Lorenz nicht. Aber noch bei Sinnen. Sein Herz klopfte schneller beim Gedanken daran, dass *er* Franzi abholen sollte. Sie hatte *ihn* angerufen und niemand anderen. Blieb nur das Problem ihrer unangenehmen Begleitung zu lösen.

»Du Schlampe hast mir gar nichts zu befehlen!«, entgegnete jener, der Fred genannt wurde. Der andere Mann, der sich nicht mit Franzi unterhalten hatte, legte Fred beschwichtigend die Hand auf die Schulter. Die Worte »Komm, lass gut sein« brachten jedoch keine Entspannung.

Lorenz zwang sich, die Typen zu ignorieren, und sagte zu Franzi: »Lass uns gehen, Bernhard wartet vorne im Auto.«

»Du bleibst hier, bis wir das ausgesprochen haben!«, meldete sich jetzt der Kerl, der auf Franzi eingeredet hatte, zu Wort. Lorenz drohte er: »Halt dich da raus, Glatzkopf. Das hier geht dich nichts an. Ich bringe sie nach Hause, du kannst dich schleichen.«

Auch dieser Kontrahent war keiner, dem Lorenz in einem Faustkopf gegenüberstehen wollte, selbst dann nicht, wenn da nicht auch noch Verstärkung in Form seiner beiden Kumpels gewesen wäre. Dunkle Augen musterten ihn mit irrem Blick, alkoholgeschwängerter Atem schlug ihm entgegen. Typ Marke Fitnesstrainer. Durchaus attraktiv, wie Lorenz zähneknirschend zugeben musste, aber entstellt durch eine Narbe über dem linken Auge.

»Manni, reiß dich zusammen. Da gibt's nichts mehr zu besprechen zwischen uns. Du hast es verkackt, ich habe dir das schon zigmal gesagt. Lass mich endlich in Ruhe!«, rief Franzi. Die Luft knisterte, als Manni scharf die kalte Nachtluft einsog und seine Nüstern wie ein Stier aufblähte.

Lorenz hatte keine Ahnung, in was für ein Drama er hier geraten war, hatte im Augenblick aber auch keinerlei Muße, es herauszufinden. Vorsichtshalber nahm er seine Brille von der Nase, steckte sie in die Jackentasche und sagte: »Jungs, ich habe wirklich keine Zeit und Lust für und auf euren albernen Hahnenkampf. Hinter mir liegt ein harter und langer Tag, und ich schlage vor, ihr geht jetzt heim und schlaft euren Rausch aus. Ich geleite die Lady sicher nach Hause.« Er streckte Franzi die Hand hin, doch Manni schubste Lorenz beiseite und packte Franzi grob an der Schulter, sodass diese schmerzerfüllt aufschrie.

Das genügte, um die Hauptsicherung in Lorenz' Hirn durchschmoren zu lassen und seinen Blick rot zu färben. Adrenalin schoss durch seinen Körper, und er schnellte nach vorne, packte Manni am Kragen und versetzte ihm einen Stoß, der ihn in Richtung seiner Kollegen straucheln ließ.

Franzi kam frei und trat sofort hinter Lorenz. »Pass auf …!«, hauchte sie, denn Manni hatte sich schnell von seinem Schreck erholt und baute sich vor Lorenz auf.

»Das war ein Fehler, Glatzkopf«, fauchte Manni.

Und dann ging alles ganz schnell. Manni stürmte auf Lorenz zu und zielte mit geballter Faust auf Lorenz' Gesicht. Das Ganze war allerdings so offensichtlich, dass Lorenz den Arm mit seiner linken Hand einfach zur Seite schlagen und Manni eine ordentliche Watschn auf die rechte Backe geben konnte. Zur Krönung trat er seinem strauchelnden Gegner noch von hinten in die Kniekehle und hörte mit einiger Befriedigung ein leises Knacken. Sein Gegner ging stöhnend zu Boden.

Im selben Moment hatte sich Fred aus der Umklammerung des dritten Kerls losgerissen und war brüllend auf Lorenz zugestürmt, doch wie aus dem Nichts materialisierte sich plötzlich Bernhard Eibl an Lorenz' Seite und verpasste Fred einen Schlag ans Kinn, der ihn geradewegs ins Reich der Träume schickte und ihm neben einer blutigen Backe auch einen ausgeschlagenen Zahn bescherte.

»Wolltest du den ganzen Spaß ohne mich haben?«, keuchte der Kurdirektor und grinste. Dann sah er sich um und sagte: »Mannomann, hoffentlich erkennt mich hier keiner …«

»Wusste gar nicht, dass du so zuschlagen kannst!«, sagte Lorenz.

»Stille Wasser gründen tief, mein Freund. Kriegen wir hierfür Probleme?« Aus der Zuschauermenge, die sich um den Ort der Schlägerei gebildet hatte, schälten sich fünf Polizeibeamte. Ein paar davon kannte Lorenz immerhin flüchtig.

»Wohl kaum« antwortete er. »Das war doch reine Notwehr. Und wer was anderes behauptet, bekommt es mit mir zu tun!«

Letzteres galt vor allem dem unverletzten Teil des Trios, der bei seinen beiden Kameraden am Boden kauerte und Lorenz entsetzt anstierte. Erst jetzt bemerkte Lorenz, dass Franzi sich an seinen Arm geklammert hatte und sich an ihn drückte.

»Es tut mir so leid, Lenz, ich wollte das nicht …«, hauchte sie.

Lorenz legte seinen Arm um ihre Schulter und flüsterte: »Alles wird gut.«

Den Polizisten gab er sich mit Namen und Dienstgrad zu erkennen, und sie folgten ihnen noch auf die Wiesnwache, um eine Aussage aufzunehmen. Ihm war in diesem Moment völlig gleich, ob die Schlägerei irgendwelche Konsequenzen für sie haben würde, er wollte nur noch Franzi nach Hause bringen.

Für die Rückfahrt hatte Lorenz sich zu Franzi nach hinten in den Wagen gesetzt. Aus dem Nieselregen war nun ein heftiger Platzregen geworden, und Eibl steuerte den Wagen langsam durch die Wand aus Regen und Schwärze. Er hatte sich bisher nicht weiter zu den Geschehnissen geäußert, und auch Lorenz hatte Franzi nicht um eine Erklärung gebeten. Diese lieferte sie schließlich selbst: »Danke, Jungs. Ihr habt was gut bei mir. Wie ihr euch vielleicht schon gedacht habt, war das mein Exfreund, dem ich da heute blöderweise über den Weg gelaufen bin.«

Lorenz wurde wieder einmal schmerzlich bewusst, wie wenig er über das Mädchen, das er so liebte, wusste. Und wie viel Angst er davor hatte, mehr über ihre Vergangenheit herauszufinden. Ihm genügte schon die Erinnerung an diesen Manni, diesen gut aussehenden Bodybuilder, und schon verglich er sich mit ihm, und die Erkenntnis drängte sich ihm auf, dass er mit diesem Typen optisch so rein gar nicht mithalten konnte. War das der Grund, warum es zwischen ihm und Franzi nicht klappte? Weil er nicht ihren Ansprüchen entsprach? Der Gedanke schmerzte, und er versuchte erfolglos, ihn abzuschütteln.

»Kein Problem, meine Liebe«, antwortete der Kurdirektor. »Wenn meine Exfrau mich das nächste Mal stalkt, dann rufe ich dich an, und du darfst dich revanchieren, indem du ihr die Nase brichst!« Er lachte und ergänzte: »Und dass Lorenz als dein treuer Ritter dir allzeit zur Seite steht, ist ohnehin selbstverständlich. Da darf sich das holde Fräulein durchaus erkenntlich zeigen!«

Franzi drehte den Kopf und blickte Lorenz an. Selbst in der Dunkelheit des Autos strahlte ihre Schönheit, und ihm stockte der Atem. Und wie gut sie duftete! Nach Lavendel mit Bierzelt und regennasser Kleidung. Und Alkohol. Aber das störte Lorenz nicht im Geringsten, als er sich zu ihr beugte und sie auf den Mund küsste. Sie schmeckte nach Bier, süßen Mandeln und verheißungsvoller Lust. Und sein Körper vibrierte vor Erregung und Freude, als er spürte, dass Franzi den Kuss erwiderte. Lang und innig. Bis sie schließlich kurz vor Franzis Haus voneinander abließen und Franzi sich kurz bedankte und ausstieg. Niemand sagte etwas. Lorenz meinte, Eibls schelmischen Blick im Rückspiegel zu erkennen, doch der Kurdirektor besaß genug Anstand, um das, was er da gerade gesehen hatte, unkommentiert zu lassen.

Seelenfango

Samstag, 8 Wochen vor der Orgie im »Sternenhof«

Am Steuer des schwarzen Volkswagens saß eine große, streng aussehende Frau mittleren Alters, die Anoosh mit abschätzendem Blick musterte und seinen vorsichtigen Gruß nicht erwiderte. Er hatte den Wagen schon von Weitem gesehen, als er auf seiner Bank lungerte und ziellos in die Landschaft stierte.

Wortlos schloss die Frau die Scheibe wieder und fuhr weiter, nur um nach fünfzig Metern zu bremsen, zurückzusetzen, abermals das Fenster zu öffnen und zu sagen: »Du siehst einfach zu gut aus, um nicht zumindest zu fragen. Junger Mann, ich suche eine Begleitung für heute Abend.« Und als Anoosh sie nur verwirrt anblickte, ergänzte sie: »Möchtest du dir vierhundert Euro verdienen?«

Später konnte Anoosh nicht genau sagen, warum er eingestiegen war. Instinktiv hatte er gespürt, dass ihm hier keine Gefahr drohte. Und seine Gier nach dem schnellen Geld war zu groß gewesen. Die Fahrerin stellte sich ihm als Lady Charlotta vor und erzählte ihm, dass sie ihn gerne auf einen speziellen Empfang im Haus eines Freundes mitnehmen würde. Wenn er keine Fragen stellen und ihr einfach nur Gesellschaft leisten würde, bekäme er das Geld und wäre noch vor Mitternacht wieder zu Hause. Wenn er das nicht wolle, würde sie sofort umdrehen und ihn dort wieder absetzen, wo sie ihn aufgegabelt hatte.

Anoosh wägte den Nutzen gegenüber den Risiken ab. Die Frau wirkte nicht gefährlich. Sie war zwar ziemlich bullig, aber wenn es sein musste, konnte er sie sicherlich leicht überwältigen. Und vierhundert Euro waren so viel Geld, wie seine ganze Familie sonst im Monat zur Verfügung hatte! Er beschloss, das Wagnis einzugehen. Lady Charlotta befahl ihm, das Handschuhfach des Wagens zu öffnen und die darin befindliche Augenbinde herauszuholen. Dann hielt sie am Straßenrand und verband Anoosh die Augen. Die Binde war so konstruiert, dass er nicht einmal an seinen Nasenflügeln entlang etwas erkennen konnte.

Aber da es mittlerweile draußen dunkel war, hätte er wahrscheinlich auch so nicht viel erkennen, geschweige denn sich den Weg, den sie nun fuhren, merken können. Nach kurzer Fahrzeit, es waren vielleicht fünfzehn Minuten vergangen, spürte Anoosh, dass der VW stoppte.

»Du kannst die Augenbinde jetzt abnehmen, wir sind da«, sagte Lady Charlotta.

Als Anoosh die Augen öffnete, sah er eine große Villa. Ein üppiger, schön beleuchteter Garten umgab das Gebäude, direkt vor dem prunkvollen Eingang plätscherte ein kitschiger Springbrunnen. Sie wurden mit generöser Geste von einem kräftig gebauten Mann begrüßt, der auf der obersten Stufe der Treppe zur Haustür stand. Er trug eine schwarze Seidenhose und ein weißes Hemd mit silbernen viereckigen Manschetten. Das schüttere Haar lichtete sich am Scheitel, dafür hing es ihm an den Seiten unverhältnismäßig lang über die Ohren. Ein Ziegenbart klebte an seinem Kinn, die Backen waren rot wie überreife Äpfel. Aber das Seltsamste an ihm war seine Maske. Diese bedeckte Nase, Augen und Stirn und bestand aus rotem, mit goldenen Fäden verschnörkeltem Samt.

»Charlotta! Wie schön, dass du da bist! Es ist bereits alles angerichtet!«, sagte ihr Gastgeber. »Und wie ich sehe, hast du auch eine Begleitung dabei. Herzlich willkommen! Tretet nur ein!«

»Galant wie eh und je, lieber Majorus. Ich danke dir für deinen Empfang. Komm, Junge, wir gehen hinein.«

Anoosh fiel erst jetzt auf, dass ihn Lady Charlotta noch gar nicht nach seinem Namen gefragt hatte. Und überhaupt, was waren »Lady Charlotta« und »Majorus« denn für Namen? Und wie diese Leute miteinander sprachen! So gestelzt! Aber da Anoosh immer noch keinerlei Angst verspürte und mehr denn je wissen wollte, was hier gespielt wurde, folgte er Lady Charlotta ins Innere der Villa. Das enttäuschte die Erwartungen, die ihr Äußeres schürte, mitnichten, und Anoosh spürte ein ärgerliches Zucken in seiner Magengegend über so viel ungerecht verteilten Wohlstand.

Vor einem Badezimmer bleiben sie stehen, und Majorus sagte: »Hier kann dein Gast sich umziehen, Johann wird ihm alles bringen, was er braucht.« Wie aus dem Nichts erschien ein alter Mann an Anooshs Seite, öffnete die Tür zum Badezimmer und deutete mit einer einladenden Geste hinein.

Lady Charlotta ergänzte mit sanfter Stimme: »Du brauchst keine Angst zu haben, dir wird nichts geschehen. Wenn du Fragen hast, ruf einfach nach Johann, und wenn du fertig bist, warte, bis wir dich holen.«

»Nach Ihnen, junger Herr«, sagte der Diener. »Sie können duschen. Ich bringe Ihnen sogleich Ihre Robe.«

Vierhundert Euro, dachte er und benutzte den Gedanken an das viele Geld wie ein Mantra. Er sah sich um. Auch hier war alles prunkvoll ausgestattet, es gab eine frei stehende Wanne mit Blick zum Garten, eine voll verglaste Dusche mit großer Regenbrause, viereckige Waschbecken aus hellem Stein und eine aufwendige Stuckarbeit an den Wänden. Schließlich zuckte Anoosh mit den Schultern, entkleidete sich und stieg unter die Dusche. Es war ein herrliches Gefühl, das warme, weiche Wasser aus den unzähligen kleinen Düsen auf seiner Haut zu spüren. So eine Dusche wäre das Erste, was er sich kaufen würde, wenn er erst einmal das Geld dafür hätte.

Während er sich wusch, kam Johann ins Zimmer und deponierte einen schwarzen Lendenlederschurz nebst schwarzer Ledermaske auf einer Kommode neben dem Waschbecken. Nachdem Anoosh sich abgetrocknet hatte, gürtete er sich den Schurz um, setzte die Maske auf und betrachtete sich im Spiegel. Seine muskulöse, haarlose Brust schimmerte immer noch feucht, stolz betrachtete er seine fein gezeichneten Bauchmuskeln und die kräftigen Oberarme. Seine dunkle Hautfarbe kam durch das schwarze Leder noch besser zur Geltung, und ohne genau sagen zu können, warum, spürte er Erregung aufkommen. Er setzte sich auf den Rand der Wanne und rief: »Ich bin fertig!«

Es verging keine Minute, da öffnete Johann schon die Tür und bat Anoosh, ihn zu begleiten. Er führte ihn durch einen weiteren Flur in ein großes Wohnzimmer. Lady Charlotta saß auf einem Sofa, gekleidet in eine halb transparente Tunika. Diese war immerhin so durchsichtig, dass Anoosh erkannte, dass die Frau darunter nackt war. Ihr großer, hängender Busen zeichnete sich unter dem Stoff ab. Über den Schoß hatte sie Gott sei Dank einen Schal gelegt, ihre Füße steckten in schwarzen schlichten Pumps. Zudem trug sie jetzt auch eine venezianische Maske. Außer Lady Charlotta war noch Majorus anwesend, der in einem großen Ohrensessel thronte und sich nicht umgezogen hatte, zudem befanden sich zwei Anoosh unbekannte Männer und eine Frau, alle drei im mittleren Alter, im Raum. Ihnen vermochte Anoosh allerdings beim besten Willen keine Aufmerksamkeit zu schenken, denn sein Blick wurde magisch von dem angezogen, was sich in der Mitte des Raumes befand.

Die Leute saßen nämlich um einen gepolsterten Tisch herum, auf dem ein schönes Mädchen mit asiatischen Gesichtszügen lag. Was Anoosh besonders verstörte, war die Tatsache, dass das Mädchen mit Gurten an ihren Händen und Füßen am Tisch festgebunden war. Sie schien nackt zu sein, allerdings lag über ihrer Brust und ihrem Schritt ein weißes Seidentuch. Neben dem Tisch kniete eine zweite junge Frau, die in ein ebenfalls weißes Tuch gehüllt war.

Verstört suchte er Lady Charlottas Blick, und sie wies ihn an, sich neben sie zu setzen. Zögernd kam er der Aufforderung nach, nicht ohne einen ausreichenden Sicherheitsabstand einzuhalten, womit Lady Charlotta kein Problem zu haben schien.

»Halt einfach still und sieh zu«, flüsterte sie.

Mama

Dienstag, Tag 2 nach der Orgie im »Sternenhof«

Das Asylantenheim befand sich an Bad Feilnbachs östlichem Ortsrand. Ein altes Bauernhaus, das vor Jahren schon an den Landkreis verkauft worden war, diente seit gut zehn Monaten zwei iranischen Familien, zwei jungen syrischen Männern und einer weiteren Familie aus dem Sudan als vorübergehende Bleibe. Und natürlich den Kapuns. Die Tatsache, dass Rosenheim Asylbewerber nach Bad Feilnbach schicken würde, schwebte seit Jahren wie ein Damoklesschwert über den Einwohnern. Als es dann im Frühjahr dieses Jahres so weit war und bekannt wurde, dass Bad Feilnbach vorübergehend multikulturellen Zuwachs bekommen würde, setzte trotzdem der übliche Entrüstungssturm ein. Einer von jener Sorte, der sich aus mangelndem Wissen, Ignoranz und Angst oftmals zusammenbraute, noch ehe handfeste Informationen zu einem Thema vorlagen.

Die Asylanten waren das neue Lieblingsthema an den Stammtischen gewesen, und das Telefon der Bürgermeisterin erfuhr einen Ansturm wütender und besorgter Bürger. Auf der von der Bürgermeisterin anberaumten Infoveranstaltung für die Bevölkerung zeigte sich dann jedoch ein ganz anderes Bild. Wie üblich zogen es jene Leute, die gerne im Hintergrund mauschelten und schimpften, auch dieses Mal vor, hinter den Kulissen zu bleiben, und der brechend volle Gemeindesaal war fast ausschließlich voller Menschen gewesen, die sich dafür interessierten, wie man das Beste aus der Situation machen und die Asylanten unterstützen könnte. So machte Feilnbach aus der Not eine Tugend und gründete eigens für die Asylanten einen gemeinnützigen Verein, der Patenschaften vermittelte, Kleiderspenden und Fahrräder sammelte und den Flüchtlingen Deutschunterricht gab. Unterstützt wurde er dabei tatkräftig von einer Asylantin namens Madra Malki, die schnell zum Bindeglied zwischen den Einheimischen und den Asylbewerbern wurde.

Allerdings wurde der eitle Sonnenschein von unschönen Ausrutschern verdunkelt. Vorurteile und Rassismus ließen sich nicht so leicht aus der Welt schaffen, und so kam es immer wieder zu Zusammenstößen zwischen Einheimischen und Ausländern.

»Was macht dein Kopf?«, fragte Lorenz seine Partnerin, als sie die Einfahrt zum Asylantenheim hinaufschlenderten.

»Brummt ...«, murmelte Franzi und blickte bedröppelt drein. »Wegen gestern noch mal, Lorenz ... Mir ist das alles so peinlich. Ich versprech dir, das kommt nicht mehr vor.«

Lorenz war zu feige, um zu hinterfragen, *was* genau Franzi peinlich war und *was* nicht mehr vorkommen sollte. Der gestrige Kuss war heute Morgen, nachdem Franzi ihn bei der Pension abgeholt hatte, mit Augenringen verziert und sichtlich mitgenommen, kein Thema mehr gewesen. Und wenn Eibl ihm bei der Heimfahrt nicht gratuliert hätte, als hätte Lorenz im Alleingang und mit bloßen Händen einen wilden Bullen kastriert, würde er wahrscheinlich bereits jetzt daran zweifeln, dass der Kuss überhaupt stattgefunden hatte.

Lorenz' ungesunder Pragmatismus übernahm wieder das Kommando, und er beschloss, sich auf die Arbeit zu konzentrieren. Immerhin hatte er noch einen Kriminalfall zu lösen. Also antwortete er: »Jederzeit wieder, meine Liebe. Du brauchst dich nicht zu schämen, wir helfen uns gegenseitig, das ist Ehrensache. Und jetzt sehen wir uns mal das Asylantenheim genauer an.«

Als sie durch das Gartentor des baufälligen und von Hecken und Sträuchern überwucherten Holzzauns traten, stürmte den beiden Polizisten eine Horde lachender Kinder entgegen.

»Hallooooo!«, quiekte ein vorlauter Junge und stellte sich vor Lorenz. »Dies ist Zoll! Wenn Sie wollen passieren, Sie müssen Zoll bezahlen!« Die anderen Kinder kannten den Ritus wohl bereits, denn sie reihten sich pflichtbewusst hinter ihrem Wortführer auf und bildeten eine Mauer. Eine Mauer, die vor Lachen fast aus allen Nähten platzte, so sehr mussten sich die kichernden Bälger zusammenreißen, um nicht laut loszuprusten.

»Oh, damit haben wir jetzt aber nicht gerechnet, stimmt's, Frau Kommissarin?«, sagte Lorenz in gespielter Verwirrung zu

Franzi, die pflichtbewusst nickte und ob der schrillen Kinderstimmen in ihrer Verfassung bestimmt Höllenqualen erlitt.

»Was wäre denn der Zoll?«, fragte Lorenz.

Die Kinder berieten sich tuschelnd, und schließlich deutete der Wortführer auf Lorenz' grüne Penny Loafers und sagte mit allem Ernst, den ein vielleicht Siebenjähriger aufbringen konnte: »Schöne Schuhe! Guter Zoll!«

»Kinder, lasst Herrschaften in Ruhe!«, unterbrach eine gebieterische Stimme. Eine südländisch anmutende Matrone rauschte aus dem Hauseingang heraus, in der einen Hand hielt sie ein schlafendes Baby, in der anderen einen vorsintflutlichen Staubwedel, mit dem sie nach den lachenden Kindern schlug. Schnaufend erreichte sie schließlich die beiden Beamten.

»Guten Tag, kann isch helfen?«, sagte sie in stark akzentuiertem Deutsch.

»Grüß Sie, ich bin Kommissar Hölzl von der Kriminalpolizei Rosenheim. Das ist meine Kollegin, Kommissarin Graßmann.«

Die Frau ließ sofort den Staubwedel fallen und presste die frei gewordene Hand auf den Mund, während sie gleichzeitig das Kunststück fertigbrachte, das Schaukeln ihres Babys im Arm nicht zu unterbrechen.

»Wen von uns wollen Sie holen?«

Es dauerte ein paar Augenblicke, in denen Lorenz die Augenbrauen hoch- und die Stirn krauszog, bis ihm dämmerte, was die Frau meinte.

»Wir sind nicht hier, um einen von Ihnen nach Hause zu schicken, wenn Sie das denken«, antwortete er, woraufhin sich seine Gesprächspartnerin augenblicklich entspannte.

»Oh, ähm, sehr gut. Zu wem möschten Sie denn dann? Isch bin übrigens Madra Malki«, sagte Madra Malki und reichte Franzi und Lorenz die Hand.

»Wir möchten zur Familie von Anoosh Kapun«, sagte Franzi.

»Ah, der Junge ist seit vorgestern Nacht nischt nach Hause gekommen. Sind Sie deswegen hier?«, fragte Frau Malki.

»Sind seine Eltern denn zu Hause?«, wich Lorenz der Frage aus.

»Nur seine Mutter. Und seine Schwester. Kommen Sie mit, isch führe Sie zu ihnen.«

Die beiden Beamten folgten Frau Malki, die sie durch den Garten zum Bauernhaus führte. Der lange Hausgang des Gebäudes war vollgestellt mit allem möglichen Kram, Kisten und Koffer standen und lagen an den Wänden entlang, diverse Spielsachen waren auf dem Boden verstreut. Jeder Raum schien einer anderen Person als Schlaf- und Wohnzimmer zu dienen, überall war Kleidung zum Trocknen aufgehängt worden, alle Türen standen einladend offen, und aus manchen blickte den Besuchern ein besorgtes Gesicht entgegen. Jemand hatte an die alte Holzdecke einen langen bunten Schal gehängt, und ein köstlicher Geruch von Couscous und gebratenem Gemüse schwängerte die Luft.

»Wir müssen nach oben«, dirigierte Frau Malki und stieg eine alte, knarzende Holztreppe hinauf in den ersten Stock. Die Tür des letzten Zimmers im Gang war geschlossen.

»Hier ist es«, sagte ihre Führerin. »Sina Kapun scheint etwas, nun ja, eigenartig zu sein. Wenn man ihre Vorgeschischte nischt kennt. Möchten Sie, dass isch bleibe?«

Lorenz nickte. Sicher konnte es nicht schaden, etwas Schützenhilfe zu haben. Und die gemütlich aussehende Matrone mit dem Baby im Arm konnte als Unterstützung sicher nicht verkehrt sein.

»Ja, bitte«, antwortete er und klopfte an der Tür. »Frau Kapun? Würden Sie bitte öffnen?«

»Wer ist da?«, rief eine nervöse Frauenstimme aus dem Inneren des Zimmers.

»Die Polizei, Liebes, mach bitte auf«, rief Frau Malki.

Nach einem kurzen Moment gespannter Stille klickte schließlich das Schloss, und hinter der Tür kam eine verhuscht aussehende Frau mittleren Alters zum Vorschein. Sie blickte die Besucher aus großen dunklen und tränenfeuchten Augen an.

»Keine Angst, Sina, diese Leute sind nischt hier, um euch zu holen. Sie wollen sisch nur mit dir unterhalten.«

Daraufhin trat Sina Kapun zur Seite und deutete auf einen alten Holztisch neben dem Fenster, zu dem ein paar klapprige

Stühle gehörten. Lorenz akzeptierte dies als Einladung, sich zu setzen, und Franzi tat es ihm gleich. Bei dem Raum handelte es sich wohl um ein ehemaliges Schlafzimmer, vielleicht acht auf sechs Meter groß. Die dicken Vorhänge waren zugezogen, und der kleinen, staubigen Deckenlampe gelang es nicht, die Düsternis zu vertreiben. Im hinteren Bereich des Zimmers saß ein junges Mädchen auf einer Matratze. Wahrscheinlich Anooshs Schwester. Sie mochte um die fünfzehn sein, hatte langes schwarzes Haar und große, schreckgeweitete Augen. Ihre Nase war wie die ihrer Mutter einer kleinen Pyramide nicht unähnlich, und als die Kinne verteilt wurden, war das Mädchen sicherlich zu spät gekommen.

Frau Kapun nahm auf einem Sofa Platz, und Frau Malki setzte sich neben sie und gab Anooshs Mutter das Baby. Das schien sie etwas zu entspannen, und für einen kurzen Augenblick stahl sich ein Lächeln auf ihr Gesicht. Dann begann sie, in klarem Deutsch und mit zitternder Stimme zu sprechen: »Wie geht es meinem Sohn?«

»Den Umständen entsprechend gut. Frau Kapun, wissen Sie von irgendwelchen Schwierigkeiten, in denen Anoosh stecken könnte?«, entgegnete Lorenz.

Es folgte kurzes Getuschel in einer fremden Sprache zwischen den beiden Frauen, das von einem lauten Schluchzer unterbrochen wurde. Danach redete Frau Kapun wie ein Wasserfall, die Worte sprudelten aus ihr heraus, als hätte jemand in den Boden eines vollen Bierfasses gebohrt.

Schließlich drehte sich Frau Malki mit dicken Falten auf der Stirn zu den Beamten und antwortete: »Es ischt schwer, etwas Vernünftiges aus ihr herauszubekommen. Sie müssen wissen, die Frau ist ziemlich verstört. Man hat ihr in ihrem Heimatland sehr zugesetzt, sie musste zum Beispiel mit ansehen, wie ihr Ehemann getötet wurde. Und die Flucht aus dem Land ist alles andere als einfach und ungefährlisch verlaufen. Dazu kommen die Bedingungen hier in Deutschland … Das alles zusammen war zu viel für sie. Sie lebt in ständiger Sorge um ihre Kinder, würde Anoosh und Pari am liebsten den ganzen Tag hier im

Zimmer einsperren. Falls Sie es noch nischt bemerkt haben, die drei leben und schlafen gemeinsam hier in diesem Raum.«

Lorenz war die schmale Matratze neben dem Doppelbett bereits aufgefallen, und er hatte sich schon etwas in der Richtung gedacht: Es wohnten eindeutig zu viele Menschen in diesem Haus. Er musste darüber mal mit Frau Gruber sprechen.

»Nur wollten Anoosh und Pari sich nicht mehr einsperren lassen«, fuhr Frau Malki fort. »Und so sind die beiden immer häufiger allein losgezogen. Sina sind allerdings keine Schwierigkeiten bekannt, in denen Anoosh stecken könnte. Wenn Sie fragen misch, wundert misch das aber auch nischt, denn isch glaube nischt, dass der Junge ihr irgendwas in dieser Rischtung erzählen würde. Anoosh ischt so ein guter Sohn. Ich hoffe sehr für ihn, dass er hier in Deutschland einen Neuanfang schafft ...«

Danach sieht es derzeit leider nicht unbedingt aus, gute Frau, dachte Lorenz. Wenn das hier vorerst eine Sackgasse sein sollte, wem könnte sich der Bub dann anvertraut haben?

»Frau Kapun, hat Anoosh ein Handy?«, fragte Lorenz.

Nachdem sie sich ausgiebig geschnäuzt hatte, antwortete Anooshs Mutter, diesmal wieder auf Deutsch: »Nein, er hat kein eigenes Telefon. Aber wir haben ein Familienhandy, das er manchmal benutzt hat ...«

»Das müssen wir mitnehmen, Frau Kapun. Und wenn Anoosh sonst noch irgendwelche Habseligkeiten hier hat, wie beispielsweise ein Tagebuch, einen Computer, dann auch das«, sagte Lorenz.

Die Frau erhob sich umständlich, schlurfte zu einer Kommode und holte ein stark gebrauchtes Smartphone daraus hervor. Sie überreichte es Lorenz mit den Worten: »Das ist alles. Computer haben wir keinen, und Anoosh hat hier auch keine Aufzeichnungen oder dergleichen, denn das wüsste ich.«

Lorenz bedankte sich und steckte das Telefon ein.

»Frau Kapun, dürfen wir kurz mal mit Pari sprechen? Allein«, sagte Franzi.

Ehe ihre Mutter antworten konnte, stand Pari auf und schritt auf die Beamten zu.

»Gehen wir, bitte«, sagte sie in klarem Deutsch. Zu Lorenz' Erstaunen erhob die Mutter keine Einwände, sie reichte Frau Malki das Baby und sank dann wieder in sich zusammen und stierte traurig ins Nichts.

Lorenz war froh, das deprimierende Zimmer verlassen zu können, und folgte Franzi, Frau Malki und Pari nach draußen in den Garten, wo sie sich in einer Laube niederließen. Hier sah die Welt schon wieder ganz anders aus. Die Sonne schien auf das noch regenfeuchte Gras und spitzelte durch das Blätterdach der Laube, die Kinderhorde veranstaltete unweit von ihnen ein Fahrradrennen und erfüllte die Luft mit hellem Lachen. Auch das Baby auf Frau Malkis Arm gluckste zufrieden.

»Wie geht es meinem Bruder wirklich?«, fragte Pari und sah Lorenz eindringlich ein. Sie war mit einer weit geschnittenen bunten Bluse und einer beigen Pluderhose bekleidet. Sowohl Frau Malki als auch die spielenden Kinder trugen hingegen westliche Kleidung. Pari schien an ihrer traditionelleren Gewandung festzuhalten. Der Blick ihrer dunklen großen Augen hatte etwas Mystisches, Einnehmendes. Und wie in denen ihrer Mutter schwamm eine tiefe Traurigkeit darin. Aber an Selbstbewusstsein schien es dem Mädchen nicht zu mangeln. Zwar machte ihr die Sprache sichtlich zu schaffen, aber ihre Körperhaltung drückte Stolz und Stärke aus. Lorenz beschloss, ihr die Wahrheit zu sagen.

»Um ehrlich zu sein, geht es ihm nicht gut. Es sieht so aus, als hätte sich Anoosh in sehr zweifelhafte Gesellschaft begeben. Jemand wollte ihn umbringen. Wir vermuten, dass die Tat auch finanzielle Hintergründe haben könnte. Hat Anoosh vielleicht mit Ihnen darüber gesprochen, dass er sich Geld beschaffen wollte? Oder hat er finanzielle Probleme? Also solche, die über Ihre täglichen Geldsorgen hinausgehen?«

Pari schlug entsetzt die Hand vor den Mund und fluchte auf Persisch. Dann entschuldigte sie sich und sagte auf Deutsch: »Ich habe geahnt, dass er sich in Schwierigkeiten bringen wird. Daran ist nur diese Hure schuld.«

»Bitte was?« Franzi, die sich bisher zurückgehalten und sich ein paarmal verstohlen die Schläfen massiert hatte, hatte ihren

Kater gebändigt und schaltete sich ins Gespräch ein. »Von wem reden Sie denn da?«

»Anoosh hat jemanden kennengelernt. Aus dem Dorf. Hat sich immer heimlich mit ihr getroffen. Er dachte, ich würde es nicht bemerken«, antwortete Pari aufgebracht.

»Und warum ist sie eine Hure?«, wollte Franzi wissen.

»Weil sie meinen Bruder verführt und ihm Flausen in den Kopf gesetzt hat! Die beiden haben irgendwas geplant. Bestimmt hat Anoosh sich wegen ihr in Schwierigkeiten gebracht!«, antwortete Pari. »Einmal hat er sogar Streit mit ihrem Vater gehabt, er hat sich in eine Schlägerei verwickeln lassen und musste zur Polizei!«

»Wissen Sie, wo wir die Freundin Ihres Bruders finden?«, fragte Franzi.

»Wo sie wohnt, weiß ich nicht. Aber sie heißt Christine. Und sie ist aus dem Ort hier. Ein großes Mädchen mit roten Haaren!« Pari blickte angewidert drein.

»Abgesehen von dieser Frau, die Sie als Hure beschimpfen: Hatte Anoosh sonst noch Umgang mit Leuten, von denen er Schwierigkeiten erwarten könnte?«, fragte Lorenz.

Pari antwortete nicht gleich, sondern suchte zunächst Frau Malkis Blick. Die zuckte nur wortlos mit den Schultern.

»Wir Flüchtlinge sind nicht unbedingt beliebt hier im Ort. Natürlich gibt es ein paar Leute, die uns wohlgesinnt sind, aber der Großteil begegnet uns mit Vorbehalt und Ablehnung. Wenn Sie meine Meinung hören wollen: Ich glaub nicht, dass einer der Dorfbewohner etwas damit zu tun hat. Sie sollten sich um die rothaarige Hure kümmern, die kann Ihnen dazu sicherlich mehr sagen.«

»Danke, Pari, das genügt uns. Sie dürfen jetzt wieder zu Ihrer Mutter gehen«, sagte Lorenz und verspürte Erleichterung, als das harsche Mädchen gegangen war und er mit Franzi und Frau Malki allein in der Laube zurückblieb.

»Kann es sein, dass mit der was nicht ganz in Ordnung ist?«, fragte Lorenz Frau Malki.

Die rundliche Matrone seufzte schwer. »Natürlich ist sie nischt in Ordnung. Sie müssen sisch immer vergegenwärtigen, was diese Kinder alles durchgemacht haben. Vielleicht ist es jetzt an der Zeit, dass Sie die Geschischte der Familie Kapun hören. Soll isch sie Ihnen erzählen?«

»Ja, vielleicht wäre das tatsächlich ganz hilfreich«, antwortete Lorenz.

Frau Malki holte tief Luft. »Zunächst müssen Sie wissen, dass Sina Kapun vor vielen Jahren schon mal in Deutschland gelebt hat.«

»Warum ist sie wieder nach Hause zurückgekehrt?«, fragte Franzi verwundert.

»Die Geschischte von Sina Kapuns Flucht begann eigentlisch schon vor vielen, vielen Jahren. In den frühen Siebzigern flohen ihre Eltern mit der kleinen Sina während der Wirren um den Sechstagekrieg über zahlreische Umwege nach Deutschland. Die kleine Familie hat sisch damals trotz ihres Asylantenstatus gut eingelebt, Sina hat sogar Abitur gemacht. Trotzdem tat sie sisch schwer, in Deutschland Arbeit zu finden, und auch studieren wollte man sie nischt lassen. Und deshalb beschloss sie als junge Frau, in den Iran zurückzukehren. Dort traf sie dann ihren Mann, hat geheiratet und Anoosh und Pari zur Welt gebracht. Wenn der Horizont allerdings erst einmal erweitert ist, tut man sisch schwer, die Augen zuzudrücken, wenn soziale Missstände und Ungerechtigkeit das täglische Leben bestimmen. Sina war immer ganz vorne mit dabei, wenn es gegen das Regime zu protestieren galt, und engagierte sisch politisch sehr stark. Als der Bürgerkrieg begann, zogen sie und ihr Mann schließlisch die Aufmerksamkeit der Behörden auf sisch. Diese, wie sagt man auf Deutsch, *schikanierten* die Familie immer mehr und mehr, bis es schließlisch zu einem folgenschweren Unglück kam. Sinas Mann wurde auf offener Straße bei einem Protest erschossen, weil die Polizisten glaubten, er wolle eine Waffe zücken – was sisch später als Irrtum herausstellte, die Kapuns setzten auf gewaltfreien Protest. Doch die Geheimpolizei hörte auch nach dem schrecklischen Unfall nischt auf, die Familie zu traktieren. Mehr als einmal kamen sie nachts in ihr Haus, durchsuchten alles und jeden, und einmal wäre Sina beinahe vergewaltigt worden, wenn der kleine Anoosh nischt wie ein Berserker auf den Angreifer seiner Mutter losgegangen wäre. Sina hatte sisch befreien können und war um Hilfe schreiend auf die Straße gerannt. Nach diesem Vorfall sah sie sisch genötigt, den Iran erneut zu verlassen, und was lag aus ihrer Sicht näher, als nach Deutschland zurückkehren zu wollen?«

Frau Malki leckte sich über die Lippen und fuhr fort: »Sie kratzte also ihr letztes Geld zusammen und floh zunächst nach Ägypten. Von dort aus schlossen sie sisch einer Schleuserbande an, die sie nach Lampedusa bringen sollte. Die Überfahrt dauerte statt der üblischen drei ganze sieben Tage. Weil auf dem Schiff, das für dreihundert Passagiere ausgelegt war, achthundert Menschen zusammengepferscht worden waren, fiel alle paar Stunden der Motor wegen Überlastung aus. Bis heute weiß niemand genau, wie viele Flüschtlinge auf der Überfahrt gestorben sind. Einmal hat Sina mir erzählt, dass das Schiff immer, wenn der Motor streikte, zum Spielball der Wellen wurde. Es hat so stark geschaukelt, dass alle dachten, es würde gleich umkippen. Sie hatte schrecklische Angst um ihre Kinder, dass sie ins Wasser fallen und ertrinken würden und sie ihnen nischt helfen könnte. Nahezu alle Passagiere litten an Seekrankheit, die Toiletten waren verstopft, die hygienischen Verhältnisse eine Katastrophe. Am vierten Tag starb ein alter Mann gleisch neben der kleinen Familie. Und er blieb dort bis zum Ende der Reise liegen, da die Frau des Toten sisch weigerte, den Leichnam ins Meer zu werfen.«

Frau Malki strich sich eine Strähne aus dem Gesicht und fuhr fort: »Als sie Lampedusa dann endlisch erreichten, war das Martyrium noch längst nischt ausgestanden. Per Zug reisten sie von Italien aus nach Deutschland, stets begleitet von einer Welle der Ablehnung und dem Gefühl, unerwünscht zu sein. In Deutschland hat es dann niemanden interessiert, dass Sina Kapun bereits einmal hier war und über ein deutsches Abitur verfügt. Sie wurde behandelt wie alle anderen Asylanten auch und über Monate von einem Auffanglager ins nächste abgeschoben. Als die Kapuns mit

Bad Feilnbach das vorläufige Ende ihrer Odyssee erreischten, war Sina längst gebrochen. Sie hat überhaupt keinen Lebenswillen mehr und auch keine Perspektive, wie es weitergehen soll. Und jetzt sehen Sie sisch Pari an: Sie hat ihren Vater verloren. Sie hat eine strapaziöse Flucht hinter sisch, eine Mutter, die ein Fall für die Psyschiatrie ist, und jetzt auch noch einen Bruder, der in irgendwelsche dubiosen Machenschaften verwickelt ist. Außerdem zerfällt in Deutschland gerade ihr Wertesystem, das sie von Geburt an eingetrischtert bekommen hat. Sie schlittert derzeit wie ein außer Kontrolle geratenes Pferdefuhrwerk über die Straße. Der unsanfte Aufprall ist nur noch eine Frage der Zeit. Misch wundert eh, dass sie sisch noch so gut hält.«

Lorenz schwieg bedrückt. Dann fragte er Frau Malki: »Wie meistern Sie diese Situation hier eigentlich? Sie scheinen mir die Ruhe selbst zu sein.«

»Ach wissen Sie, isch habe in meinem Leben schon so viel erlebt, eine Lokomotive wie misch lässt so schnell nischts mehr entgleisen.« Frau Malki lachte herzlich. »Aber jetzt sollten Sie sisch lieber um den jungen Anoosh kümmern. Seine Familie hat genug gelitten, finde isch. Verschaffen Sie seiner Mutter und seiner Schwester Linderung. Und lösen Sie den Fall.«

»Das werden wir. Sie wissen nicht zufällig, um wen es sich bei Anooshs Freundin handelt?«, fragte Lorenz. »Wir würden dem Mädel gern mal einen Besuch abstatten.«

»Isch habe eben auch das erste Mal von ihr gehört, isch muss Sie also leider enttäuschen«, antwortete Frau Malki.

»Sie waren uns trotzdem eine große Unterstützung, vielen Dank.« Und an Franzi gewandt sagte er: »Und wir beide packen's jetzt, wir sollten noch der Frau Bürgermeisterin einen Besuch abstatten, wenn wir schon mal in der Gegend sind. Nicht dass die Frau Maier sich unseretwegen noch mehr aufregen muss …«

Erzherzog Johann

Samstag, 8 Wochen vor der Orgie im »Sternenhof«

Majorus erhob sich, und erst jetzt erkannte Anoosh, dass er sich einen schwarzen Umhang umgebunden hatte. In Anooshs Augen sah der Mann jetzt noch alberner aus, und er musste grinsen, riss sich dann aber sofort wieder zusammen und hoffte, dass es niemand bemerkt hatte. Alle Augen waren ohnehin auf Majorus gerichtet, der theatralisch die Hände ausbreitete und in einer fremden Sprache einen Sermon aufsagte.

Verstohlen blickte Anoosh in die Runde und musterte die anderen Gäste. Allesamt waren sie maskiert. Einer der beiden Männer schien weit über siebzig zu sein und trug unter der Nase einen gewaltigen weißen Schnauzbart und einen nicht minder gewaltigen Bierbauch. Der andere mochte um die fünfzig sein, hatte steingraues kurz geschorenes Haar und einen Gesichtsausdruck, als hätte ihn gerade jemand geschlagen. Die zweite Frau in der Runde neben Lady Charlotta war vergleichsweise jung, vielleicht Mitte dreißig, und trug ebenfalls eine Art Lendenschurz, allerdings einen, der auch ihren Oberkörper bedeckte. Sie hatte kurzes schwarzes Haar, eine Stupsnase und tätowierte Augenbrauen. Abgesehen von den Augenbrauen gefiel sie Anoosh recht gut. Leider schenkte sie ihm keinerlei Aufmerksamkeit. Er hätte gerne gewusst, ob sie dieser verrückten Situation genauso ratlos gegenüberstand wie er.

Dann endete Majorus' Ansprache, und er gab Johann, dem Diener, der sich bisher unauffällig in einer Nische neben der Tür aufgehalten hatte, ein Zeichen. Eine guttural anmutende Musik setzte ein, schwere Trommeln und ein undefinierbares Saiteninstrument vereinten sich zu einer hypnotischen Melodie. Das am Boden sitzende Mädchen erhob sich und wickelte sich aus seinem Tuch. Im Gegensatz zu der auf dem Tisch festgebundenen Frau war sie etwas kräftiger gebaut und mit einem enormen Busen und einem gebärfreudigen Becken ausgestattet. Ein großes Tattoo in Form eines Kolibris, der aus einer exotischen Blüte trank, bedeckte den Großteil ihres Rückens.

Sie blickte fragend zu Majorus, und als dieser nickte, zog sie auch von der Gefesselten das Tuch herunter. Dann küsste sie das Mädchen auf die Lippen und drückte ihr die Zunge in den Mund. Die andere erwiderte den Kuss und stöhnte auf, als ihr ihre Partnerin die Hand in den Schritt legte. Gebannt sah Anoosh dabei zu, wie die pummelige Blondine die Asiatin mit Mund und Händen so sehr erregte, dass sie sich gegen ihre Fesseln aufzubäumen versuchte.

Schließlich stand sie auf, schritt andächtig im Rhythmus der Musik zum Fußende des Tisches und zog dort an einer unauffälligen Verriegelung. Dies löste einen Mechanismus aus, der den unteren Teil des Möbelstückes auseinanderklappen ließ und damit die Beine der Gefesselten weit spreizte. Die Blondine kniete sich nieder, küsste die Vagina der Asiatin und tauchte dann ihre Zunge in das rote, feucht glänzende Fleisch. Anoosh warf einen unauffälligen Blick in die Runde. Alle Zuschauer saßen regungslos auf ihren Sitzen. Einzig der jungen Frau mit dem Lendenschurz stand die Verwunderung ins Gesicht geschrieben, als könne auch sie nicht glauben, was sie da gerade mit ansah. Das gefesselte Mädchen stöhnte jetzt laut und hatte die Augen geschlossen, da ertönte plötzlich ein Gong. Die Blondine hörte mit der oralen Penetration auf und erhob sich.

Majorus stand ebenfalls auf und sagte: »Lady Charlotta, dir gebührt die Ehre.«

»Danke, Majorus«, antwortete die Angesprochene und drehte sich zu Anoosh. »Junge, möchtest du mit dieser Frau schlafen?« Sie deutete auf die gefesselte Asiatin, die den Kopf zur Seite gedreht hatte und Anoosh erwartungsvoll aus ihren großen, mandelförmigen Augen ansah.

Doch dieser schrak zurück. Was war denn das für ein perverser Zirkus hier? Die erwarteten doch nicht ernsthaft, dass er es jetzt hier mit dieser Schickse trieb? Vor diesen Lustgreisen? Nun, er hätte ja schon gewollt, zumindest dem Grad seiner Erregung nach zu urteilen, die sich auch deutlich durch den Lendenschurz abzeichnete. War das Teil der Vereinbarung, die er für die vierhundert Euro erfüllen musste? Zorn stieg in ihm auf, und er wollte schon losschimpfen, als Lady Charlotta sagte: »Offenbar möchtest du nicht. Nun, das ist kein Nachteil für dich. Unser Geschäft gilt natürlich trotzdem. Majorus, ich gebe die Ehre weiter.«

»Wie du wünschst, Charlotta. Borobus?« Majorus wandte sich an den Mann mit den kurzen grauen Haaren und dem weinerlichen Gesichtsausdruck. Dieser zögerte keine Sekunde, und fast schien es, als hätte er mit dem, was nun kam, ohnehin fest gerechnet. Er stand auf, entkleidete sich und stellte sich nackt vor den Tisch.

Anoosh schauderte bei dem Anblick, denn die Haut des Mannes war fahl und von ungesunden Flecken übersät, sein Hintern hing schlaff wie eine halb aufgeblasene Luftmatratze an seinem Rücken. Doch das blonde Mädchen schien sich daran nicht zu stören, es kniete sich vor ihm nieder und nahm sein schlaffes Glied in den Mund. Als es daran so lange herumgelutscht und gesaugt hatte, bis es endlich von alleine stand, schob der Mann sie grob beiseite und stellte sich zwischen die immer noch gespreizten Schenkel der Asiatin. Mit einem groben Stoß drang er in sie ein, und dieses Mal stöhnte das Mädchen nicht vor Lust, sondern schmerzerfüllt auf. Am liebsten wäre Anoosh aufgesprungen und hätte den alten Sack dort weggestoßen. Aber dann war das Treiben auch schon zu Ende, der Mann sank zuckend über das Mädchen, seufzte zufrieden und erhob sich. Sofort war Johann mit einem Handtuch zur Stelle, das er dem widerlichen Kerl in die Hand drückte, und dann öffnete er die Gurte des Mädchens und führte es zusammen mit seiner Partnerin aus dem Raum.

Was zur Hölle hatte er hier gesehen? Und was war seine Rolle? Lady Charlotta schien jedenfalls nichts weiter von ihm zu erwarten, mehr noch, sie ignorierte ihn und saß mit geschlossenen Augen da, als würde sie meditieren. Majorus und die restlichen Anwesenden, mit Ausnahme der jungen Frau mit dem Lendenschurz, taten es ihr gleich. Anoosh kauerte sich verwirrt auf der Couch zusammen und wusste nicht, was er tun sollte. Er suchte nochmals den Blick seiner Leidensgenossin auf der anderen Seite, und dieses Mal sah sie zu ihm herüber.

Sie zuckte hilflos mit den Schultern und rollte mit den Augen. Offensichtlich hatte auch sie nicht die leiseste Ahnung, was hier gespielt wurde.

Im Hintergrund lief immer noch die Musik, als Majorus plötzlich die Augen öffnete, sich erhob und sagte: »Johann, für die beiden jungen Herrschaften ist es jetzt Zeit, zu gehen.« Und an Anoosh und das andere Mädchen gerichtet: »Es hat mich gefreut, dass ihr uns Gesellschaft geleistet habt. Ich wünsche euch eine gute Heimreise.«

Der Diener stand wartend in der Tür, doch Anoosh drehte den Kopf und sah Lady Charlotta erwartungsvoll an.

»Johann wird dir dein Honorar im Wagen überreichen. Auch ich danke dir für deine Gesellschaft.« Dann drehte sie sich weg und schloss wieder die Augen. In Anoosh begann es, ganz gewaltig zu brodeln, und er musste sich zusammenreißen, um nicht laut loszubrüllen. Was bildeten sich diese alten, perversen Knacker eigentlich ein? Er hatte verdammt noch mal keine Lust auf diese Spielchen! Andererseits: Das war die Gelegenheit, diesen kranken Ort zu verlassen, und immerhin schien er das versprochene Geld ja tatsächlich zu erhalten. Hoffte er zumindest. Denn noch war er ja nicht zu Hause.

Wer wusste schon, wozu diese gestörten Leute hier in der Lage waren …

Die Wolfsaustreiber

Dienstag, Tag 2 nach der Orgie im »Sternenhof«

»Sind Sie hier, um mich zu verhaften?«, fragte Erna Eiderdammer.

Lorenz stellte sich vor, dass Bürgermeisterin Eiderdammer ein prima Segelboot oder besser noch eine Fregatte abgegeben hätte, wenn man ihr einen Mast auf den Rücken geschraubt hätte. Kein Wunder, dass diese Frau sich so gut mit seiner Chefin verstand. Bestimmt waren die beiden irgendwie verwandt. Zwei Kriegsschiffe im bayrischen Meer. Alles an der Bürgermeisterin war enorm. Ihr gewaltiger Busen hob und senkte sich unablässig bei jedem Atemzug, den sie tat, und wenn sie sprach, schienen sich die beiden Brüste völlig unabhängig voneinander zu bewegen und entfalteten eine hypnotische Wirkung, der sich Lorenz nur mit äußerster Anstrengung entziehen konnte. Eiderdammer mochte späte fünfzig sein und trug ihr wasserstoffblondes Haar zu einem enormen Dutt auf dem Kopf geformt. Sie hatte Lippen dick wie Schlauchboote und ein Riechorgan, um das sie jeder Nasenaffe beneidet hätte.

Ihr Büro befand sich im ersten Stock des Feilnbacher Rathauses. Obwohl die beiden Beamten keinen Termin vereinbart hatten, waren sie sofort vorgelassen worden. Jetzt saßen sie mit der Bürgermeisterin an einem Besprechungstisch, der sicherlich aus den Restbeständen des Palasts der Republik in Berlin seinen Weg hierher gefunden hatte. Die restliche Einrichtung des Büros stand dem Tisch in nichts nach. Wer auf den Schick früher Nachkriegsdesigns stand, mochte hier voll auf seine Kosten kommen.

»Scherz beiseite, danke, dass Sie sich's einrichten konnten, Herr Kommissar. Und Sie sind?«, fragte die Bürgermeisterin an Franzi gerichtet.

Lorenz lehnte sich zurück. Bisher war er ohnehin noch nicht zu Wort gekommen. Erst die Polizeidirektorin, jetzt die Bürgermeisterin. Derzeit gab es eindeutig zu viele dominante Frauen in seinem Leben.

»Kommissarin Graßmann, Frau Bürgermeister. Freut mich, Sie kennenzulernen«, antwortete Franzi.

»Ganz meinerseits, die Freude. Sie sind dann wohl die Kollegin dieses Revolverhelden da?« Frau Eiderdammer zeigte auf Lorenz.

Der setzte eine betrübte Miene auf und antwortete an Franzis statt mit gespielter Empörung: »Frau Bürgermeister, kann es sein, dass Sie mich nicht mögen?«

»Von Nichtmögen kann keine Rede sein, Kommissar. Aber Ihr Ruf eilt Ihnen voraus. Immerhin haben Sie in Ihrem letzten Fall in Feilnbach so ziemlich alles verhaftet oder verdächtigt, was Rang und Namen hatte.«

»Ich bin zur Hälfte Italiener, gute Frau. Es liegt also quasi in meiner Natur, es mit der Obrigkeitshörigkeit nicht so genau zu nehmen. Wenn einer Dreck am Stecken hat, beeindruckt es mich nicht, was er auf seiner Visitenkarte stehen hat. Möchten Sie uns sonst etwas mitteilen, Frau Bürgermeisterin?«

Die voluminöse Frau lehnte sich in ihrem Bürostuhl so weit zurück, dass dieser unter der Belastung mit einem mitleiderregenden Quietschen protestierte. Sie leckte sich über die dicken Lippen und antwortete: »Hören Sie, Herr Kommissar, Sie müssen in diesem Fall mit äußerster Vorsicht ermitteln. Für Bad Feilnbach steht viel auf dem Spiel. Vergessen Sie bitte nicht, dass wir ein Kurort sind, der Großteil der Menschen hier lebt vom Tourismus. Der Skandal um den ›Dirndl Porno‹ hat bereits für einen gewaltigen Knacks im Image des Ortes und in der Identität der Leute hier gesorgt. Zusätzlich zur ohnehin schon vorherrschenden schlechten Stimmung wegen der angeblichen wirtschaftlichen Flaute der Gemeinde. Die, ganz nebenbei, völliger Humbug ist. Wir haben nie zuvor mehr Steuern eingenommen, nie zuvor hatten wir mehr Übernachtungen. Der Laden brummt, sozusagen. Aber das ist den Einheimischen hier nur ganz schwer zu vermitteln. Viele sind aufs Jammern abonniert, da gehört die tägliche Lamentiererei quasi zur lieb gewonnenen Routine. Umstände wie das Asylantenheim sind dem nicht gerade förderlich, das muss ich bestimmt nicht weiter ausführen,

Sie sind ja ein helles Köpfchen. Was der lokalen Identität aber sicherlich einen weiteren Knieschuss verpasst, ist diese dämliche Geschichte mit der Swingerei. Das hatte gerade noch gefehlt, dass das an die Öffentlichkeit kommen musste. Von mir aus sollen sie sich ins Elysium vögeln, nur erwischen zu lassen hätten sie sich nicht brauchen. Amateure. Also, hier mein Appell an Sie: Ermitteln Sie in Gottes Namen so diskret wie irgend möglich. Muss ich Ihnen erklären, was Diskretion ist? Lernt man das auf der Kommissarenschule?«

»Sicher weiß ich das. Wo waren Sie denn am Sonntagabend, Frau Bürgermeister?«, fragte Lorenz und grinste breit.

»Herr Hölzl!« Die Bürgermeisterin blähte ihre gewaltigen Nasenflügel und sah aus wie ein Nashornbulle, der zum Angriff ansetzte.

»Schon gut, Frau Bürgermeister. Ich hab Sie schon verstanden, klar und deutlich. Wir werden so diskret wie möglich sein. Eine ernst gemeinte Frage hätte ich aber tatsächlich noch …«

»Schießen Sie los!«

»Ich habe gehört, dass Alexander Barranow den ›Sternenhof‹ noch gar nicht offiziell eröffnet hat. Wenn der da nun solche Partys veranstaltet, muss er das nicht genehmigen lassen? In Bayern braucht's doch sonst für alles eine behördliche Erlaubnis.«

Eiderdammer runzelte die Stirn und kratzte sich am Ellbogen.

»Was der da oben privat veranstaltet, ist uns zunächst mal völlig wurscht. Es hat sich ja nicht um eine öffentliche Veranstaltung gehandelt.« Sie sah kurz zur Decke und ergänzte: »Allerdings hat er beim Gemeinderat einen Antrag auf Nutzungsänderung gestellt.«

»Um was genau ging es denn da?«, fragte Lorenz.

»Kann ich Ihnen nicht sagen, ich war bei der Sitzung nicht anwesend. Sie können aber das Protokoll einsehen. Liegt vorne in meinem Sekretariat. Kann ich sonst noch was für Sie tun?« In der Frage schwang eine ganze Kiesgrube voller Ungeduld mit.

»Nein, liebe Frau Bürgermeister, vorerst war's das. Sie haben sich sehr kooperativ gezeigt, und wir werden Sie erst einmal nicht verhaften«, sagte Lorenz, ehe die Bürgermeisterin sie aus dem Büro warf.

Neuländer

Samstag, 8 Wochen vor der Orgie im »Sternenhof«

Zehn Minuten nach der sonderbaren Verabschiedung saß Anoosh in einer Limousine, deren rückwärtige Scheiben kurioserweise auch innen getönt waren, sodass er nichts von seiner Umgebung erkennen konnte. Auch der Durchgang zur Fahrerkabine war verschlossen, und Anoosh konnte dem Diener keine seiner zahllosen Fragen stellen. Immerhin, beim Einsteigen hatte Johann ihm einen Umschlag mit vier grünen Einhundert-Euro-Scheinen in die Hand gedrückt. Was das betraf, hatte Lady Charlotta also Wort gehalten.

»Hast du auch vierhundert bekommen?«, fragte Anoosh Annemarie. So hieß das schwarzhaarige Mädchen, und während der Fahrt hatten sie Gelegenheit, sich ein wenig zu unterhalten. Weil sie sich albern vorkamen, hatten beide beschlossen, ihre Masken abzunehmen. Anoosh erfuhr, dass Annemarie genau wie er mit der Verheißung auf das schnelle Geld geködert worden war und nicht die geringste Ahnung hatte, was hier vorging.

»Ich tippe mal darauf, dass es sich um eine Art Geheimbund handelt«, mutmaßte sie. »Die beiden Frauen werden wohl Prostituierte gewesen sein, zumindest bin ich mir ziemlich sicher, dass die das freiwillig gemacht haben. Die Asiatin hat mir nicht den Eindruck erweckt, dass sie zu was gezwungen wurde, oder wie siehst du das?«

»Jetzt, wo du es sagst …«, antwortete Anoosh und kehrte in Gedanken zu der kuriosen Szenerie zurück. »Aber seltsam ist das schon. Was wollte die von uns? Ich hätte es ja verstanden, wenn ich etwas hätte machen müssen, aber so viel Geld bekommen, nur um auf einer Couch herumzusitzen und mir so ein perverses Schauspiel anzusehen? Das stinkt doch zum Himmel. Musstest du sonst irgendetwas tun …?«, fragte Anoosh vorsichtig, während der Wagen über eine unwegsame Straße rumpelte und ordentlich durchgeschüttelt wurde.

»Du meinst, ob ich mit diesem Oligamus, wie sich der Spinner nennt, rummachen musste? Herrgott, nein, ich bin doch keine Hure. Ich hab mich auf eine dieser Zeitungsanzeigen gemeldet. Da war die Rede von einem gut bezahlten Nebenjob mit geringem Zeitaufwand.«

»Hattest du denn keine Bedenken? Ich meine, als Frau ist das ja noch mal eine höhere Schwelle als für mich als Mann, wenn du dich da einfach auf einen Unbekannten einlässt.«

»Ich kann schon auf mich aufpassen«, fauchte Annemarie aufgebracht. »Und glaub mir, ich hätt's nicht getan, wenn ich eine andere Lösung für meine Probleme sehen würde.«

Anoosh wagte es nicht, Annemarie weiter zu bedrängen, obwohl er schon sehr gerne gewusst hätte, was eine gut aussehende junge Frau dazu brachte, eine solche Entscheidung zu treffen. Nun, eigentlich musste er die Frage ja nur sich selbst stellen. Annemarie jedenfalls schien nun keine Lust mehr auf Konversation zu verspüren, zumindest schwieg sie für den Rest der kurzen Fahrt und überließ Anoosh seinen kreisenden Gedanken. Denen hing er auch noch lange nach, nachdem Johann ihn an exakt jener Parkbank, an der die ominöse Lady Charlotta ihn zuvor aufgegabelt hatte, hatte aussteigen lassen und zusammen mit Annemarie in der Nacht verschwunden war.

I hob vergessen …

Dienstag, Tag 2 nach der Orgie im »Sternenhof«

Den Nachmittag verbrachten Franzi und Lorenz damit, die Fotos von Verena Kleiner zu analysieren, und nebenbei versuchten sie, die Identität der rothaarigen Feilnbacherin namens Christine herauszubekommen. Anooshs Handy hatten sie in die Spurensicherung gegeben.

Während Franzi Kleiners Bilder an einer Pinnwand befestigte und sich Lorenz im Internet die Inhaltsangabe von »Eyes Wide Shut« durchlas, piepte das Faxgerät und spuckte ein Bündel Papier aus.

»Das ist das Protokoll der Gemeinderatssitzung, in der Barranows Antrag bearbeitet wurde«, sagte Lorenz und blätterte sich durch den Bericht. Sie hatten beim Verlassen des Rathauses die Sekretärin um die entsprechenden Unterlagen gebeten, und diese hatte versprochen, sie rauszusuchen und Lorenz ins Büro zu faxen.

»Das ist ja interessant«, kommentierte er. »Der Barranow möchte aus dem ›Sternenhof‹ ein Seminarhotel machen.«

»Keinen Swingerclub?«, frotzelte Franzi.

»Nein, davon steht hier nichts. Nur, dass er das Hauptgebäude um einen Anbau erweitern möchte.«

»Und, ist es genehmigt worden?«

»Ja, allerdings gab's zwei Gegenstimmen. Ein gewisser Hubert Krohneiser und ein Quirin Altenberger. Kennst du einen der beiden?«

»Altenberger sagt mir was, aber ich weiß grad nicht, wo ich den hintun muss –«, antwortete Franzi und wurde vom Klingeln ihres Telefons unterbrochen. Frau Gruber rief an und lud Franzi und Lorenz zum Grillen ein. Um achtzehn Uhr sollte es losgehen, Lorenz solle unterwegs noch Baguette kaufen. Und wehe, sie kämen nicht oder gar zu spät, dann würde es etwas setzen, und weder Lorenz noch Franzi wollten freiwillig herausfinden, was genau es dann im Falle des Falles setzen würde.

Als Lorenz Frau Grubers Haus erreichte, war es kurz nach siebzehn Uhr, und das Thermometer zeigte immer noch sechsundzwanzig Grad. Es würde wohl eine laue Nacht werden. Frau Gruber rumorte in der Küche herum, und als sie ihn hörte, rief sie: »Lenz, machst du bitte den Grill an? Du musst dich da drum kümmern, des is Männersache!«

Lorenz nahm den Auftrag pflichtbewusst an, schlüpfte in bequemere Kleidung und widmete sich dann dem Grill von Frau Gruber. Sie besaß ein enormes Exemplar, einen alten Barbecue-Smoker, der bei jedem Grillfanatiker Begeisterungsstürme ausgelöst hätte. Ein massives Stahlfass auf zwei Rädern, das man auf einem Karren durch die Gegend schieben konnte. Lorenz platzierte das Gerät neben der Terrasse, füllte den Grill und den Anzündkamin mit Kohle, entfachte die Glut mit etwas Spiritus und ließ sich dann auf eine der Gartenliegen plumpsen. Die Abendsonne schien ihm ins Gesicht, die perfekte Idylle ließ ihm sofort die Augen schwer werden.

Es konnten höchstens ein paar Minuten vergangen sein, da war Lorenz sich sicher, als der Wagen der Eibls die Einfahrt hochfuhr und neben dem Bad Feilnbacher Kurdirektor und seiner Frau auch dessen zwei Kinder entlud. Die beiden Mädchen stürmten sofort auf Lorenz zu. Die vierjährige Lea und die sechsjährige Maria hatten es ihm angetan, und die Liebe schien auf Gegenseitigkeit zu beruhen. Die beiden hatten ein Federballset mitgebracht und drängten Lorenz, mit ihnen zu spielen. Das eine Auge auf den Grill, das andere auf das Spiel der Kinder gerichtet, kam Lorenz der Bitte gerne nach, bis er schließlich von Bernhard Eibl erlöst wurde, der ihm ein kühles Bier reichte und die Kinder verscheuchte.

»Wie geht's deiner Faust?«, fragte Lorenz.

»Da fehlt sich nichts. Meine Frau hat allerdings ganz schön verschnupft auf den Vorfall reagiert. Sie meint, du hättest einen schlechten Einfluss auf mich«, antwortete der Kurdirektor grinsend.

»Damit hat die Gute ja auch gar nicht mal so unrecht. Ich dank dir jedenfalls noch mal herzlich für deinen Einsatz, sollte das gestern nicht so rübergekommen sein …«

»Kein Problem, mein Freund. Immer wieder gerne. Ich hab gehört, ihr wart heut bei der Chefin vorstellig?«

»Du meinst die Bürgermeisterin? Ja, ich glaube, wir beide werden uns ganz prima verstehen.«

»Ich muss gestehen, dass ich die Zeit, in der sie in der Reha war, sehr genossen habe. Das ist mir aber leider erst aufgefallen, als sie wieder da war. Gibt's was Neues im Fall ›Sternenhof‹?«

»Etwas, das du noch nicht weißt?«, frotzelte Lorenz und wendete die Käsekrainer. »Im Grunde haben wir noch gar nichts. Irgendwie ist der Junge da in das Feilnbacher Swingermilieu geraten. Als sogenannter Aspirant. Das heißt, irgendwer muss ihn schon vorher kennengelernt und für würdig befunden haben. Ich würde jetzt einfach mal darauf tippen, dass Geld eine nicht zu vernachlässigende Motivation dargestellt hat.«

»Wie kommt man dazu, einen Asylanten auf eine Swingerparty einzuladen? Ich mein, man trifft den doch nicht einfach im Golfclub als Caddie oder als Schiffsjunge im Yachthafen an.«

»Ich fürchte, lieber Bernd, wir beide sind zu brav, um uns diese Frage selbst beantworten zu können«, antwortete Lorenz. Aber Eibl hatte recht. Irgendjemandem war sicherlich aufgefallen, dass Anoosh Kapun sich plötzlich in gewissen Kreisen herumtrieb. Nur wo anfangen? Er erinnerte sich an das Gespräch mit Pari am Vormittag und sagte: »Dieser Anoosh hatte eine Freundin. Eine rothaarige Feilnbacherin namens Christine. Mit der müsste ich mich unbedingt mal unterhalten. Kennst du die vielleicht?«

»Frauen mit roten Haaren gibt's nicht viele hier in Feilnbach. Eigentlich kenne ich nur eine Familie, die in Frage kommt. Da sind Mutter und Tochter rothaarig. Sagt dir der Name Krohneiser was?«

»Der Gemeinderat, der gegen Barranows Bauantrag gestimmt hat?«, entgegnete Lorenz.

»Ja, genau der. Seine Tochter ist im Trachtenverein. Aber halt mal, jetzt, wo du es erwähnst ... Mist. Dass mir das nicht früher eingefallen ist ...« Der Kurdirektor klopfte sich auf die Nase und stierte in die Glut.

»Jetzt spuck's schon aus!«, forderte Lorenz ungeduldig.

»Der Krohneiser hat sich vor ein paar Wochen mit einem der Feilnbacher Asylanten angelegt. Angeblich wegen seiner Tochter. Hat ganz schön was auf die Nase bekommen!«

»Sieh an. Weißt du, ob die Polizei da erschienen ist? Und überhaupt, warum erfahr ich das denn jetzt erst von dir?«

»Ja, tut mir leid, ich hab halt auch viel um die Ohren … Ich glaub mich zu erinnern, dass der Krohneiser den Jungen sogar angezeigt hat, aber damit dann nicht durchgekommen ist. Warum fragst?«

»Weil ich gespannt bin, was diese Christine zu erzählen weiß, wenn sie wirklich Anooshs Freundin ist. Das bleibt aber alles vorerst unter uns, gell, Bernd?«

»Daran musst du mich nicht immer erinnern. Ich bin nicht derjenige, der die Gerüchte unters Volk bringt. Ich schnappe sie lediglich auf.«

Während Eibl das gesagt hatte, fuhr ein weiterer Wagen die Einfahrt hoch. Es war Franzis dunkelgrüner Audi. Als seine Kollegin ausstieg, stockte Lorenz wieder einmal der Atem, und Wunsch und Träumerei schickten Verstand und Realismus kurz vor die Tür. Die Erinnerung an den Kuss von letzter Nacht bohrte sich wieder an die Oberfläche. Franzi trug Jeans-Shorts, die allenfalls das erste Drittel ihrer Oberschenkel bedeckten, dazu eine weiße Häkelbluse, unter der sich ein schwarzes Bikini-Oberteil abzeichnete. An den Füßen schlichte Sandalen, ihr blondes langes Haar wallte ihr über die Schultern, zwei Strähnen hatte sie sich zu einem schmalen Zopfkranz gebunden. Sie sah aus, als käme sie frisch von einem Sommer-Festival und mit ihr all die Liebe und der Frieden, nach dem sich Lorenz so verzehrte.

»Bin ich zu spät?«, rief sie und schob ihre Sonnenbrille nach oben.

»Lorenz' Verluste halten sich bisher in Grenzen. Noch hat er nichts verbrennen lassen«, antwortete Eibl.

»Das ist ja normalerweise auch dein Part«, parierte Lorenz.

»Solange ein Käsekrainer für mich übrig bleibt … Kriegt ihr zwei Helden das hin?«, sagte Franzi lachend.

»Du kriegst die beste und größte Wurst, Ehrensache«, erwiderte Lorenz.

»Und ich sorge dafür, dass das keine leere Versprechung war«, ergänzte Eibl.

»Sehr gut! Dann schaue ich mal nach den Mädels«, sagte Franzi und verschwand im Haus.

»Wie lang soll das denn jetzt noch so gehen mit euch beiden?«, fragte Eibl. »Hast du sie auf letzte Nacht noch mal angesprochen? Für mich sieht das so aus, als hätte sich überhaupt nichts zwischen euch verändert!«

»Weiß nicht, was du meinst«, grummelte Lorenz.

»Komm schon, ein paar Funken mehr, und mich hätte der Blitz getroffen, so sehr knistert's da bei euch. Hast du keine Eier in der Hose? Die Frau will erobert werden! Alte Schule, Lorenz!«

»Du meinst, mich für sie schlägern allein reicht nicht?«

»Du hast ihr bewiesen, dass du einen harten Kern hast und sie beschützen kannst. Jetzt zeig ihr dein weiches Inneres.«

»Ist noch was vom Tomaten-Mozzarella-Irgendwas-Salat da?«, fragte Frau Gruber, und Mona Eibl reichte ihr die Schüssel. »Schmeckt saugut, Liebes. Wo hast du nur immer diese verreckten Rezepte her?«

»Da ist ein Balkan-Salat mit drin. Ganz einfache Sache eigentlich. Aber danke fürs Kompliment«, sagte Mona.

»Balkan, Balkan …«, sinnierte die alte Frau, während sie sich den Teller mit Salat vollhäufte. »Is des nicht des, wo die Asylanten herkommen?«, fragte sie in die Runde.

»Knapp daneben, Frau Gruber. Die meisten kommen aus Syrien, dem Iran und Afrika«, antwortete Bernhard Eibl.

»Is ja auch wurscht, woher die kommen. Wenn ich mir vorstell, dass ich meine Heimat hier verlassen müsst und in a fremdes Land gehn, da wird mir gleich ganz anders. Des is nur recht, dass wir die bei uns aufnehmen.«

»Leider sehen das nicht alle so entspannt wie Sie, Frau Gruber … Die Flüchtlingsproblematik sorgt nach wie vor für ordentlichen Zündstoff. Wussten Sie, dass Rosenheim ein weiteres

Kontingent von vierhundert Asylbewerbern verordnet wurde? Dabei platzen die Unterkünfte schon jetzt aus allen Nähten … von fehlenden Sozialarbeitern ganz zu schweigen.«

»Müssen wir die eigentlich aufnehmen? Wer ordnet denn das an?«, fragte Franzi.

»Unser Grundgesetz. Da steht drin, dass wir allen, die es beanspruchen, ein Asylrecht gewähren. Dann gibt's da noch das Zuwanderungsgesetz, das regelt, wie Deutschland mit Menschen, die Asyl beantragen, umgeht.«

»Und warum hört man da immer wieder von Platzproblemen? Es gibt doch so viele freie Wohnungen, warum mietet der Staat die nicht einfach?«

»Weil die Vermieter nicht mitspielen. Viele sind der Meinung, dass ein Asylbewerber den Wert einer Immobilie negativ beeinflusst oder die Wohnungen gar verwüstet werden. Dazu kommt die starre Gesetzgebung. Beispielsweise hat jeder Asylbewerber eine sogenannte Residenzpflicht, er darf also in unserem Fall den Bezirk Oberbayern nicht ohne Genehmigung verlassen. Und noch prekärer: Sie dürfen nicht arbeiten. Zumindest nicht die ersten neun Monate ihres Aufenthalts in Deutschland. Und dann stecken sie die Leute in ihrer Not in jedes verfügbare Loch, das sich auftut. Wie hier nach Bad Feilnbach, auch wenn man unser Asylantenheim jetzt nicht wirklich als Loch bezeichnen kann. Trotzdem, stell dir vor, du bist hier den ganzen Tag eingesperrt, ohne Auto, ohne Geld, umgeben von wildfremden Leuten, die deine Sprache nicht sprechen und dich ablehnen, und da du nicht mobil bist, kannst du nicht mal eben in die Stadt fahren, um dir die Zeit zu vertreiben. Was können die hier in Feilnbach schon groß machen? Außer sich langweilen? Wundert mich eh, dass es bis jetzt hier noch nicht ordentlich gescheppert hat.«

»Ich bin da mal mit dem jungen Zaibel zusammeng'rückt, als der im Supermarkt eines dieser armen Würschteln zusammenstauchen wollte. Mei, die wussten halt nicht, wie das mit den Marken hinhaut. Dabei war des so ein fescher Kerl …«, erzählte Frau Gruber.

Einer plötzlichen Ahnung folgend hakte Lorenz nach: »Ein fescher Kerl, sagen Sie? Können Sie mir den Mann beschreiben?«

»Na, hör mal, Lenz, des war irgendwann im letzten Herbst. Ich hab den Buben aber noch ein paarmal in Feilnbach gesehen, sitzt immer auf der Parkbank am Ortsausgang. Groß, schwarze dichte Haare, dunkle Augen. Wird so Anfang zwanzig sein. Und hat eine Schwester, die war damals auch dabei im Supermarkt.«

»Sieht so aus, als würde Frau Gruber unseren Anoosh kennen«, kommentierte Franzi.

»Was genau ist denn da damals vorgefallen, im Supermarkt?«, wollte Lorenz nun wissen.

»Der Rainer wollte die beiden jungen Leute aus dem Laden werfen. Hat sie auch ganz übel beschimpft. Das konnte ich dem nicht durchgehen lassen, und dann hab ich ihm halt die Leviten gelesen und den beiden den Einkauf bezahlt. Warum willst das jetzt wissen?«, fragte Frau Gruber.

Lorenz klatschte sich an die Stirn. »Ihr seid mir so Helden, alle miteinander. Ständig wollt ihr mich ausfragen, um an neue Infos zu kommen …«, an dieser Stelle blickte er von Bernhard Eibl zu Frau Gruber und zurück, »… aber dass mir einer von euch mal was erzählen würde, was mir weiterhelfen würde … Da erfahr ich durch Zufall an einem Abend, dass ihr beide jemanden mit Motiv kennt, du den Krohneiser und Sie diesen Zaibel, und jeder lässt es sich aus der Nase ziehen!«

Hau ruck

Montag, 7 Wochen vor der Orgie im »Sternenhof«

Anoosh zerbrach sich den Kopf darüber, ob er Christine von seinem seltsamen Ausflug erzählen sollte. Einerseits hätte er wirklich gerne mit jemandem darüber gesprochen, und vielleicht wusste seine Freundin ja auch etwas über die Vorgänge, deren Zeuge er geworden war. Möglicherweise handelte es sich um einen ihm noch unbekannten deutschen oder bayrischen Brauch, und alles war ganz normal, und er musste sich keine Sorgen mehr machen. Andererseits schämte er sich, auch wenn er gar nicht genau wusste, weshalb eigentlich. Weil er das Geld genommen hatte? Weil er dem sündigen Treiben zugesehen hatte, ohne vorzeitig den Raum zu verlassen? Was die Leute dort dann wohl gemacht hätten? Ihn aufgehalten? Wenn er nicht mehr in den Wagen eingestiegen wäre, sondern einfach losgelaufen wäre und somit früher oder später auch herausgefunden hätte, wo sich Majorus' Villa befand?

Zudem ertappte er sich dabei, wie seine Gedanken immer wieder um das Liebesspiel der beiden Mädchen kreisten. Er dachte an die vertane Chance, mit der schönen Asiatin zu schlafen, und weil ihn die Vorstellung erregte, wuchsen sein Zorn auf sich und sein schlechtes Gewissen Christine gegenüber.

Anoosh entschied sich am Ende dagegen, seine Freundin einzuweihen. Es würde sie nur beunruhigen, und sie hatte auch so schon genug Sorgen, mit denen sie sich herumplagen musste. Sie hatte nämlich ihren Eltern endlich von ihrem neuen Freund erzählt. Die Information bezüglich seiner Herkunft hatten sie allerdings nicht annähernd so gelassen aufgenommen, wie Christine erwartet hatte. Das habe keine Zukunft, hatten sie gesagt, und außerdem könne es dem Image der Familie und vor allem dem ihres Vaters und dessen politischer Karriere schaden. Also versuchten sie, ihrer Tochter den ungeliebten Freund auszureden. Christine reagierte, indem sie sich demonstrativ auf Anooshs Seite stellte und ihre Eltern für deren Haltung verurteilte. Die

Beziehung zu ihrem Vater und ihrer Mutter hatte sich seitdem zunehmend verschlechtert und glich schließlich einem beständigen Grabenkrieg, in den auch Anoosh immer wieder hineingezogen wurde.

Schon kurz nach seinem wunderlichen Treffen mit Lady Charlotta war es zur unschönen Handgreiflichkeit zwischen Anoosh und Christines Vater gekommen. Anoosh hatte sich etwas abseits vom Haus der Krohneisers auf das Geländer der Jenbachbrücke gesetzt und wartete auf seine Freundin. Doch die erschien nicht zum vereinbarten Zeitpunkt und auch nicht zwanzig Minuten und zahlreiche unbeantwortete Kurzmitteilungen später. Anoosh machte sich große Sorgen, bisher hatte sich Christine noch nie verspätet, zumindest nicht, ohne ihm Bescheid zu geben. Just in dem Moment, als er sich auf sein Fahrrad schwingen und zu ihrem Haus fahren wollte, kam ein Wagen mit quietschenden Bremsen direkt vor ihm zum Halten und spuckte einen zornentbrannten Herrn Krohneiser aus, der schnaubend und mit hochrotem Kopf auf Anoosh zustürmte. Ehe er sich's versah, hatte Christines Vater ihn unsanft am Kragen gepackt und schrie ihn an.

»Ich wusste, dass sie zu dir will! Du elender Schleimer, was muss ich noch tun, damit du deine dreckigen Finger von meiner Tochter lässt?«

Speichel spritzte auf Anoosh, und der heiße, stinkende Atem des Mannes raubte ihm fast die Sinne.

»Herr Krohneiser, ich …«, stammelte Anoosh verwirrt, doch zu mehr kam er nicht, denn Christines Vater holte mit der rechten Hand blitzschnell aus und verpasste Anoosh eine derart schallende Ohrfeige, dass ihm kurz schwarz vor Augen wurde und es in seinem Kopf klingelte.

Dann wurde er wieder am Kragen gepackt, und Krohneiser schrie: »Halt's Maul, wenn ich mit dir rede! Ich brech dir jeden Knochen im Leib, wenn du nicht spurst!«

In Anoosh startete ein Selbstverteidigungsprogramm, das ihm schon als kleiner Junge in den Straßen Teherans den Ruf eines gefürchteten Schlägers eingebracht hatte. In diesen Momenten war es ihm egal, welche Konsequenzen seine Handlungen haben würden. Viel schlimmer als der Schmerz der Ohrfeige wog die damit einhergehende Demütigung, und die konnte Anooshs Stolz nicht hinnehmen. Er stieß seinen Kopf nach vorne und traf mit seiner Stirn Herrn Krohneisers Nase. Zufrieden vernahm er ein leises Knacken und spürte, wie sich der Griff an seinem Kragen lockerte. Mit seinem rechten Bein holte er aus und trat seinem Kontrahenten kräftig in den Unterleib. Christines Vater brach wimmernd auf der Straße zusammen.

Anoosh versuchte, sich zu konzentrieren, um den roten Schleier des Zorns zu lichten, und allmählich gelang es ihm, wieder klar zu denken. Seine Wange brannte, und seine Stirn pochte, aber sicherlich waren seine Schmerzen nicht mit denen seines Gegners vergleichbar. Der lag gekrümmt vor ihm, mit blutiger Nase und eingenässter Hose und stöhnte erbärmlich vor sich hin. *Was für ein Waschlappen*, dachte Anoosh zufrieden. Und dann klopfte die Vernunft wieder an, wurde eingelassen und schlug entsetzt die Hände über dem Kopf zusammen. Er hatte gerade seinen potenziellen Schwiegervater verprügelt. So sehr, dass dieser vielleicht ins Krankenhaus musste. Für seine Avancen bei Christine war das sicherlich nicht förderlich. Aber was musste der Sturkopf ihn auch derart blöd anmachen?

Erst jetzt kam ihm der Gedanke, dass er dem Mann vielleicht besser helfen sollte. Als er sich umblickte, bemerkte er, dass er Publikum hatte. Mehrere Passanten waren stehen geblieben, tuschelten und deuteten mit dem Finger auf ihn. Einer telefonierte aufgeregt mit seinem Handy. Ob der die Polizei alarmierte? Anooshs Unbehagen wuchs. Zu was hatte er sich nur hinreißen lassen? Was, wenn jetzt nicht nur er, sondern auch seine Familie Schwierigkeiten bekommen würde? Seine Mutter war nervlich ohnehin am Ende, wie würde sie einen weiteren Rückschlag verkraften?

Anoosh kniete sich zu Herrn Krohneiser nieder und berührte ihn vorsichtig an der Schulter.

»Lass mich!«, kreischte der Mann und spuckte dabei Blut,

das ihm aus der Nase in den Mund gelaufen war, in Anooshs Richtung.

Anoosh ließ sich auf den Bordstein sinken und ignorierte den irren Blick von Christines Vater. Es hatte keinen Sinn, wegzulaufen. Von der nahen Blumenhof-Klinik kamen zwei in Weiß gekleidete Frauen mit einem Sanitätskoffer herübergerannt und begannen damit, Herrn Krohneiser zu versorgen. Eine der beiden fragte Anoosh sogar, ob sie ihm auch helfen könne, aber der schüttelte nur den Kopf.

Ein paar Minuten später hörte er auch schon die Sirenen. Zuerst traf ein Krankenwagen ein, dessen Besatzung ihren Patienten auf eine Trage schnallte und mit ins Krankenhaus nach Rosenheim nahm. Verdacht auf Verletzungen im Unterleib, hatte Anoosh aufgeschnappt. Lächerlich. Als ob der Tritt so heftig gewesen wäre, um irgendeinen dauerhaften Schaden zu hinterlassen. Aber diesen Gedanken behielt Anoosh vorsorglich für sich. Kurz nach dem Krankenwagen war dann auch der Streifenwagen aufgekreuzt. Eine Beamtin wollte von Anoosh wissen, was denn vorgefallen sei, während ihr Kollege die Passanten befragte. Die Polizistin hatte ein freundliches Gesicht und schien sehr um Neutralität bemüht.

»Ich bin Polizeihauptmeisterin Katrin Juffinger. Du mir erzählen, was hier geschehen ist, du mich verstehen?«, rief sie laut, als unterhielte sie sich mit einem jungen Hund.

»Ich kann Sie verstehen, laut und deutlich«, antwortete Anoosh resigniert.

Die Polizistin grinste zufrieden und zückte ihr Notizbuch. »Na, immerhin bist du nicht weggelaufen. Das spricht schon mal für dich.«

Dann erzählte Anoosh Polizeihauptmeisterin Juffinger wahrheitsgetreu, was sich zugetragen hatte, ohne große Hoffnung zu hegen, heil aus dieser Sache herauszukommen.

Juffinger nickte während Anooshs Ausführungen immer wieder interessiert, sagte »Mhm«, »Soso« und »Aha« und am Ende sogar: »Das kriegen wir schon hin.«

Doch als sie sich mit ihrem Kollegen beriet und dieser ihm

finstere Blicke zuwarf, sagte Juffinger: »Es tut mir leid, es gibt da ein paar Unstimmigkeiten zwischen deiner Aussage und jener der Passanten da drüben … Wir müssen dich mit aufs Revier nehmen.«

Auf der Fahrt nach Rosenheim zur Polizeiinspektion hatte Anoosh genug Zeit, sich alle erdenklichen Schreckensszenarien bunt und lebhaft auszumalen. Von der Gefängnisstrafe bis zur augenblicklichen Abschiebung war alles dabei. Und alle Optionen hatten zur Folge, dass er Christine nicht wiedersehen würde. Verdammt, wie konnte das Schicksal nur so grausam zu ihm sein? Irgendwann musste es nun doch mal genug sein mit dem Pech.

Er presste den Kopf gegen die Scheibe und genoss das Gefühl des kalten Glases auf seiner glühenden Haut. Fast wäre er an dieser Stelle in seinem eigenen Selbstmitleid ertrunken, doch das Gesicht, das er nur ein paar Minuten später in der Rosenheimer Polizeiinspektion sah, riss ihn mit flirrenden Flügeln der Euphorie zurück aufs Spielfeld und schürte seine Hoffnung auf einen Ausweg aus all seinen Problemen.

Aus dem Poesiealbum

Mittwoch, Tag 3 nach der Orgie im »Sternenhof«

Seit dem Mord an der jungen Studentin Sarah Lubner vor einem halben Jahr oben auf der Kohlgrub-Alm war Lorenz nicht mehr hier gewesen. Entlang eines schönen Gebirgsbaches, dem Jenbach, der dem Tal seinen Namen gab, führte ein Weg über mehrere Almen hinauf bis zum Gipfel des Wendelsteines. Die Gemeinde hatte das Gebiet mit Liegewiesen, Info- und Schautafeln versehen und vermarktete es als »Jenbachparadies«, das zahlreiche Touristen und Sportler anlockte. Die guten Wanderwege eigneten sich hervorragend zum Berglaufen und Mountainbiken, entsprechend groß war der Andrang an Wochenenden mit schönem Wetter. Unter der Woche und außerhalb der Ferienzeiten herrschte in der Regel kaum Betrieb, und so begegneten Lorenz und Franzi keiner Menschenseele, während Lorenz den Wagen die parallel zum Fluss verlaufende Passstraße hinauffuhr.

Als Lorenz vorhin bei Frau Krohneiser angerufen hatte, um sich nach ihrer Tochter zu erkundigen, hatte er den Hinweis erhalten, dass sich Christine für ein Fotoshooting irgendwo im Jenbachtal befinde. Wie lange das dauern würde, wusste sie nicht. Sie selbst habe jetzt einen Arzttermin, und ihr Mann sei arbeiten. Also machten sich die beiden Beamten auf, um Anooshs Freundin zu befragen.

»Da vorne, da könnten sie sein«, sagte Franzi und deutete auf eine Ansammlung parkender Autos am Straßenrand. Und tatsächlich, der Blick den Hang hinab offenbarte einen azurblau schillernden Stausee, an dessen Ufer große weiße Schirme aufgebaut waren, zwischen denen Menschen hin und her wuselten. Lorenz und Franzi wanderten den schmalen Trampelpfad hinab zum Fluss. Dort angekommen, sank Lorenz' Laune augenblicklich ins zweite Kellergeschoss, als er sah, wer die Leitung des Fotoshootings innehatte. Obwohl er den Mann nur von hinten sehen konnte, wusste er sofort, mit wem sie es zu tun hatten.

Franzi hatte wohl gerade die gleiche Erkenntnis erlangt, denn er hörte, wie sie scharf die Luft einzog und murmelte: »Und dabei hat dieser Tag so schön begonnen …«

Die beiden Beamten stellten sich hinter den Fotografen, der einem hübschen rothaarigen Mädchen, das in Wanderklamotten gekleidet war und einen Rucksack trug, Anweisungen zurief. Offensichtlich sollte sie am Fluss entlanglaufen, und der Fotograf war mit ihrem Gesichtsausdruck nicht zufrieden.

»Dass Sie das überhaupt noch nötig haben, solch profane Auftragsarbeiten anzunehmen? Läuft das Pornofilmgeschäft nicht mehr?«, sagte Lorenz. Der Fotograf drehte sich verwirrt um, und ein Lächeln der Erkenntnis huschte über seine Lippen. Er richtete seinen stämmigen Körper auf und wischte sich die verschwitzten Haare aus der Stirn.

»Kommissar Hölzl, wollen wir uns gegenseitig den Tag verderben?«, fragte Cornelius Wagner und grinste böse.

Wagner war jener Fotograf, der den »Dirndl Porno« gedreht hatte. Ihn hatte auch der gewaltsame Tod seiner Hauptdarstellerin nicht davon abhalten können, das Machwerk zu veröffentlichen und damit sowohl das Andenken von Sarah Lubner zu schänden als auch Bad Feilnbach einen gravierenden Imageschaden zuzufügen. Seither war er zur Persona non grata erklärt worden, was den Mann allerdings nicht im Geringsten zu stören schien. Lorenz und er hatten sich während der Ermittlung im Mordfall ein regelrechtes Psychoduell geliefert, an dessen Ende Lorenz ihm aber keinerlei Beteiligung am Ableben der Pornodarstellerin hatte nachweisen können.

»Keine Sorge, Wagner. Heute sind wir nicht Ihretwegen hier. Wir möchten uns mit Ihrem Model unterhalten«, antwortete Lorenz, doch Wagner ignorierte ihn.

»Die schöne Kommissarin haben Sie auch immer noch dabei, wie ich sehe!«, sagte er stattdessen. »Wollen Sie nicht doch endlich mal die Seiten wechseln und sich von mir ablichten lassen?«

Der Fotograf wusste genau, welche Knöpfe er drücken musste.

»Sie wähnen Ihren dicken Kopf aus der Schlinge, aber ich versichere Ihnen, dem ist nicht so. Sie bekommen Ihr Fett noch weg«, fauchte Franzi.

»Sie haben nichts von Ihrem Charme eingebüßt, meine Beste«, entgegnete Wagner. »Aber genug des Geplänkels. Zumindest ich bin hier, um zu arbeiten. Von mir aus können Sie sich mit dem Mädchen unterhalten, ich muss eh mein Material sichten. Sie haben zehn Minuten.«

»Wir haben genau so viele Minuten, wie ich für nötig empfinde, und so lange haben Sie Sendepause«, sagte Lorenz, ließ den Fotografen links liegen und steuerte auf Christine Krohneiser zu.

Die junge Frau musste die kurze Unterhaltung zumindest teilweise mitbekommen haben und schien das Gehörte nicht recht einordnen zu können. Doch ehe Lorenz etwas sagen konnte, hauchte sie entsetzt: »Sie kommen wegen Anoosh, stimmt's?«

Ihre roten Haare hatte sie sich zu einem langen Zopf geflochten, der ihr vorne über die Schulter fiel. Sie hatte zahllose Sommersprossen im Gesicht und blickte Lorenz aus großen grünen Augen furchtsam an.

»Wie kommen Sie darauf?«, fragte Franzi.

»Na, weil er doch im Krankenhaus liegt. Und als ich ihn besuchen wollte, hieß es, das ginge nicht, weil er von der Polizei bewacht würde«, klagte das Mädchen. »Was ist los mit ihm?«

»Anoosh steckt in großen Schwierigkeiten. Wir hoffen, dass Sie wissen, welche das sein könnten. Gibt es da irgendetwas, das Sie uns diesbezüglich mitteilen möchten?«

»Wie meinen Sie das?«, fragte Christine Krohneiser verwirrt.

Im Hintergrund ergoss sich der Jenbach in den Stausee, und Sonnenstrahlen brachen sich glitzernd im grünen Wasser. *Welch eine Idylle*, dachte Lorenz. Ein Jammer, dass er sie immer nur zu Gesicht bekam, wenn er dienstlich hier war.

»Ich meine das genau so, wie ich gefragt habe. Wir müssen wissen, wer Anoosh etwas Böses wollen könnte. Wer immer ihm das angetan hatte, ist nämlich zu weitaus mehr fähig, als ihn nur ins Krankenhaus zu bringen. Denken Sie nach, Frau Krohneiser, denken Sie gut nach!«

Christine Krohneiser wurde noch bleicher, als Lorenz das bei ihrer ohnehin schon hellen Hautfarbe für möglich gehalten hätte.

»Ich weiß nicht …«, stammelte sie. »Sie wissen ja selber, wie das hier mit den Asylanten ist. Der ein oder andere hat da sicher was gegen diese Leute …«

Lorenz wusste sofort, dass sie log. Oder zumindest nicht die volle Wahrheit sagte. Sie zitterte am ganzen Körper, und auf ihrer Stirn bildeten sich kleine Schweißtröpfchen, obwohl es hier oben am Wasser sehr kühl war.

»Frau Krohneiser, was halten Sie davon, wenn wir uns hinsetzen?« Er deutete auf einen großen Stein am Ufer. Sie nickte und nahm Platz, Lorenz blieb jedoch stehen.

»Bitte lügen Sie mich nicht an, okay?«, sagte er mit freundlicher Stimme.

Christine Krohneiser schluckte. »Ich hab versucht, es ihm auszureden, das müssen Sie mir glauben!«

»*Was* wollten Sie ihm ausreden?«

Das Mädchen gestikulierte wild mit den Armen. »Ich habe von Anfang an gesagt, dass es mir völlig egal ist, dass er kein Geld hat, aber er wollte mir nicht glauben!«

»Jetzt mal schön der Reihe nach, ich verstehe nämlich überhaupt nichts. Am besten fangen Sie von ganz vorne an.«

»Christine, wie schaut's aus?«, brüllte plötzlich Wagner aus dem Hintergrund. »Wir müssen fertig werden!«

»Wenn Sie nicht augenblicklich den Rand halten, lasse ich Sie verhaften aufgrund von Behinderung polizeilicher Ermittlungen!«, schrie Lorenz zurück und erntete dafür einen wüsten Fluch des Fotografen.

Lorenz blickte Christine Krohneiser fragend an. Diese antwortete: »Ich nehme mal an, Sie wissen bereits, dass wir beide ein Paar sind, sonst wären Sie wohl nicht zu mir gekommen. Ich mag ihn sehr, so wie er ist. Aber er leidet unter den Beschränkungen, die ihm als Asylsuchendem hier in Deutschland auferlegt werden. Mir wäre das ja wirklich egal, aber er möchte mir unbedingt den Hof machen, mir die Welt zu Füßen legen. Er erzählt nicht oft von seiner Heimat, aber ich glaube, dass seine Familie einst recht wohlhabend gewesen ist. Und jetzt hat er irgendeine Quelle aufgetan, mit der er plötzlich ziemlich viel Geld verdient hat.«

»Hat er gesagt, wofür genau er so viel Geld braucht?«

»Er wollte mit mir durchbrennen. Ein besseres Leben für uns beide …«, sagte Christine Krohneiser leise.

Lorenz blickte kurz zu Franzi, die bedeutungsvoll die Augenbrauen hochzog und das Gespräch fortführte: »Sind Sie denn unglücklich, dass Anoosh sich so für Sie einsetzt?«

»Na ja … ich weiß nicht, was ich gemacht hätte, wenn Anoosh das Geld wirklich aufgetrieben hätte. Ob ich tatsächlich mit ihm gegangen wäre …«

Wenigstens bin ich nicht der Einzige, den die Liebe so richtig beutelt, dachte Lorenz und fragte: »Und womit verdient Anoosh nun sein Geld?«

»Das hat er mir nicht gesagt … Er meinte, es wäre besser für mich, wenn ich es nicht wüsste.«

»Haben Sie denn wenigstens eine Ahnung? Ich mein, gerade Sie als seine Freundin müssen doch wissen, was in ihm vorgeht.«

»Wir sind doch nicht verheiratet! Ich hab ihn vielleicht zwei- oder dreimal die Woche gesehen. Was weiß denn ich, was er getrieben hat, wenn er allein war!«

Das Mädchen wirkte jetzt verzweifelt, seine letzten Worte hatten sich mehr wie ein Flehen angehört, und zu allem Überfluss füllten sich ihre Augen jetzt auch noch mit Tränen. Lorenz kratzte sich am Kinn, und Franzi übernahm.

»Sprechen wir über Ihren Vater. Der hat sich mit Anoosh geschlägert. Wissen Sie, warum?«

»Weil er Anoosh davon abbringen wollte, sich weiter mit mir zu treffen. So profan, so vorsintflutlich! Mein alter Herr hatte schon immer einen Sinn fürs Dramatische, der hätte sich in einer Zeit wie vor hundert Jahren sicherlich bedeutend wohler gefühlt als heute. Da hätte er seinen Hang zum Patriarchat so richtig ausleben können.«

»Halten Sie es für möglich, dass er etwas mit der Geschichte zu tun haben könnte?«, fragte Franzi. »Vielleicht wollte er die Schmach nicht auf sich sitzen lassen und hat nachgekeilt?«

»Ganz ehrlich, das halte ich für absolut unwahrscheinlich. Sosehr ich meinem Vater eine Abreibung gönnen würde, hier hängt er nicht mit drin. Da ist ihm sein Ruf viel zu wichtig …«, antwortete Christine.

»Lassen wir es an dieser Stelle gut sein, Frau Krohneiser«, beschloss Lorenz, der spürte, dass sie sich in eine Sackgasse manövriert hatten. Er reichte Christine seine Karte und verabschiedete sich mit den Worten: »Wenn Ihnen noch etwas einfällt, rufen Sie uns an.«

Auf dem Rückweg mussten sie wieder durch das Fotografenlager.

»Wohin soll ich meine Rechnung über den Verdienstausfall schicken?«, frotzelte Wagner.

»Zeigen Sie mir erst mal Ihre Genehmigung. Die Straße hierher ist eine Forststraße mit beschränktem Verkehr, und um sie befahren zu dürfen, muss man entweder Förster oder Landwirt sein oder einen Durchfahrtsschein besitzen. Und den Ihren will ich jetzt sehen.«

»Ich brauche keine beschissene Genehmigung, um hierherzufahren, Hölzl«, fauchte Wagner.

»Das sehe ich anders. Frau Kollegin, ich verspüre das dringende Bedürfnis, mal wieder ein Knöllchen auszustellen.«

»Geht mir genauso!«, erwiderte Franzi fröhlich.

»Das wagen Sie nicht …«, grollte der Fotograf.

»Und ob wir das wagen! Wünsche noch einen schönen Tag und frohes Schaffen!«

Ohne den tobenden Wagner noch eines Blickes zu würdigen, wanderten die beiden Polizisten zurück zu ihrem Auto. Im Handschuhfach fand sich zu Lorenz' großer Freude tatsächlich ein Block mit Blanko-Bußgeldbescheiden, und er stellte jedem Fahrzeug des Kamerateams einen Strafzettel über fünfundzwanzig Euro wegen unerlaubter Befahrung einer Forststraße aus.

Der König kommt

Montag, 7 Wochen vor der Orgie im »Sternenhof«

Wen Anoosh als Allerletzten hier in der Rosenheimer Polizeiinspektion erwartet hätte, während er mit hängendem Kopf vor dem Büro saß, in das Polizeihauptmeisterin Juffinger verschwunden war, um sich einen Kaffee zu holen, war Majorus. Doch genau dieser rauschte mit wehenden Fahnen an ihm vorbei, und wahrscheinlich hätte Anoosh in seiner Lethargie den Mann gar nicht erkannt, hätte Majorus nicht gebremst und Anoosh mit den Worten »Na, sieh mal einer an, wen wir hier haben« angesprochen.

Majorus hatte wieder einen Anzug an, wieder mit weißem Hemd, dessen protzige Manschetten unter den Ärmeln des Sakkos hervorspitzten. Aber statt einer Maske trug er eine Halbmondbrille auf der Nase, über deren Rand er Anoosh belustigt musterte.

»Hallo, Herr Majorus«, stammelte Anoosh verwirrt und wurde sofort mit einer herrischen Geste zum Schweigen gebracht.

»Pscht, diesen Namen darf hier keiner erfahren!«, zischte Majorus. »Warum bist du hier?«

»Der Vater meiner Freundin wollte mich verprügeln. Ich habe mich gewehrt und dabei vielleicht ein bisschen zu fest zugeschlagen …«, antwortete Anoosh verschämt und fragte sich gleichzeitig, warum er so viel Respekt vor diesem Mann hatte. Es ging eine intensive Präsenz von ihm aus, und eine fast greifbare Macht umschwirrte ihn wie Motten eine Straßenlaterne.

»Soso. Wie heißt du denn, Junge?«, fragte Majorus.

»Anoosh Kapun«, erwiderte er schüchtern.

»Na dann, mein lieber Anoosh, mach dir mal keine Sorgen. In mir hast du einen guten Freund gefunden.«

Majorus zwinkerte verschwörerisch, dann drehte er sich ohne ein weiteres Wort um und verschwand den Gang hinab nach draußen. Nur ein paar Augenblicke später kehrte Juffinger mit ihrer Kaffeetasse zurück und führte Anoosh in ein Besprechungszimmer, wo sie noch einmal Anooshs Daten aufnahm, sich seinen Ausweis zeigen und ihn dann wieder warten ließ, dieses Mal fast eineinhalb Stunden. Schließlich eröffnete sie ihm, dass er jetzt gehen könne. Die Angelegenheit bedürfe noch weiterer Untersuchungen und einer abschließenden Aussage von Herrn Krohneiser. Bis dahin könne Anoosh nach Hause. Und als dieser vorsichtig und erleichtert fragte, wie er nun nach Feilnbach käme, schenkte ihm die Polizeihauptmeisterin sogar das Geld für eine Busfahrkarte.

Auf der Heimfahrt begann Anoosh damit, sich zu überlegen, wie er den Vorfall Christine schildern sollte. Seine Angst, dass seine Freundin verärgert sein könnte, erwies sich allerdings als unbegründet. Wie sich herausstellte, hatte sich Christine mit ihrem Vater heftig gestritten, als dieser Wind davon bekam, dass seine Tochter sich hinausschleichen wollte, um ihren Freund zu treffen. Nach einem kurzen verbalen Schlagabtausch war er dann ins Auto gesprungen, um Anoosh zu suchen. Christine war zwar geschockt darüber, wie sehr er ihren Vater verprügelt hatte, ihr Mitleid hielt sich jedoch in Grenzen. Sie verbrachten den ganzen Abend und einen großen Teil der Nacht frierend auf Anooshs Parkbank.

Zwei Tage später erfuhr er durch einen Telefonanruf, dass das Verfahren gegen ihn wegen widersprüchlicher Zeugenaussagen eingestellt worden war. Christine erzählte zudem, dass sich ihr Vater bei seiner eigenen Vernehmung so sehr in Rage geredet hatte, dass die Beamten an seiner Unschuld zweifelten und eine reine Täterschaft Anooshs ausschlossen.

Drei Tage später traf er Majorus wieder.

Bulldog mit Schuss

Mittwoch, Tag 3 nach der Orgie im »Sternenhof«

Als die beiden Beamten wieder gen Tal fuhren, fragte Franzi: »Soll ich mal eins und eins zusammenzählen?«

»Kann's kaum erwarten«, antwortete Lorenz.

»Anoosh wollte irgendeinen von unseren Swingern erpressen. Wie auch immer er das angestellt hat: Die haben ihn in ihren Kreis aufgenommen, und er wollte das ausnutzen, um seinen, wie nennen sie es noch gleich, Fürsten ordentlich auszunehmen. Um mit seiner großen Liebe durchzubrennen. Aber das ging dann nach hinten los.«

»Fragt sich nur, über welches Mittel er zu verfügen geglaubt hat, um einen Erpressungsversuch zu starten …«

»Ich tippe auf einen Prominenten. Jemand, der um seinen Ruf gefürchtet hat, und Anoosh wollte das ausnutzen.«

»Gemessen an den Summen, die hier für diese Feiern gezahlt werden, macht uns dieses Wissen die Suche nicht gerade einfacher.«

»Nun ja, wir können uns schon auf Prominente und Politiker konzentrieren …«

»Von denen wir ja so viele bereits im Visier haben, stimmt's?«

»Was ist mit Hubert Krohneiser?«, bohrte Franzi.

»Der lässt dir wohl keine Ruhe. Also gut, spielen wir das Szenario durch: Krohneiser ist einer der Swinger.«

Lorenz steuerte den Wagen auf der Landstraße aus Feilnbach hinaus und beschleunigte nach dem Ortsschild. Franzi spann den Faden weiter: »Anoosh gerät in diese Kreise, wie auch immer, das müssen wir vorerst offenlassen. Dann entdeckt er auf einer dieser Feten den Krohneiser. Er macht Nägel mit Köpfen und versucht, den Mann zu erpressen. Krohneiser, der, wie wir wissen, durchaus zur Gewaltbereitschaft neigt, schlägt zwei Fliegen mit einer Klappe, wenn er den Jungen aus dem Weg räumt. Erpressung vom Tisch, Tochter gerettet. Klingt für mich schon nach einem Motiv.«

»Dann sollten wir ihn fragen, wo er sich Sonntagnacht aufgehalten hat«, überlegte Lorenz.

Die in voller Blüte stehenden Apfelbäume flogen an ihnen vorbei, die Sonne brannte von einem strahlend blauen Himmel hinab auf die Straße. In der Kurve an der Reithofpark-Klinik machte Lorenz einen langsam fahrenden Traktor aus. Auf der Gegenspur kam ihm in gebührender Entfernung ein anderes Auto entgegen. *Sollte noch klappen, wenn ich überhole*, dachte er.

Er trat aufs Gas, der Wagen beschleunigte. Just in diesem Moment sah er das andere Auto, das vom Klinikgelände heraus auf die Straße Richtung Bad Feilnbach einfuhr. Der Fahrer hatte Lorenz nicht bemerkt, und ihm wurde klar, dass er den Überholvorgang abbrechen musste. Was er allerdings nicht konnte. Denn als er bremsen wollte, musste er feststellen, dass er nur ins Leere trat. Kein Widerstand. Bremsen war nicht. Und sein BMW raste mit unverminderter Geschwindigkeit auf den Traktor zu. Das Letzte, was er hörte, war Franzis spitzer Angstschrei.

Kleiner Tango

Donnerstag, 7 Wochen vor der Orgie im »Sternenhof«

Es hatte mit einem Anruf auf seinem Handy begonnen. Anoosh hatte keine Ahnung, woher Majorus seine Nummer hatte, und war auch viel zu perplex, um eine Antwort auf diese Frage einzufordern.

»Anoosh Kapun?«, dröhnte Majorus' herrische Stimme aus dem Telefon.

Anoosh erkannte sie sofort wieder. Er atmete tief durch und antwortete: »Ja. Herr Majorus?«

Anstelle einer Antwort lachte sein Gesprächspartner und erwiderte mit hörbarem Schalk in der Stimme: »Mein lieber Anoosh, ich musste ganz schön aufräumen hinter dir! Du scheinst mir ja richtiggehend gefährlich zu sein, so wie du deinen Schwiegervater in spe verprügelt hast!«

Die Vermutung, dass Majorus etwas mit dem für ihn nahezu reibungs- und folgenlosen Ausgang der Schlägerei mit Christines Vater zu tun haben könnte, hatte er in Gedanken schon mehrmals hin und her gedreht, und jetzt schien sie bestätigt. Wer dieser Mann wohl war, dass er so viel Einfluss besaß?

»Muss ich Ihnen denn dankbar sein?«, fragte er vorsichtig.

»Das darfst du zu gegebener Zeit selbst entscheiden, und dies soll auch nicht Gegenstand unseres jetzigen Gesprächs sein. Ich will mich mit dir über einen neuen Auftrag unterhalten. Möchtest du noch mal gutes Geld verdienen? Bevor du antwortest: Dieses Mal wird es aber nicht so leicht werden wie neulich.«

Anooshs Gedanken rotierten. Er hatte sich schon gefragt, ob er eine weitere Gelegenheit erhalten würde, in den Kreis dieser seltsamen, aber offensichtlich sehr reichen und mächtigen Gesellschaft zu gelangen, und hatte es bereut, in seiner damaligen Aufregung keinerlei Kontaktdaten erfragt zu haben. Deshalb antwortete er, ohne lange zu zögern: »Wie sähe denn Ihr neuer Auftrag für mich aus?«

»Freut mich, dass du Interesse zeigst, Junge. Sprechen wir

zunächst über deine Entlohnung. Die beträgt dreitausendfünfhundert Euro.«

Anoosh überlegte, ob er die Summe richtig verstanden hatte. Wie er die Zahl jedoch drehte und wendete, sie blieb, was sie war: enorm. Er war gespannt, was er dafür tun musste.

»Reden Sie weiter!«, forderte er seinen Gesprächspartner auf und hoffte inständig, dass der die Aufregung in seiner Stimme nicht bemerkte.

»Dieses Mal ist es mit Zusehen alleine nicht getan. Wenn du deine Belohnung möchtest, verlangen wir mehr, lass es mich so formulieren, *körperlichen* Einsatz von dir. Allerdings muss ich dabei ergänzen, dass es sich immer noch um eine Tätigkeit handelt, für die andere an deiner Stelle viel Geld bezahlen würden, wenn sie tun dürften, was du tun darfst.«

»Und was genau muss ich tun?«, hakte Anoosh nach und spürte, dass sich zu seiner Aufregung Ungeduld gesellte.

»Das, mein Junge, ist eine der Bedingungen, die wir neben absoluter Verschwiegenheit an dich stellen: keine Fragen. Du erfährst von uns alles, was du wissen musst. Einen kleinen Vertrauensvorschuss haben wir uns verdient, da wirst du mir nach unserem letzten Treffen sicherlich zustimmen. Auch dieses Mal garantiere ich dir, dass dir nichts geschehen wird. Und nun hast du drei Stunden Zeit, eine Entscheidung zu treffen. Wie auch immer diese ausfällt, ich bedanke mich schon jetzt für dieses überaus angenehme Gespräch. Auf Wiederhören, Anoosh Kapun.«

Mit diesen Worten legte Majorus auf, ohne eine Antwort von Anoosh abzuwarten. Eine ganze Reihe von Gefühlen durchströmte ihn. Wut, weil er schon wieder so verwirrt war und sich zudem ärgerte, in solchen Situationen nicht endlich souveräner auftreten zu können. Immer wenn er sich hier in Deutschland mit jemand vermeintlich Höhergestelltem konfrontiert sah, neigte er dazu, den Schwanz einzuziehen und in Demut zu verfallen. Was war aus dem toughen Straßenjungen von einst geworden? Der sich nichts gefallen lassen wollte und außer vor sich und seiner Familie vor nichts und niemandem Respekt kannte?

Dann war da noch eine aufkeimende Hoffnung, die sich von hinten durch die Trümmer seines angeknacksten Selbstvertrauens schlich. War dies die lang ersehnte Lösung seiner Probleme? Was würde da noch alles kommen, wenn er diese Aufgabe zu Majorus' Zufriedenheit erledigte? Der Gehaltssprung vom ersten auf das zweite Mal war enorm, was würde erst bei seinem dritten Engagement geschehen? Und weil er sich nicht weiter mit zwar verheißungsvollen, aber dennoch ungelegten Eiern abgeben wollte, widmete er sich dem ihn beherrschenden Gefühl: der Vorfreude, gepaart mit einer satten Ladung an Erregung.

Majorus hatte gesagt, dass es mit Zusehen alleine nicht getan sei. Das bedeutete wahrscheinlich, dass er dieses Mal nicht nur Zuschauer, sondern Akteur sein würde. Das hättest du bereits beim ersten Mal sein können, wenn du nicht so ein Feigling wärst, flüsterte es in ihm, doch es gelang ihm, die Stimme zu ignorieren und sich einzureden, dass er dieses Mal vorbereitet sei.

Das letzte Gefühl im Bunde war das schlechte Gewissen, und das machte ihm am meisten zu schaffen. Er hatte es nicht etwa, weil er bereit war, unanständig viel Geld für eine moralisch höchst fragwürdige Tätigkeit anzunehmen, sondern gegenüber Christine. Rechtfertigte der hehre Zweck – das Geld ausschließlich zu nehmen, damit er mit ihr in eine gemeinsame Zukunft starten konnte –, dass er sie streng genommen, nun ja, betrügen würde? Anoosh dachte an seine Zeit zu Hause im Iran, seinen bisherigen Aufenthalt in Deutschland, an all die Verluste und Rückschläge, an die Schmähungen der Dorfbewohner, an den Streit mit Christines Eltern. Und er erhielt ein überraschend klares und eindeutiges »Ja« als Antwort.

Ungeduldig wartete er auf Majorus' Rückruf. Und dieser kam, wenig verwunderlich, punktgenau drei Stunden später.

»Und, Junge, wie lautet deine Entscheidung?«, fragte Majorus anstelle eines neuerlichen Grußes.

Anoosh holte tief Luft und antwortete: »Ich bin dabei.«

Kracht und gschäppert

Mittwoch, Tag 3 nach der Orgie im »Sternenhof«

Als Lorenz erwachte, stand seine Welt kopf. Buchstäblich. Rote Punkte flirrten ihm vor den Augen, und er vermochte kaum etwas zu sehen, das Fokussieren fiel ihm schwer, seine Brille war verschwunden. Schweres, schmutziges Blut pulsierte durch sein Hirn. Sein rechter Arm schien nur aus glühend heißen Schmerzen zu bestehen. Ohrenbetäubender Lärm dröhnte ihm durch den Schädel, und jemand schrie: »Er ist wach!«, und dann leiser, direkt an seiner linken Seite: »Alles gut, beweg dich nicht, wir hol'n dich da raus!«

Neben Lorenz kniete ein verschwommener Feuerwehrmann in voller Montur und redete wasserfallartig auf ihn ein. Lorenz hing kopfüber in seinem Auto, seine Beine waren unter dem Lenkrad eingeklemmt. Außerdem hielt ihn der straffe Sicherheitsgurt. Nach und nach konnte Lorenz auch den Lärm analysieren. Zum Geschrei der Einsatzkräfte um sein Auto herum gesellten sich die Motorgeräusche von Rettungsfahrzeugen und Stromaggregaten, in der Ferne heulten Sirenen, und irgendwer war damit beschäftigt, die Scheiben aus seinem Wagen zu schlagen, ein anderer durchtrennte mit einem Messer Lorenz' Sicherheitsgurt.

Franzi! Wo war Franzi? Er erinnerte sich noch an ihren furchterfüllten Schrei! Es gelang ihm, seinen Kopf nach links zu drehen, doch der Beifahrersitz war leer. Die Airbags hatten genauso ausgelöst wie auf seiner Seite und hingen in Fetzen vom Armaturenbrett und der B-Säule. Von Franzi fehlte jede Spur. Lorenz wurde fast ohnmächtig vor Sorge, und wie von Sinnen schrie er den Feuerwehrmann, der immer noch neben ihm hockte, an: »Wo ist die Frau, die bei mir im Wagen saß? Verdammt, wo ist sie, was ist mit ihr geschehen?«

»Ruhig, Mann, mit deiner Begleitung ist alles in Ordnung. Wir hol'n dich jetzt raus, Achtung, es geht los!«

Lorenz' Herz raste, aber er beschloss, dem Feuerwehrmann zu

glauben. Neben ihm traten nun noch zwei weitere Feuerwehrleute in sein Blickfeld. Einer von ihnen trug ein an Druckschläuchen befestigtes Gerät zum Aufspreizen, der andere eine große Schere. Der Kerl, der ihn betreute, schob einen Feuerwehrhelm durch das Fenster, setzte ihn Lorenz auf und klappte erst sein, dann das Visier an Lorenz' Helm herunter. Dann machten sich die beiden mit dem schweren Gerät Bewaffneten abwechselnd an der Tür zu schaffen, und das ganze Auto knarrte und schepperte bedrohlich.

»Gleich hast du's hinter dir!«

Mit einem Ruck löste sich die Tür und verschwand aus Lorenz' Sichtfeld. Er sah dabei zu, wie zunächst der Mann mit der Schere knapp hinter dem Vorderreifen den Rahmen durchtrennte und anschließend sein Kollege den Spreizer so zwischen Lenksäule und Rahmen ansetzte, dass das Werkzeug den Wagen regelrecht aufklappte, und plötzlich waren Lorenz' Beine frei. Ehe er hinabfallen konnte, griffen starke Hände von links und rechts nach ihm, nahmen seine Beine und hoben ihn vorsichtig aus dem Wrack heraus.

Als er auf die bereits wartende Krankentrage gelegt wurde, konnte er das ganze Ausmaß seines Unfalls überblicken. Sein schöner Dienstwagen lag zerschmettert und zerschnitten auf dem Dach inmitten eines kniehohen Maisfeldes. Eine Spur aufgewühlten Bodens und kaputter Pflanzen führte von der Straße hierher. Überall blinkten Blaulichter, Feuerwehrautos, Polizei, Krankenwägen standen herum. Vage nahm er wahr, dass er seinen rechten Arm nicht mehr spürte. Auch keine Schmerzen. Gesichter beugten sich über ihn, eines davon meinte er als Christoph Lentner, den Feilnbacher Feuerwehrkommandanten, zu erkennen, aber er war sich nicht sicher.

Wo ist Franzi?, wollte er noch mal fragen. Doch seine Lippen waren wie zugenäht. Eine schwere Müdigkeit überkam ihn. Und als sich die Liege, auf die er festgebunden worden war, langsam und vorsichtig in Bewegung setzte, senkte sich gnädige Dunkelheit über ihn.

Lorenz irrte durch ein Maisfeld. Kein normales Maisfeld, denn die Pflanzen waren so hoch, dass er ihre Spitzen kaum zu erkennen vermochte. Er konnte nicht sagen, ob es Tag oder Nacht war, ein fahler gelbbrauner Himmel hing über dem Feld und verströmte schmutziges Licht. Immerhin war es nicht vollkommen dunkel. Um ihn herum vernahm er seltsame Geräusche, ein gutturales Kratzen, das an seinen Nerven zehrte. Als ob Hunderte dissonant singender Zikaden in den Schatten hockten. Schlimmer war das Gewimmer. Er konnte nicht bestimmen, wer oder was es von sich gab, menschliche Laute waren es jedenfalls nicht.

Das fahle Licht erschwerte Lorenz' Orientierung. Weder wusste er, woher er kam, noch, wohin er gehen sollte. Also wanderte er einfach los und hielt sich an die Stämme der Maispflanzen, in der Hoffnung, dass diese in einer geraden Linie gesetzt worden waren und ihn irgendwann zum Ausgang des Feldes führen würden. Etwas berührte ihn am Arm, doch als er herumschnellte, sah er nur noch leise wiegende Maisblätter. Was immer dort im Schatten lauerte, ihn beobachtete und verfolgte, gedachte noch nicht, sich ihm zu erkennen zu geben. Lorenz schauderte, und sein Unbehagen wuchs mit jedem Atemzug.

Plötzlich kam ihm ein Gedanke. Er blickte an sich hinab und stellte überrascht fest, dass sein rechter Arm in ein dickes Tuch gewickelt war. Er fühlte nichts außer einem dumpfen Pochen. Mit wachsender Panik begann er, den Verband zu entfernen. Erst langsam und vorsichtig, dann immer schneller und schneller. Der Stoff türmte sich bereits zu seinen Füßen, doch sein Arm war immer noch nicht freigelegt. Und dann erreichte er die letzte Schicht, die in rote Farbe getränkt war. *Blut*, schoss es ihm durch den Kopf. Und dann: *Mein Blut*. Ihm wurde übel, doch er zwang sich, auch die letzten Stoffbahnen abzuwickeln. Bis es nichts mehr abzuwickeln gab.

Nackte Panik erfasste Lorenz, als er erkannte, was der blutige Mull verborgen hatte. Von seinem Arm war nichts übrig geblieben als ein fleischiger Brei mit einem Knochen darin. Er schrie, schrie sich die Seele aus dem Leib, und das Wimmern im Maisfeld stimmte mit ein, verschmolz mit ihm zu einer Symphonie des Wahnsinns und der Verzweiflung.

Als Lorenz weinend erwachte, sah er als Erstes Franzis besorgtes Gesicht.

»Guten Morgen, Schlafmütze!«, begrüßte sie ihn und schien ziemlich erleichtert.

»Guten Morgen …«, murmelte Lorenz und blickte sich um. Er lag in einem Krankenzimmer. Einem Einzelzimmer, wie der für Logik und Rechnungswesen zuständige Teil seines Gehirns überrascht feststellte. Sein rechter Arm steckte in einem dicken Gips und schien kein blutiger Stumpf wie jener aus seinem Fiebertraum zu sein, und auch ansonsten war noch alles an ihm dran. Zumindest spürte er außer einem dumpfen Pochen im Arm keinen Schmerz. Er blickte wieder zu Franzi. Die schien unverletzt, wenngleich sie etwas zerknautscht aussah. Als hätte sie hier geschlafen. Und schon bei dem Gedanken wurde Lorenz warm ums Herz.

»Wie lange war ich weg?«, fragte er.

»Nicht lange. Nach dem Unfall heute Vormittag haben sie dich gleich operiert. Du liegst erst seit ein paar Stunden hier. Es ist kurz vor sieben.«

»Morgens?«

»Abends. Es ist immer noch heute. Sag mal, kannst du dich noch an irgendetwas erinnern?« Franzi sah ihn forschend an.

Lorenz setzte die Anlasskurbel an das Schwungrad seines Gehirns und begann, mühsam zu drehen.

»Ich wollte bremsen!«, platzte es aus ihm heraus. »Aber es ging nicht! Die Bremsen haben nicht gegriffen!«

»Ruhig, Lenzi.« Franzi hob beschwichtigend beide Hände. »Das konnten sie auch nicht. Es war nämlich keine Bremsflüssigkeit mehr da. Jemand hat den Tank angebohrt. Da hatte es wohl einer auf uns abgesehen. Wir hatten großes Glück!«

Lorenz sparte sich den erstaunten Ausruf, den die Situation vielleicht erfordert hätte, und rieb sich mit der linken Hand nachdenklich die Nasenflügel.

»Woher weißt du das?«, fragte er.

»Wir, also unsere Leute, haben das Wrack untersucht. Der Behälter mit der Bremsflüssigkeit wurde eindeutig angebohrt.«

»Das überfordert mich grad etwas …«, antwortete Lorenz verwirrt. *Ein Anschlag? Auf mich?*, dachte er. *Warum das denn? Wem bin ich denn auf die Füße getreten?* Und als Nächstes: *Geht's noch? Da hat wohl jemand nicht mehr alle Latten am Zaun!*

»Mich hat's ja anscheinend ganz schön erwischt, wenn ich mir meinen Arm so ansehe … Wie geht's dir denn? Bist du auch verletzt?«, fragte er Franzi.

»Im Gegensatz zu dir bin ich mit dem Schock davongekommen. Der Nacken tut mir weh, aber sonst ist noch alles dran. Was glaubst du, wer dahinterstecken könnte?«

»Der Wagner, haha« antwortete Lorenz. »Bestimmt hat er sich während unseres Gesprächs mit Christine an meinem Wagen zu schaffen gemacht. Da fällt mir ein, beim Wegfahren konnte ich noch bremsen, da bin ich mir ganz sicher …«

»Gut möglich«, antwortete Franzi. »Die Spurensicherung geht davon aus, dass das Loch mit einem Korken verstopft wurde, der sich erst später durch die Erschütterung beim Fahren gelöst hat. Die Sabotage kann also auch schon viel früher erfolgt sein. Jedenfalls haben sie die Bremsflüssigkeit auf der Straße bis zum Ortseingang zurückverfolgt. Da beginnt's dann. Nur den Korken haben sie bis jetzt noch nicht gefunden.«

»Verrückt«, kommentierte Lorenz. »Dann sind wir wohl auf der richtigen Spur, wenn uns jemand derart an den Karren fahren will. Wann kann ich hier raus?«

»Du hast dir den Arm zweimal gebrochen. Wirst eine ganze Zeit mit Gips herumlaufen. Aber soweit ich das mitgekriegt habe, darfst du morgen nach der Chefarztvisite heim. Vielleicht. Genieß die Nacht hier drin«, sagte Franzi. »Ich werde mich jetzt vom Acker machen. Du fürchtest dich doch nicht allein, oder?«

»Wenn ich jetzt Ja sage, ist zwar meine Männlichkeit dahin, aber bleibst du dann hier bei mir?«, antwortete Lorenz.

Als Antwort beugte sich Franzi über ihn, drückte ihm einen

Kuss auf die Stirn und sagte: »Wenn du brav bist, hole ich dich morgen ab. Ruf mich an, wenn du fertig bist!«

Und damit rauschte sie aus dem Zimmer und ließ einen sinnierenden Lorenz zurück, der bald darauf wieder in einen unruhigen Schlaf glitt, begleitet von wirren Träumen. Wenigstens keine mit Maisfeldern und blutigen Armstümpfen, sondern solche mit Franzi und, seltsamerweise, mit Hühnern.

Vamos

Samstag, 7 Wochen vor der Orgie im »Sternenhof«

Majorus hatte Anoosh nach seiner Zusage anvertraut, dass das nächste Treffen am Samstagabend stattfinden würde. Bis dahin waren es noch zwei Tage, und die Zeit musste Anoosh irgendwie herumbringen. Zunächst spielte er lange mit dem Gedanken, Christine einzuweihen. Und fand am Ende nicht den Mut. Zu sehr ängstigte ihn die Vorstellung, dass seine Freundin ablehnend reagieren könnte. Weil er sie vielleicht betrügen musste. Er konnte es drehen und wenden, wie er wollte, er war drauf und dran, sich zu prostituieren. Mit fremden Frauen zu schlafen. Das zumindest hatte Majorus angedeutet, und Anoosh war sich sicher, dass es darauf hinauslaufen würde.

Die enorme Geldsumme, die ihm dafür in Aussicht gestellt wurde, genügte zwar, um *sein* Gewissen zu beruhigen. Das von Christine jedoch sicher nicht. Aber er brauchte das Geld. Mehr denn je. Und es war so einfach … Dann war da noch diese, nun ja, Vorfreude, die Anoosh verspürte. Zwar schämte er sich ihrer ein wenig, doch er ertappte sich immer wieder dabei, wie er sich in seiner Phantasie ausmalte, mit welch schönen Mädchen er es zu tun bekäme. Nicht dass Christine nicht auch schön wäre, ganz im Gegenteil! Aber der Reiz der Lust und des Verbotenen ließ sich einfach nicht unterdrücken.

In seiner Aufregung fiel ihm gar nicht auf, dass er Christine in den kommenden Tagen aus dem Weg ging. Er ließ zwei Treffen platzen, indem er Ausreden vorschob und seine Freundin anlog. *Wenn ich erst einmal das Geld beisammenhabe und mit Christine durchbrenne, haben wir immer noch genug Zeit füreinander*, dachte er.

Und dann kam der Samstag, und Anoosh konnte es gar nicht erwarten, bis es Abend wurde. Am frühen Nachmittag fuhr er mit dem Rad zu seiner Parkbank, an der ihn Lady Charlotta das letzte Mal aufgegabelt hatte. Um neunzehn Uhr, es war bereits dunkel, hielt vor ihm ein silberner Mercedes, der von einem Anoosh bereits vertrauten Fahrer gelenkt wurde.

»Steig ein, Junge«, befahl Johann, Majorus' Diener, durch das offene Fenster. »Hinten.« Das waren die einzigen Worte, die der Mann von sich gab, auch während der Fahrt blieb er stumm.

Anoosh tat wie ihm geheißen, ließ sich auf dem weichen Lederpolster der Rücksitzbank nieder und versuchte, die Reise zu genießen. Zu seiner Verwunderung verlangte Johann nicht, dass er sich die Augen verbinden sollte, und auch die hinteren Scheiben waren bei diesem Gefährt nicht getönt. Anscheinend war das Ziel ihrer Reise dieses Mal kein Geheimnis.

Sie verließen Bad Feilnbach und fuhren eine Zeit lang über Land, bis sie sich nach vielleicht fünfzehn Minuten wieder bebautem Gebiet näherten. »Kolbermoor«, las Anoosh auf einer Ortstafel im Vorbeifahren. Johann lenkte den Wagen über ein paar Kreuzungen, vorbei an einem Gewerbepark und einem Fast-Food-Restaurant, bis er schließlich auf einen großen Parkplatz einbog, der zu einem imposanten Gebäude gehörte. Offensichtlich handelte es sich um ein ehemaliges Fabrikgebäude, das renoviert und modernisiert worden war und jetzt diverse edle Geschäfte und Restaurants beherbergte. Johann parkte den Mercedes am anderen Ende des Komplexes vor einem massiven gusseisernen Doppeltor. Er stieg aus und öffnete Anoosh die Tür.

»Wir sind da. Hier, zieh das an!« Der Diener überreichte ihm einen schweren schwarzen Samtmantel mit Kapuze. Dazu die Maske, die Anoosh schon beim letzten Mal getragen hatte.

Gehorsam streifte er den Mantel über und setzte die Maske auf. Dann folgte er Johann ins Innere des Gebäudes. Dort war es düster, die Luft roch nach kaltem Rauch und Alkohol. Sie passierten eine verlassene Garderobe und erreichten schließlich eine weitere Doppeltür, die Johann mit einiger Dramatik schwungvoll öffnete. Als er zur Seite trat, gab er den Blick auf einen imposanten Saal frei. Wer auch immer dieses Objekt von einer Fabrik in einen Veranstaltungsraum verwandelt hatte, schien großen Wert darauf gelegt zu haben, dass möglichst viele urtümliche Elemente, die an die Vergangenheit dieses Ortes erinnerten, erhalten blieben. Mindestens ein Fünftel des Raums nahm eine gewaltige Maschine ein, deren Funktion Anoosh sich beim besten Willen nicht erschloss. Drum herum ragten große Kabel aus den Wänden. Die Mauern bestanden aus rohen Ziegeln und wurden von bunten Lampen erleuchtet. Die Decke hatte man entfernt und durch ein Glasdach ersetzt, mehrere seltsam geformte Leuchten, die dem Saal etwas von einem Gewächshaus gaben, hingen von oben herab.

Und in der Mitte des Raums sah Anoosh die anderen Gäste. Sie saßen mit hochgezogenen Kapuzen im Kreis auf einer riesigen schwarzen Matratzenlandschaft. Keiner von ihnen sagte etwas, jeder schien für sich zu schweigen. Leise klassische Musik aus einem unsichtbaren Lautsprecher war alles, was man hörte. Die absurde Krönung der Szenerie stellte die verrückte Konstruktion dar, die um und über den sitzenden Menschen angebracht war: An langen Seilen hingen mehrere riesige Spiegel unter der Decke. In scheinbar zufälliger Anordnung, jeder in einem anderen Winkel und in unterschiedlicher Höhe, formten sie bei näherem Hinsehen eine Kuppel über den Matratzen.

Als Anoosh sich schweigend zu den anderen gesellte und sich auf einen freien Platz setzte, warf er einen verstohlenen Blick nach oben und stellte überrascht fest, dass ihm von überall her sein Spiegelbild entgegenblickte! Er fragte sich, ob er seine Schuhe ausziehen sollte, und hilfesuchend blickte er sich um. Eine der Gestalten hob den Kopf, und Anoosh erkannte Majorus, der ihn freundlich anlächelte und den Zeigefinger auf die Lippen legte. Dann senkte er wieder den Kopf, und Anoosh wurde klar, dass er so schnell keine Antworten auf seine Fragen erwarten durfte und wieder einmal zum Warten verurteilt war. Diese Geheimniskrämerei machte ihn rasend. Warum konnten diese Leute nicht einfach tun, wozu sie gekommen waren? Warum dieses ganze Brimborium? Anoosh merkte, wie seine Aufregung und Vorfreude flauer Enttäuschung Platz machten. Er hatte sich das alles ganz anders vorgestellt, nämlich so wie beim letzten Mal, als er mit Lady Charlotta unterwegs gewesen war. Ob die wohl auch hier war? Er warf einen erneuten verstohlenen Blick in die Runde, konnte aber die massige Gestalt der Frau nirgends ausmachen.

Die Zeit verstrich, und noch viermal öffnete sich die Tür, und weitere Gäste mit Umhang kamen herein. Sie setzten sich mit tief ins Gesicht gezogenen Kapuzen in den Kreis und schwiegen, als wäre ihr Verhalten das normalste der Welt.

Endlich, nach einer gefühlten Ewigkeit, erhob sich Majorus und schlug seinen Umhang zurück. Anoosh erkannte entsetzt, dass der Mann darunter splitterfasernackt war. Ohne Scham wegen seines fülligen, gealterten Körpers trat er in die Mitte des Raumes, drehte sich mit ausgebreiteten Armen einmal um die eigene Achse und sagte lächelnd: »Brüder und Schwestern, ich begrüße euch! Schön, dass ihr unserer Einladung gefolgt seid!«

Dann schloss er die Augen, breitete die Hände aus und stimmte einen unverständlichen Sermon an, bei dem es Anoosh kalt den Rücken hinunterlief. Die Angst, eine falsche Entscheidung getroffen zu haben, wurde übermächtig. Er sollte nicht hier sein, da war er sich plötzlich ganz sicher. Das flaue Gefühl in seinem Magen wurde schließlich so stark, dass er schon aufstehen und davonrennen wollte, als Majorus abrupt verstummte.

»Lilly, Amanda, wenn ihr so freundlich wärt?«, sagte er.

Aus der Runde erhoben sich zwei zierliche Gestalten und traten in die Mitte. Majorus hingegen nahm wieder Platz. Unter den Mänteln der beiden Aufgerufenen verbargen sich schöne junge Frauen, eine kaffeebraun und schwarzhaarig, die andere weiß wie Schnee, mit feuerroten Locken. Wie die von Christine, sinnierte Anoosh. Lilly und Amanda trugen aufwendige Masken und Dessous, die der Phantasie keinen Spielraum mehr zugestanden. In entgegengesetzte Richtungen schritten sie den Kreis ab und begutachteten jeden der Sitzenden. Als die Dunkelhäutige schließlich Anoosh erreichte, blieb sie stehen, umfasste sein Kinn, hob damit seinen Kopf leicht an und musterte ihn. Dann ließ sie von ihm ab und wandte sich seinem Nachbarn zu. Anoosh kam sich vor wie ein Schlachtgaul auf einer Auktion.

Schließlich hatte die eine einen Mann mittleren Alters auserwählt, der eine sportliche Figur besaß, allerdings auch stark behaart war. Er trug lediglich eine schwarze Hose und eine schlichte graue Maske. Anoosh fragte sich, wo er sich denn hätte ausziehen sollen, und wunderte sich, dass er offensichtlich der Einzige war, der noch seine Straßenkleidung trug. Das zweite Mädchen hatte sich für Majorus entschieden und führte ihn ebenfalls in die Mitte.

»Hinlegen!«, befahl das hellhäutige Mädchen, und beide Männer gehorchten. Die Frauen machten sich jeweils an ihrem Partner zu schaffen. Die Rothaarige setzte sich auf Majorus' Schoß, und Anoosh konnte beobachten, dass der Mann allein dadurch schon erregt wurde. Majorus fasste seine Partnerin an den Armen, zog sie zu sich herunter und küsste sie wild auf den Mund.

Anoosh spürte einen Stich verletzten Stolzes im Herzen. Er könnte jetzt da liegen, warum hatte das Weib ihn verschmäht? Er sah doch viel besser aus als der speckige alte Knacker!

Plötzlich fühlte er eine Hand in seinem Schritt.

Im Zwiebelsud

Donnerstag, Tag 4 nach der Orgie im »Sternenhof«

Der Chefarzt kam spät. Viel zu spät. Als er bei seinem Rundgang endlich Lorenz' Zimmer betrat, saß der schon angezogen und ungeduldig im Bett und hob dem Arzt, der sich als Professor Heinle vorstellte, den eingegipsten Arm entgegen.

»Da möchte sich wohl jemand vorzeitig entlassen lassen, hm?«, sagte der Professor entnervend großväterlich und inspizierte Lorenz über den Rand seiner Brille hinweg.

»Wo muss ich unterschreiben, dass ich mir der Risiken bewusst bin?«, fragte Lorenz und unterdrückte nur mühsam seine Ungeduld.

»Junger Mann, Sie haben da eine schwere Fraktur des distalen Unterarmes mit Gelenkbeteiligung. Sowohl Ihre Ulna als auch Ihr Radius sind mehrfach zersplittert. Das müssen Sie sauber ausheilen lassen, sonst laufen Sie den Rest Ihres Lebens wie ein angeschossenes Huhn herum, wollen Sie das?«, antwortete der Chefarzt, begleitet von einem tadelnden Blick über die Brille.

»Wenn ich nicht schleunigst hier rauskomme und herausfinde, wer mir an den Pelz möchte, wird's nicht beim angeschossenen Hühnchen bleiben, Herr Doktor …«

Eine halbe Stunde später saß Lorenz in Franzis Wagen und fuhr mit ihr in die Inspektion. In der Tiefgarage der Polizeiinspektion parkten sie unter großem Protest seitens Lorenz' auf dem Behindertenparkplatz und machten sich auf den Weg zu seinem Büro. Das hatten sie beinahe erreicht, als sich der Gang hinter ihnen verdunkelte und eine herrische Stimme die Wand entlangpeitschte, so laut, dass die Glastüren zu den Büros vibrierten.

»Hölzl! Was haben Sie denn jetzt schon wieder angestellt?«, blaffte Polizeidirektorin Maier hinter ihnen.

In Lorenz' Vorstellung zog er langsam das schwere Breitschwert aus der Scheide auf seinem Rücken, drehte sich um und enthauptete den Drachen mit einem gezielten Hieb. Mangels

Breitschwerts musste er vorerst auf tätliche Gewalt verzichten, drehte sich aber trotzdem um.

Lorenz hatte in letzter Zeit viele Bücher gelesen. Wie man mit Liebe und Dankbarkeit die Welt verändern konnte. Über Selbstverantwortung und wie man zu einem edlen Charakter kam. All das hatte dazu geführt, dass er viel entspannter geworden war. Er erschlug keine Fliegen und Spinnen mehr, sondern fing sie mit der Hand oder einem Glas und setzte die Tiere draußen aus. Er betrat einen Raum niemals mit Schuhen, und wenn er die Zeit fand, hockte er sich morgens oder abends zehn Minuten im Schneidersitz auf den Boden und versuchte zu meditieren. Mit wechselndem Erfolg, meistens dachte er dabei an Franzi oder an Schuhe, aber der Wille war eindeutig da. Doch auch den frommsten Yogi nervt manchmal ein Moskito. Wenn der Moskito den richtigen Zeitpunkt erwischt. Sagen wir mal, wenn dreißig Grad im Schatten, ein Sandkorn auf der Reisigmatte *und* das provokante Surren des lästigen Ungeziefers zusammenkommen und der Yogi eigentlich lieber einen kühlen Caipirinha schlürfen würde, als hier an der Felsklippe zu meditieren. Dann, ja dann würde auch der frommste Yogi nach dem Moskito schlagen.

Und Polizeidirektorin Maier gab für Lorenz jetzt einen wahren Brummer von einem Moskito ab. Einen Drachen quasi. Was rausmusste, musste eben raus.

»Gute Frau. Ich habe einen wirklich beschissenen Tag und eine ebenbürtig beschissene Nacht hinter mir. Mein Arm steckt in einem Gips, weil ich ihn mir zweimal gebrochen habe. Weil die Bremsen meines Autos sabotiert wurden. Ein weniger umsichtiger Schutzengel, und Sie dürften sich hinhocken und einen Nachruf auf uns beide schreiben. Auch wenn ich dann froh darum wäre, tot zu sein, denn ein Nachruf von Ihnen ist so ziemlich das Schlimmste, was ich mir vorstellen kann, und Sie dürfen mir glauben, ich bin mit einer prächtigen Phantasie gesegnet. Nun gehen Sie mir aus der Sonne, auch wenn hier gar keine scheint, denn ich habe jetzt weiß Gott Wichtigeres zu tun, als mir Ihren Sermon anzuhören. Guten Tag.«

Maier rief noch etwas von Nachspiel und disziplinarischen Folgen, aber Lorenz schnippte nur achtlos seine Schuhe vor seinem Büro neben die Tür und rauschte hinein. Drinnen ließ er sich auf das Sofa plumpsen und stöhnte: »Blöde alte Schachtel.«

Franzi setzte sich auf Lorenz' Bürostuhl und kommentierte: »Ich bin schon gespannt auf die nächste Runde … Was sollen wir jetzt tun?«

»Wegen der Maier? Die kann mich kreuzweise.«

»Nein, wegen des Falls, du Schaf. Wir sind noch keinen Schritt weiter, so fühlt sich's zumindest an.«

Lorenz schnaufte und versuchte erfolglos, seinen Gipsarm in eine bequeme Position zu bugsieren.

»Irgendjemand hat es auf uns abgesehen, weil er glaubt, dass wir etwas wissen, das irgendwen belasten könnte. Dummerweise wissen *wir* nicht, was das sein könnte.«

Franzi stand auf und ging zum Flipchart. Sie nahm einen Edding und malte »Barranow«.

»Der Russe ist sicher die vielversprechendste Fährte«, erklärte sie. »Immerhin war er der Initiator des Schlossfestes und hat Opfer und Täter einen Tatort zur Verfügung gestellt.«

»Was ist mit dem Zaibel, dem Supermarktleiter, den Frau Gruber erwähnt hat?«, fragte Lorenz.

Franzi setzte Zaibels Namen auf die Tafel. »Den Gesellen müssten wir uns noch vornehmen. Dass der den Jungen selbst mitgebracht hat, halte ich jetzt aufgrund der Vorgeschichte für unwahrscheinlich. Könnte allerdings ja sein, dass er ihn zufällig dort getroffen hat und dann sein Zorn wieder hochgekocht ist«, mutmaßte Franzi.

»Was nicht wirklich zu der Geschichte mit der Erpressung passt«, wandte Lorenz ein. »Da erscheint mir der Krohneiser schon vielversprechender.«

Franzi vermerkte Christines Vater.

»Wenn wir doch nur wüssten, wer alles auf dieser blöden Fete war …«, überlegte sie.

»Vielleicht können wir nicht rekonstruieren, wer auf der Party am Sonntag gewesen ist. Aber wir könnten herausfinden, wer alles auf die nächste Veranstaltung geht … Barranow hat doch behauptet, dass das so ein eingeschworener Verein ist, da sind doch sicherlich immer dieselben Nasen versammelt, meinst du nicht?«, erwiderte Lorenz.

»Also auch noch mal zum Russen?«, fragte Franzi.

»Auf jeden Fall. So wie ich den einschätze, hat er uns längst noch nicht alles verraten, was er weiß.«

Lorenz wählte Barranows Nummer, erreichte aber nur dessen Sekretärin und vereinbarte einen Termin für morgen früh um zehn. Damit war sein körperlicher und geistiger Akku aber auch schon wieder erschöpft. Die Nachwehen ihres Unfalls schlauchten ihn mehr, als er sich eingestehen wollte.

Also ließ er sich von Franzi zurück zur Pension kutschieren und legte sich auf die Liege im Schatten von Frau Grubers großem Kirschbaum. Frau Gruber sorgte in ihrer gluckenhaften Art dafür, dass es ihm an nichts fehlte, und mästete ihn mit allem, was die bayrische Küche zu bieten hatte. Nach dem Abendessen ließ die Wirkung der Schmerzmittel merklich nach, und Lorenz beschloss, früh ins Bett zu gehen.

Er schlief wieder unruhig in dieser Nacht, wälzte sich in seinen Laken hin und her und hatte das Gefühl, die ganze Zeit wach zu sein, doch immer, wenn er auf die Uhr blickte, war wieder eine Stunde vergangen, gestohlen von einem gewieften Dieb, dessen Lorenz niemals Herr wurde. Er konnte nur auf dem Rücken liegen, und bald tat ihm nicht nur der Arm, sondern sein ganzer Körper weh. Immer wieder träumte er von Franzi, die nackt durch ein Maisfeld stromerte und am ganzen Körper wie ein Tiger bemalt war. Es verstörte ihn besonders, dass sie auch einen langen Tigerschwanz und scharfe Reißzähne hatte und Lorenz vor ihr wegzulaufen versuchte, während er sich gleichzeitig von ihr fangen lassen wollte.

Gegen drei Uhr in der Früh stand er auf und wanderte eine Zeit lang durch sein Zimmer. Er blickte schläfrig aus dem Fenster und beobachtete, wie sich dunkle Wolkenschwärme vor dem strahlenden Dreiviertelmond vorbeidrängelten.

Gegen vier Uhr wachte er abermals auf. Dieses Mal sollte es ihm und Frau Gruber jedoch das Leben retten. Denn als er an die Zimmerdecke blickte, sah er einen feinen Teppich wabernden Rauchs die Bretter entlangkriechen.

Duft der Lüfte

Samstag, 7 Wochen vor der Orgie im »Sternenhof«

Die Hand auf seinem Oberschenkel gehörte seiner Sitznachbarin, einer sehnigen Frau mit kleinen, festen Brüsten, die sie in eine durchscheinende Korsage verpackt hatte. Sie drehte sich zu Anoosh und drückte ihm die Hand auf die Brust und ihn damit in die Matratze. Dann öffnete sie seinen Gürtel und seine Jeans und schob ihre rechte Hand in seine Boxershorts. Anoosh war so überrumpelt, dass er instinktiv in eine Schockstarre fiel. Doch sein Fleisch war schwach, wehrte sich nur Sekunden gegen die Massage, die sie ihm zuteilwerden ließ, begann zu pulsieren und wurde steinhart.

»Na also!«, flötete seine Partnerin zufrieden und nahm sein bestes Stück in den Mund. Genießerisch leckte sie daran herum, und endlich konnte Anoosh seinen Verstand in die Schranken weisen und sich fallen lassen. Ihm wurde heiß und kalt zugleich, sein Unterleib fühlte sich an, als wäre er in Beton gegossen und bettelte darum, gesprengt zu werden.

»Wie heißt du?«, brachte er stöhnend hervor.

»Hanna«, antwortete sie, als sie kurz innehielt und den Mund frei hatte. Sie mochte Anfang dreißig sein, trug schulterlanges blondes Haar, das sie sich am Hinterkopf zusammengebunden hatte. Ihre Maske bestand aus bunten Pailletten mit drei Federn auf der rechten Seite. Auch wenn Hanna für Anoosh Geschmack etwas dürr war und sich knochig anfühlte, gefiel sie ihm doch insgesamt sehr gut.

Als er nach rechts sah, zu Majorus und dem rothaarigen Mädchen, fiel sein Blick auf die Spiegel über ihm. Sie zeigten nicht nur ihn, wie er mit geöffneter Hose und hochgeschobenem T-Shirt auf dem Rücken lag, mit Hanna zwischen seinen Beinen, die immer noch hingebungsvoll mit seiner Männlichkeit beschäftigt war. In den Spiegeln sah er auch, wie sich die Szenerie um ihn herum verändert hatte: Mittlerweile hatten alle ihre Mäntel abgelegt und sich einen Partner gesucht, mit dem sie sich vergnügen konnten. Nackte Leiber, manche noch in Reste von Dessous gekleidet, vermischten sich zu einem Eintopf der Sünde. Wo zwei Menschen nicht genug waren, taten sich drei oder vier zusammen. Anoosh sah einen Mann, der einen anderen oral befriedigte, und eine Frau, die von zwei Männern gleichzeitig penetriert wurde.

Feine Blitze voller süßer Lust schossen durch seinen Verstand und erschwerten ihm zunehmend das Denken. Aber er fand noch körperliche Reserven, stemmte sich hoch und drückte Hanna auf den Rücken. Er befreite sie von ihrem Höschen und tauchte seine Zunge in ihr nasses Fleisch. Vorsichtig knabberte er an ihren Schamlippen, suchte und fand ihre Perle und liebkoste sie wie einen wertvollen Schatz.

Während er zwischen Hannas Beinen beschäftigt war, näherte sich das kaffeebraune Mädchen, das sich zuvor den stark behaarten Typen ausgesucht hatte. Sie trug nur noch eine Büstenhebe und schwarze halterlose Strümpfe. Anoosh konnte nicht erkennen, wo ihr Partner abgeblieben war, wohl aber, dass sie sich an Anooshs Schuhen zu schaffen machte, ihm diese mitsamt Strümpfen auszog und ihn dann auch noch von seiner Jeans befreite. Dann nahm sie neben ihm Platz und drehte seine Hüfte. Kichernd setzte sie die Massage an der Stelle fort, an der Hanna aufgehört hatte, und Anoosh schwanden fast die Sinne. Seine Männlichkeit wurde wieder so hart, dass sie schmerzte. Hanna hingegen bewegte sich ruckartig und immer schneller, und sie zitterte am ganzen Körper. Anoosh schob seine Zunge noch einmal tief in sie hinein. Sie krallte die Finger in seine Kopfhaut und begann zu zucken. Dann stöhnte sie laut und selig auf, schauerte noch einmal und drückte Anoosh von ihrem Unterleib weg.

»Genug. Jetzt bist du dran«, versprach sie.

»Ich kümmere mich um ihn«, bot die dunkelhäutige Schönheit an und drehte Anoosh auf den Rücken. Dann stülpte sie ihm ein Kondom über und setzte sich auf ihn. Sie führte ihn sich bis zum Anschlag ein. Während sie auf seinem Becken kreiste, hauchte sie: »Ich heiße Lilly, und wer bist du?«

»Anoosh«, presste er hervor und überlegte kurz, ob er sich nicht eigentlich einen Phantasienamen hätte aussuchen sollen. Doch der Gedanke wurde in den Wogen der Lust davongeschwemmt, ertrank und verging. War dies das Paradies?, fragte er sich und genoss die Wellen wiegender Bewegungen des wunderschönen Mädchens. Lilly ritt ihn mit einer Leidenschaft, die Hitze, Wüstensand und Palmen verhieß. Sie stützte ihre Arme auf Anooshs Oberkörper ab. Er öffnete die Büstenhebe, und ihre Brüste purzelten heraus wie reife Datteln aus ihrem umgestoßenen Korb. Sie baumelten vor seinem Gesicht, und er knetete die eine und nuckelte an der anderen. Lilly biss sich vor Erregung auf die Lippen.

Anoosh rollte sich zur Seite, zwang seine Partnerin nach unten und drehte sie auf den Bauch. Lilly versuchte mit gespielter Empörung, sich zu wehren, als er jedoch seinen Griff verstärkte und sie mit sanfter Gewalt in die Matratze drückte, ließ sie ihn gewähren. Er richtete sich auf, entledigte sich seines T-Shirts und setzte sich auf Lillys Unterschenkel. Dann küsste er ihren Nacken, ihre Schultern, ihren Rücken. Sein Unterleib pulsierte wie eine Dampfmaschine.

Mit beiden Händen spreizte Anoosh Lillys Pobacken und drang von hinten in sie ein. Ihr entfuhr ein lustvoller Schrei, und auch Anoosh stieß ein gutturales Grunzen aus. Von da an konnte Anoosh sich nicht mehr beherrschen. Die Umgebung verschwamm. Sein Reptiliengehirn hatte die Führung übernommen, und es kannte nur ein Ziel. Ein Sturm brodelte in ihm und suchte verzweifelt ein Ventil. Als Anoosh schließlich auf- und sich selbst hingab, ergoss er sich in einem gewaltigen Strom in Lilly. Am Ende presste er die Zähne zusammen, um nicht noch einmal aufzuschreien, und sank schwitzend auf das zitternde Mädchen hinab.

»Was bist du denn für ein Tier …?«, flüsterte sie erschöpft, aber nicht unzufrieden. Sie wand sich unter ihm hervor und richtete sich auf.

»Da hat Majorus aber einen guten Fang gemacht«, sagte sie, und Anerkennung schwang in ihrer Stimme. Dann rutschte sie an die Kante der Matratze und angelte nach einer Rolle Küchenpapier. Sie riss ein paar Streifen ab und hielt sie Anoosh hin. Der nahm dankend an, zog sich das Kondom von seinem erschlafften Penis und warf das Bündel von der Spielwiese. Als er wieder einigermaßen klar denken konnte und sich immer noch benommen umblickte, fiel ihm auf, dass ein Mann neben ihnen Platz genommen hatte und ihn mit kalten Augen musterte.

Schmelztiegel

Freitag, Tag 5 nach der Orgie im »Sternenhof«

Als Lorenz aus seinem Zimmer in den Gang des ersten Stocks hastete, schlug ihm die Hitze mit glühender Pranke direkt ins Gesicht. Das Haus stand in Flammen! Beißender Qualm brannte in seinen Augen, und er presste sich die Hand über Nase und Mund. Frau Gruber! Er musste die alte Frau retten! Außer ihnen beiden war derzeit niemand in der Pension, aber Frau Grubers Schlafzimmer befand sich im Erdgeschoss neben der Küche und damit eine gefühlte Ewigkeit entfernt!

Lorenz konnte schon jetzt kaum noch etwas sehen. Alles in ihm schrie danach, auf den Balkon zu flüchten und sich in Sicherheit zu bringen, aber seine Courage siegte. Er setzte seine Brille auf und tastete sich am Geländer entlang die Treppe hinunter. Am Boden war die Sicht noch am besten, und so behielt er seine geduckte Körperhaltung bei, als er sich in Richtung des Schlafzimmers seiner Pensionswirtin vortastete. Dann prallte er mit dem Gips gegen die Telefonkommode, die sich wie aus dem Nichts vor ihm aus dem Rauch geschält hatte, und er stöhnte schmerzerfüllt auf. Er musste kurz innehalten, weil es ihn schwindelte, und wie er da so an der Wand kauerte, senkte sich schwarzer Rauch in immer dichteren Schwaden von der Decke herab. Bald würde er den Boden erreicht haben. Lorenz schwitzte aus jeder Pore, wegen der Hitze, aber auch aus purer Angst.

Diese Angst um seine Pensionswirtin, die ihm in den letzten Monaten wie eine Großmutter ans Herz gewachsen war, ließ ihn weiter und weiter kriechen. Endlich erreichte er sein Ziel, allerdings war die Schlafzimmertür verschlossen. Er erinnerte sich an »Backdraft«, einen Film, in dem Kurt Russell und Robert De Niro amerikanische Feuerwehrleute gespielt hatten. Darin hatten die Einsatzkräfte aus Angst vor einer Rauchgasexplosion stets zuerst die Temperatur der Tür gefühlt, bevor sie diese öffneten und den Raum betraten. Also presste Lorenz die flache Hand seines gesunden Arms auf das Holz der Schlafzimmertür, und weil diese sich noch kühl anfühlte, öffnete er sie und drückte sich in den Raum hinein.

Auch hier war bereits alles verqualmt, allerdings war die Sicht noch besser als draußen im Gang. Hektisch versuchte Lorenz, sich zu orientieren, und machte an der Fensterseite endlich Frau Grubers Bett aus. Er fand die alte Frau regungslos auf der Matratze liegend, bis zum Kinn zugedeckt. Als Lorenz sie anschrie und an ihr rüttelte, wollte sie nicht aufwachen. Lorenz' Schweißdrüsen arbeiteten wie Pumpkraftwerke. Gleichzeitig öffneten sich sämtliche Adrenalinschleusen und drückten ihm neue Kraft durch die Venen.

Er riss das Fenster neben dem Bett auf, sog die kühle Nachtluft dankbar in seine Lungen und lud sich die alte Frau auf die Arme. Frau Gruber mochte zwar keine fünfzig Kilo mehr wiegen, aber sein gebrochener Arm protestierte trotzdem auf schmerzhafte Art und Weise, und fast hätte Lorenz die Frau fallen lassen. Er riss sich zusammen, wuchtete seine Pensionswirtin durch das offene Fenster hinaus ins Freie und ließ sie dort vorsichtig an der Mauer entlang zu Boden gleiten. Dann kletterte er selbst hinaus und schleppte Frau Gruber nach vorne in den Garten. Dort legte er die reglose Frau auf die Liege unterm Kirschbaum und schrie verzweifelt auf sie ein. Tränen schossen ihm in die Augen und tropften auf ihr Gesicht, als er sie in den Arm nahm und bitterlich weinte.

»Mein Haus …«, hörte er plötzlich eine schwache Stimme.

»Frau Gruber, Sie leben!«, platzte es aus Lorenz heraus. »Gott sei Dank, Gott sei Dank! Alles wird gut!«, brabbelte er und legte die alte Frau zurück auf die Liege.

Die stöhnte noch einmal: »Mein Haus …«, und erst jetzt drehte Lorenz sich um und erkannte zwischen den Tränenschleiern das ganze Ausmaß der Katastrophe, der sie beide in letzter Minute entronnen waren: Der hintere Bereich des Gebäudes, in dem sich früher der Stall befunden hatte, brannte lichterloh. Eine gewaltige Feuersäule schraubte sich in den Himmel und hatte bereits auf das Dach des Wohngebäudes übergegriffen. Ziegel zerplatzten in der Gluthitze und stoben umher, das Feuer brüllte seine Wut in die Nacht hinaus. Aus dem Fenster des Schlafzimmers, aus dem Lorenz gerade noch geklettert war, drückte sich eine dicke Rauchwolke, in die sich grelle Flammenzungen mischten, die gierig nach der Außenfassade leckten. Lorenz nahm die wimmernde Frau in den Arm, war aber so entsetzt, dass er keine Worte mehr fand, um sie zu trösten.

Vage hörte er in der Ferne das sich nähernde Sirenengeheul, und zum Grauen vor seinen Augen gesellten sich die noch frischen Bilder seines Unfalls. Ein paar Augenblicke später trafen die ersten Löschfahrzeuge ein und spuckten aufgeregte Feuerwehrmänner aus, die sich mit schlaftrunkenen und entsetzten Gesichtern daranmachten, Schlauchleitungen aufzubauen und Atemschutzgeräte anzulegen.

Einer der Männer, der sich eine gelbe Weste mit dem Wort »Einsatzleitung« übergestreift hatte, entdeckte schließlich bei seinem Erkundungsgang die beiden Gestalten unter dem Kirschbaum. Lorenz erkannte den Feuerwehrkommandanten Christoph Lentner.

»Hölzl! Sie schon wieder!«, rief Lentner aufgeregt. »War außer Ihnen sonst noch jemand da drin?« Er deutete auf das brennende Haus.

Lorenz schüttelte den Kopf. »Nein, nur wir beide. Frau Gruber braucht dringend einen Notarzt!«

Lentner nahm sein Funkgerät. »Einsatzleitung von Einsatzleiter, kommen.«

»Hier Einsatzleitung, bitte kommen«, tönte es aus der Hörmuschel.

»Keine vermissten Personen im Gebäude. Wir beschränken uns aufs Feuerlöschen. Drehleiter an die Südseite und Brandmauer von oben schützen, vorerst kein Innenangriff. Außerdem habe ich hier zwei verletzte Personen, die umgehend medizinische Versorgung benötigen. Rechts vom Gebäude, unterm Kirschbaum.«

Er wartete noch, bis zwei Rettungssanitäter mit einer Trage und einem Koffer herbeiliefen, dann verschwand er im Chaos der Löscharbeiten.

»Mir geht's gut, kümmern Sie sich um die alte Dame«, sagte Lorenz zu den besorgt dreinschauenden Sanitätern, einem älteren Mann mit Halbglatze und einer jungen Frau mit kindlichen Pausbacken.

»Wir bekommen gleich Verstärkung, dann sehen wir uns Sie genauer an«, antwortete die pausbäckige Frau und widmete sich zusammen mit ihrem Kollegen Frau Gruber, die nun die Augen geschlossen hatte und vor sich hinmurmelte: »Ich will des alles gar ned sehen. Bringen S' mich weg.«

Sie wurde auf die Trage gebunden, und als Frau Gruber transportbereit war, fragte der Sanitäter Lorenz: »Können Sie laufen?«

»Ja«, antwortete Lorenz und folgte den beiden zum Krankenwagen, der am vorderen Ende der Auffahrt parkte und gerade Gesellschaft von einem weiteren Rettungsauto bekam. Außerdem rückten immer noch weitere Feuerwehrwägen an, viel mehr, als rund um die Pension Platz gefunden hätten. Sie nahmen Aufstellung entlang der Zufahrtsstraße und warteten auf Instruktionen.

Die Drehleiter hatte sich mittlerweile in Position gebracht, und aus einem Korb in zehn Metern Höhe spritzten zwei Feuerwehrmänner Wasser ins lichterloh brennende Haus. Das Feuer schien das nicht zu beeindrucken, und auch als nach und nach weitere Strahlrohre rund um das Gebäude platziert wurden und zu löschen begannen, schien das nichts zu bewirken, im Gegenteil, der Brand gelangte scheinbar mit jeder Sekunde zu größerer Kraft.

Einer der neu hinzugekommenen Sanitäter fragte Lorenz, ob ihm etwas wehtue. Lorenz erzählte in knappen Worten die Geschichte seines Autounfalls und wie er Frau Gruber aus dem brennenden Gebäude gerettet hatte. Das rief im Gesicht des Sanitäters eine Mischung aus Mitgefühl und Bewunderung hervor. Er empfahl Lorenz, unbedingt mit ins Krankenhaus zu kommen, um dort seinen Arm noch mal untersuchen zu lassen.

Das war dann ungefähr der Zeitpunkt, zu dem Franzi zusammen mit Kerschl und Lallinger die brennende Pension erreichte. Franzi reagierte ganz anders, als Lorenz das vermutet hätte. Kein

Jammern, kein Weinen, keine besorgten Hätscheleien. Nachdem sie sich sowohl bei Lorenz als auch bei den Sanitätern vergewissert hatte, dass es ihrem Kollegen und seiner Pensionswirtin den Umständen entsprechend gut ging, suchte sie umgehend Christoph Lentner auf, um sich einen Lagebericht geben zu lassen.

Lorenz war erleichtert und enttäuscht zugleich. Er fühlte sich gerade unglaublich hilflos und verloren und wünschte sich nichts sehnlicher, als in den Arm genommen zu werden, am liebsten natürlich von Franzi. Andererseits war er dankbar, dass seine Partnerin diese kühle Objektivität an den Tag legte, die ihnen allen in dieser Situation sicher am meisten half.

Lorenz zweifelte keine Sekunde daran, dass es sich bei dem Feuer nicht um einen Zufall handelte. Irgendjemand hatte es auf ihn abgesehen. Und dabei Frau Gruber ebenfalls in Lebensgefahr gebracht. Nur das Warum wollte ihm noch nicht einleuchten. Gäbe es nicht einfachere Methoden, ihn aus dem Weg zu räumen, als gleich ein ganzes Haus anzuzünden? Na gut, ein manipuliertes Bremssystem war sicher ein Anfang. Hatte sich etwas in dem Haus befunden, das der Täter mit ihm vernichtet sehen wollte? Darauf musste es fast hinauslaufen. Nur hatte Lorenz nach wie vor nicht die geringste Ahnung, was das sein könnte …

Weil er hier eh nichts mehr ausrichten konnte, stimmte er dem Drängen der Sanitäter zu, mit ins Krankenhaus zu fahren. Schließlich durfte Frau Gruber jetzt nicht alleine bleiben, und sicherlich konnte es nicht schaden, wenn sich nochmals jemand seinen Arm ansah. Der schmerzte höllisch.

Schwarzer Mann

Samstag, 7 Wochen vor der Orgie im »Sternenhof«

Der fremde Mann hockte schräg hinter Lilly, und das wohl schon eine ganze Zeit lang. Anoosh konnte sein nach Moschus duftendes Aftershave riechen. Bekleidet war er mit einer Art Lendenschurz, und aus den Schlitzen seiner ledernen Maske blickten stechende, kalte Augen hervor. Sein Mund war schmal geschnitten, und seine Lippen waren blutleer. Plötzlich streckte er die Hand aus, zog Lilly zu sich heran, sodass sie mit dem Rücken an seiner Brust saß. Grob umfasste er ihren Busen und steckte ihr seine Zunge ins Ohr.

»Eine heiße Show hast du uns da geliefert, kleine Stute«, sagte er mit kühler Stimme. Zu Anooshs Verwunderung wehrte Lilly sich nicht, sondern rieb sich an dem Mann wie eine hungrige Katze an einem Hosenbein.

»Kennt ihr euch schon? Joram, das ist –«, wollte sie erwidern, wurde aber von Anoosh unterbrochen.

»Ich habe noch keinen Namen«, stieß er hervor.

»Interessant«, sagte Joram. »Nein, bis jetzt hatten wir noch nicht das Vergnügen …«

Ehe Anoosh wusste, wie ihm geschah, streckte der Mann seine andere Hand aus und umfasste Anooshs Penis.

»Beeindruckend …«, kommentierte er. Und als Anoosh sich zurückziehen wollte, verstärkte er seinen Griff.

»Wo willst du denn hin, Adonis?« Joram lachte und ließ von Lilly ab. Panik erfasst Anoosh. Dieser Kerl wollte doch nicht wirklich …

»Lassen Sie mich los«, befahl er und hoffte, dass seine Stimme herrisch genug klang und der Mann seine Angst nicht heraushörte.

»Warum so schüchtern?«, fragte Joram und packte ihn mit der freien Hand am Genick.

Zu Anooshs maßlosem Entsetzen regte sich sein Glied und füllte sich im Griff des Mannes erneut mit Blut. Das war ihm nicht geheuer, ganz und gar nicht. So sollte sich sein Körper nicht verhalten, da war er sich sicher. Er stand schließlich auf Frauen und nicht auf Männer, oder? Aber was geschah dann da gerade mit ihm? Jorams Gesicht war nun ganz nahe vor dem von Anoosh, er konnte den Atem des Mannes auf seiner Wange spüren. Annosh beschloss zu reagieren, wie er immer reagierte, wenn er in Bedrängnis geriet: Er wollte zuschlagen und spannte seine Muskeln an. Ob Joram das gespürt hatte oder es schlicht Zufall war: Just in diesem Moment ließ er Anoosh frei und zog sich zurück.

»Nur Spaß, mein Hübscher, ich mache nur Spaß«, sagte Joram lachend, und sein Lachen verstärkte sich noch, als er bemerkte, dass Anoosh seine Erektion zu verbergen versuchte.

»Du gefällst mir, mein Junge. Ich glaube, wir beide werden uns wiedersehen, meinst du nicht auch?«

»Jetzt lass ihn doch mal in Ruhe, Joram!«, befahl Lilly und setzte sich schützend vor Anoosh. Joram lachte noch einmal laut, als würde ihn das alles sehr belustigen, dann lehnte er sich zurück, stützte sich auf seine Ellbogen und sagte beinahe demütig: »Dein Wunsch ist mir Befehl, meine Hübsche!«

»Hast du Durst?«, fragte Lilly.

Anoosh nickte und schlüpfte hastig in seine Jeans. Lilly nahm ihn bei der Hand und führte ihn durch die ineinander verschlungenen Leiber, die sich immer noch im Liebesspiel über die Matratze wälzten. Lillys Ziel war eine Bar im hinteren Bereich des Saals. Ein Kellner mixte spektakulär aussehende Cocktails und verteilte sie an die Gäste, die sich am Tresen gesammelt hatten. Lilly orderte einen Mojito, Anoosh bestellte einen Cuba Libre, und nach den ersten Schlucken nahm seine Nervosität wieder ab. Allerdings bekam er die seltsame Begegnung mit dem unheimlichen Mann nicht aus dem Kopf.

Lilly schien seine Gedanken zu lesen, denn sie riet ihm: »Grübel nicht so viel. Freu dich lieber, dass sich Joram für dich interessiert! Der Mann hat richtig viel Geld! Und deswegen sind wir doch hier, oder du etwa nicht?«

Anoosh musterte das Mädchen, mit dem er gerade geschlafen hatte und das nun neben ihm am Strohhalm ihres Drinks nuckelte. Ganz ungeniert stand sie immer noch nackt und nur mit halterlosen Strümpfen bekleidet an der Bar und schien die Blicke der anderen Männer nicht zu beachten. Ihm war noch gar nicht in den Sinn gekommen, dass Lilly wie er war. Ein junger Mensch ohne Geld, der mit dem Geld derer, die es im Überfluss hatten, angeworben wurde, um sich zu prostituieren. Und diejenigen, für die das Finanzielle keine Rolle spielte, konnten es sich leisten, eine Schönheit wie Lilly oder eben auch ihn zu kaufen. Seltsamerweise fand er nichts Schlechtes an dieser Konstellation. Nicht einmal Neid, weil er auf der falschen Seite stand. *Noch auf der falschen Seite*, korrigierte er sich in Gedanken, *noch*.

»Doch, natürlich«, antwortete er. »Aber ich hatte noch nie etwas mit einem, nun ja, Kerl zu tun. Ich glaub nicht, dass das was für mich ist …« Anoosh lächelte schief.

»Das würde ich mir an deiner Stelle aber noch mal überlegen«, entgegnete Lilly. »Wenn du einen Fisch wie Joram an die Angel bekommst, machst du besser die Beine breit, glaub mir. So leicht wirst du nie wieder im Leben Geld verdienen. Ich spreche da aus Erfahrung, mein Süßer!«

Sie kicherte und blickte hinüber zur Matratze, auf der die Orgie noch immer in vollem Gang war. Die Spiegel schufen die Illusion, dass sich weit mehr Leute unter ihnen aufhielten, als dies tatsächlich der Fall war. Anoosh tastete über seine Hosentasche und spürte die vertraute Ausbeulung seines Handys. Er steckte die Hand in die Tasche und drückte die Taste, welche die Kamerafunktion aktivierte. Vorsichtig zog er das Telefon hervor und versuchte, möglichst unauffällig ein Foto aufzunehmen. Er konnte zwar nicht sehen, was er fotografierte, aber dennoch ein paar Bilder blind schießen. Doch er war nicht unauffällig genug.

»Bist du wahnsinnig?«, zischte Lilly. »Pack das Ding weg! Wenn du damit erwischt wirst, reißen sie dir den Arsch auf!«

Hastig steckte Anoosh das Gerät wieder ein.

»Warum hast du das überhaupt dabei? Musstest du das nicht abgeben?«, fragte Lilly.

Anoosh zuckte mit den Schultern.

»Ich glaub, irgendwas ist da heute bei mir schiefgelaufen …«, antwortete er.

»Ich seh schon, ich muss gut auf dich aufpassen!« Lilly leerte ihr Glas. »Wie schaut's aus, bist du wieder fit? Wir sollten den Herrschaften etwas bieten für ihr Geld«, sagte sie und verschränkte ihre Hände auf dem Rücken, sodass sich ihr Busen Anoosh entgegenwölbte.

»Nach dir«, antwortete er galant und folgte dem dunkelhäutigen Mädchen zurück ins Getümmel.

Wann immer er sich jedoch an diesem Abend nach Joram umsah, spürte er dessen stechenden Blick auf sich ruhen.

Noch in der Umlaufbahn

Freitag, Tag 5 nach der Orgie im »Sternenhof«

Der Brand von Frau Grubers Hof war nicht die einzige schlechte Nachricht dieses Tages, den Lorenz fast vollständig im Krankenhaus verbrachte. Zunächst wurde ihm der Gips abgenommen, und seine Wunden wurden untersucht. So sah er zum ersten Mal seinen malträtierten Arm, der grün und blau verfärbt und am Unterarm mit einer dicken Naht verziert war.

Nachdem man ihn erneut mit Schmerzmittel vollgepumpt hatte, suchte er Frau Gruber in ihrem Zimmer auf. Der alten Dame ging es gar nicht gut. Zwar hatte sie mit Ausnahme von ein paar harmlosen Kratzern bei Lorenz' Rettungsaktion keine schwerwiegenden Verletzungen davongetragen, ihr seelisches Trauma wirkte dafür umso stärker.

Die Ärzte hatten ihr ein starkes Beruhigungsmittel verabreicht, und Lorenz brach es fast das Herz, Frau Gruber delirierend in ihrem Bett liegen zu sehen. In Krankenhausnachthemd und Morgenmantel gekleidet, wachte er an ihrer Seite, bis Franzi auftauchte. Erschöpft, übernächtigt und immer noch nach Brandrauch riechend.

»Wie geht's dir?«, wollte sie als Erstes wissen.

»Der Arzt meinte, schlimmer könne ich meinen Arm eh nicht mehr zurichten. Die Schiene hat gehalten, ich hätte Glück gehabt«, seufzte Lorenz. »Frau Gruber hat's dafür ganz schön erwischt, ich hoffe, die wird damit fertig … Wie schaut die Pension aus?«

»Bis auf die Grundmauern niedergebrannt. Die haben das Feuer immer noch nicht ganz gelöscht, da sind ein paar hartnäckige Glutnester.«

Sie starrten beide ein paar Augenblicke lang schweigend auf die alte Frau, bis Franzi schließlich fragte: »Kannst du bitte kurz mit rauskommen? Wir haben ein Problem …«

Lorenz folgte seiner Partnerin auf den Flur. Sie mussten ein sonderbares Paar abgeben, er mit Gipsarm, Morgenmantel und

Pantoffeln, sie mit zerzausten Haaren, nach Brand müffelnd und mit lila-roten Ringen unter den Augen. Lorenz musste schmunzeln, wurde aber sofort wieder ernst, als er Franzis Gesichtsausdruck sah.

»Die Kleiner wurde wahrscheinlich entführt«, sagte Franzi niedergeschlagen.

»Was? Das Mädel, von dem wir die Fotos haben?«, fragte Lorenz, und vor seinem geistigen Auge rutschte der hübschen Studentin wieder das Strandtuch von den Brüsten.

»Genau. Das alte Ehepaar, bei dem sie zur Untermiete wohnte, hat schon gestern bei der Polizei angerufen. Die behaupten, dass sie einfach aus dem Garten verschwunden ist, all ihr Zeug lag noch da. Die Kollegen haben dann geprüft, ob ihre Eltern was wissen, und Kommilitonen befragt, aber keiner hat sie gesehen. Ganz ehrlich: Nach den beiden Anschlägen auf dich glaube ich nicht, dass das ein Zufall ist …«

»Zwei Anschläge?«, hakte Lorenz nach.

»Ja. Die Brandfahnder gehen von Brandstiftung aus«, antwortete Franzi. »Sie haben hinten am Anbau Rückstände von Brandbeschleuniger gefunden. Da wollte euch jemand im Schlaf abfackeln.«

»Sieht nach einer Säuberungsaktion aus … Wir müssen uns um die Kleiner kümmern.«

»Die Spurensicherung sagt, dass sie Abdrücke fremder Schuhe im Garten gefunden haben, die weder dir gehören noch jemandem, für den das Ehepaar Fichtner, also ihre Vermieter, eine Erklärung hätte. Fahndung ist eingeleitet, im Moment sind Schwertl und Huber an dem Fall dran. Wann kannst du hier raus?«

»Das letzte Mal hab ich dir die Frage gestellt … Ich bin eigentlich fertig, muss mich nur noch umziehen. Allerdings: Ich hab gar nichts zum Umziehen dabei …« Lorenz erinnerte sich daran, dass er hier ja nur mit Unterhose und T-Shirt aufgeschlagen war. Und recht viel mehr war wohl von seiner Garderobe nicht mehr übrig. Wehleidig dachte er an seine Schuhsammlung und dass von ihr jetzt wahrscheinlich nur noch Asche übrig war. Schon allein deshalb musste er den Verantwortlichen dingfest machen. Jedes einzelne Paar würde der ihm ersetzen!

»Ich weiß«, sagte Franzi. »Deshalb hab ich dir auch was mitgebracht. Ist in deinem Zimmer, da hab ich's liegen lassen, ehe ich mich auf die Suche nach dir gemacht habe. Ich schau noch schnell bei Anoosh Kapun nach dem Rechten. Treffen wir uns unten? Mein Auto steht auf dem Behindertenparkplatz.«

Als er sein Krankenzimmer erreichte, lag eine Tasche mit Klamotten auf dem Bett. Darin fand er ein Ersatzhandy, eine Jeans, ein Hemd, bei dem der rechte Arm abgetrennt worden war, und einen Pullover, überraschenderweise alles in seiner Größe und allesamt Stücke, die er freiwillig nie angezogen hätte. Offensichtlich hatte Franzi improvisieren müssen. Beim Anblick der schmucklosen Sneaker, die er zuletzt aus der Tasche schüttelte, war er sich dann ganz sicher, dass seine Kollegin sehr in Eile gewesen sein musste. Derart hässliche Treter hatte er seit Jahrzehnten nicht mehr getragen. Seufzend ließ er sich aufs Bett fallen und überlegte, wie er mit einem Arm die Kleidungsstücke anlegen sollte. Weil sein Stolz es nicht zuließ, eine Krankenschwester zu rufen, mühte er sich fast eine Viertelstunde lang und war schließlich in Schweiß gebadet, als er endlich angekleidet war.

Er ging ins Badezimmer, wusch sich das Gesicht mit kaltem Wasser und betrachtete sein Spiegelbild. Ein glatzköpfiger, schlecht rasierter Mann mit Brille, in einem schrecklichen Pulli steckend und mit kaum verheilten Schrammen auf Wange und Stirn, blickte ihn an. Über mangelnde Abwechslung konnte er sich nun wirklich nicht beschweren. Was er hier innerhalb eines Jahres erlebt hatte, ließ seine bisherige berufliche Laufbahn wie einen Kindergeburtstag erscheinen. Verfolgungsjagden, Porno- und Swingermilieu, politische Intrigen, Mordanschläge: eine beachtliche Sammlung hatte er sich da unfreiwillig zusammengetragen.

Er versuchte zu erfassen, was die Anschläge auf sein Leben für ihn bedeuteten. Konnte er jetzt überhaupt noch das Krankenhaus verlassen, ohne sich ständig über die Schulter zu blicken? Natürlich. Dies war nicht Hollywood, niemand würde ihn auf offener Straße erschießen. Aber wie viele Möglichkeiten gab es denn, jemanden heimlich aus dem Weg zu räumen? Spontan fielen ihm da so einige ein. Und war nicht Verena Kleiner aus dem eigenen Vorgarten entführt worden? Nüchtern und unter dem Augenmerk betrachtet, mit welcher Rücksichtslosigkeit der unbekannte Täter vorging, standen die Chancen, dass die Studentin noch lebte, eher schlecht. Auch wenn er das natürlich niemals öffentlich so zugegeben hätte. Wie weit würde sein Gegenspieler gehen? Wer war noch in Gefahr, außer ihm und Anoosh? Wie konnte er Franzi beschützen, wenn ihm das schon bei Frau Gruber nicht gelungen war? Musste er die Eibls oder gar seinen Vater warnen?

Lorenz spürte Wahnsinn in sich aufsteigen und zwang sich, tief durchzuatmen. Er spritzte sich nochmals kaltes Wasser ins Gesicht und versprach seinem Spiegelbild, die Nerven zu behalten. Er würde diesen Fall lösen wie alle anderen Fälle zuvor auch: mit Beharrlichkeit, Köpfchen und der nötigen Portion Glück, das ihm bisher immer in irgendeiner Art und Weise hold gewesen war.

Erhobenen Hauptes schloss er die Krankenzimmertür hinter sich und ging hinaus auf den Parkplatz, wo Franzi bereits auf ihn wartete. Wenig überraschend nicht mit ihrem Audi, sondern einem gewöhnlichen Streifenwagen.

»Kleine Vorsichtsmaßnahme«, beantwortete sie seine unausgesprochene Frage. »Ab jetzt jeden Morgen ein neues Auto. Bis der Fall gelöst ist.« Dann musterte sie Lorenz von oben bis unten und schmunzelte: »Schicke Schuhe!«

Lorenz schnaubte und nahm auf dem Beifahrersitz Platz. Als Franzi den Wagen gestartet hatte und auf die Hauptstraße eingebogen war, sagte er: »Wir müssen unbedingt herausfinden, welche Information der Täter bei mir zu wissen glaubt. Das kann doch eigentlich nur etwas mit den Bildern von der Kleiner zu tun haben, oder?«

»Ja, aber darauf ist doch niemand zu erkennen«, erwiderte

Franzi. »Wir haben die jetzt so oft untersucht, ich kann die auswendig nachzeichnen.«

Lorenz blickte aus dem Fenster. »Wir sollten mit unseren Ermittlungen weitermachen. Lass uns endlich den Krohneiser verhören.«

Prozessionsmusik

2 Wochen vor der Orgie im »Sternenhof«

In den folgenden Wochen badete Anoosh in einem Hochgefühl, wie er es noch nie zuvor erlebt hatte. Die Tatsache, *wie* er an das viele Geld gekommen war, über das er nun verfügte, spielte für ihn keine Rolle. Versuchsweise spürte er in sich hinein und suchte nach schlechtem Gewissen oder Reue, fand aber nichts mehr dergleichen. Da war nur grenzenlose Freude darüber, endlich unabhängig zu sein und seinen Unterhalt mit etwas Eigenem, selbst Geschaffenem zu verdienen. Er machte sich auch keine Gedanken, welche Folgen sein Tun haben könnte oder darüber, in welcher Grauzone er derzeit wandelte. Nach all den Entbehrungen und Rückschlägen hielt er es nur für gerecht, dass jetzt er am Zug war. Und er tat ja schließlich niemandem weh, oder? Er stahl nicht, er betrog nicht, nein, er verkaufte nur seinen Körper. Und das, wie er fand, auf sehr angenehme Art und Weise.

Es gab allerdings auch ein paar Dinge, die ihm Sorgen bereiteten. Eins davon war die Frage, wo er sein Erspartes verstecken sollte. Er getraute sich nicht, das Geld im Heim zu deponieren. Dort könnte er es in sein Kopfkissen stecken, aber die Gefahr, dass Pari oder seine Mutter darauf stießen und unangenehme Fragen stellten, war ihm zu groß. Er hatte sich auch überlegt, ein Bankkonto zu eröffnen, bis ihm einfiel, dass das mit seinem Asylbewerberstatus wahrscheinlich gar nicht möglich war. Ganz zu schweigen davon, dass er sich dann eine Erklärung einfallen lassen musste, woher er das viele Geld hatte. Lange spielte er auch mit der Option, sich Christine anzuvertrauen. Früher oder später musste er ihr ohnehin reinen Wein einschenken. Ihr Misstrauen war jedenfalls bereits geweckt, sie hatten sich vor Kurzem sogar zum ersten Mal richtig gestritten, weil er ihr nicht sagen wollte, wo er sich aufhielt, wenn er sie wieder einmal versetzen musste. Erst als er ihr gefühlte tausend Mal beteuert hatte, dass er keine andere hatte und auch keiner illegalen Tätigkeit nachging, sondern an ihrer beider Ausstiegsplan arbeitete, hatte er sie besänftigen können. Vorerst.

Die Lösung für sein Problem kam schließlich in Gestalt von Lilly. Nach der Veranstaltung im Spiegelsaal hatten sie ihre Nummern ausgetauscht, und sie hatte ihm angeboten, in Kontakt zu bleiben. Als er seine Frage, wo er sein geheimes Einkommen lagern könnte, an sie richtete, bot sie ihm an, sich seines neuen Vermögens treuhänderisch anzunehmen. Gegen einen kleinen Obolus natürlich. Bei Lilly, die im richtigen Leben Julia Millbauer hieß, gab es nichts umsonst, und Anoosh ging dankbar bei ihr in die Lehre.

Von ihr erfuhr er die Feinheiten des Gewerbes, und endlich bekam er auch Antworten auf seine Fragen. Sein gutes Aussehen hatte ihm Zugang zu einem elitären Kreis äußerst wohlhabender Leute verschafft, die sich im Landkreis Rosenheim regelmäßig zu Orgien, zum Swingen und zur Pflege der daraus entstandenen Rituale trafen. Junge Leute wie Julia dienten ihnen als teures Spielzeug, allerdings ohne die Nachteile, die sonst oft mit Prostitution einhergingen. Niemand wurde zu irgendetwas gezwungen, einziges Lockmittel waren die enormen Summen, die die Freier bezahlten. Die Veranstaltungen hielten ein Niveau, das niemals unterschritten wurde, und sie fanden ausnahmslos an besonderen Orten mit entsprechendem Ambiente statt. Die Identitäten der Teilnehmer blieben dabei stets ein Geheimnis, allerdings vermutete Julia einige hochrangige Persönlichkeiten hinter den Masken.

Anoosh erzählte ihr von seiner Begegnung mit Majorus in der Rosenheimer Polizeiinspektion und dass er glaubte, dass der Mann etwas mit seinem wundersamen Freispruch zu tun hatte. Julia tat das mit einem Schulterzucken ab und merkte an, dass es nicht schaden könne, Freunde mit solchen Fähigkeiten zu haben.

Und dann kam der Tag, an dem Sina Kapun ihre beiden Kinder zu sich rief, weil sie ihnen etwas mitzuteilen hatte. Anoosh kannte diese Art Treffen bereits, und bisher war es dabei immer um unangenehme Themen gegangen. Da ließ das mulmige

Bauchgefühl nicht lange auf sich warten. Seine Mutter hockte in ihrem Zimmer auf dem Bett und hatte wie üblich vom Weinen geschwollene Augen. Sie war in den letzten Wochen noch weiter gealtert, eine dicke Fieberblase verunstaltete die Rinne zwischen Nase und Oberlippe. In den Händen hielt sie ein Blatt Papier, und Anoosh wusste sofort, was sie ihm gleich erzählen würde. Pari hockte steif am Tisch und umklammerte eine Tasse Tee.

»Sieh an, der gnädige Herr gibt sich endlich die Ehre!«, schnappte sie, als Anoosh den Raum betrat.

»Ich hatte zu tun«, verteidigte sich Anoosh und ließ sich auf einen freien Stuhl fallen. »Hallo, Mama …«

Seine Mutter sah aus, als wollte sie gleich wieder losweinen, riss sich dann aber doch zusammen und sagte: »Meine Kinder, unser Asylantrag wurde schon wieder abgelehnt. Auch unser Anwalt konnte nichts ausrichten. All seine Argumente haben nichts gefruchtet. Laut diesem Dokument hier müssen wir in sieben Wochen zurück in den Iran.«

»Was? Aber das ist doch nicht möglich! Wir haben dem Anwalt doch so viel Geld gegeben! Und die kennen doch auch deine Geschichte! Die können uns doch nicht abschieben!«, rief Anoosh empört aus.

»Der Anwalt sagt, er habe alles versucht. Das Gericht hat alle Punkte, die er für unsere Sache ins Feld geführt hat, entkräftet und abgeschmettert. Er meinte, es sei sehr ungewöhnlich, mit welcher Härte die Behörden in unserem Fall vorgehen. Und auch, wie schnell sie das täten. Er versucht noch einmal, in Revision zu gehen, meinte aber, dass wir uns keine große Hoffnung mehr machen sollen …«

Jetzt kam er doch, der unterdrückte Schluchzer, und brachte einen ganzen Schwall weiterer Tränen mit. Pari sprang auf, setzte sich zu ihrer Mutter aufs Bett, umarmte sie und begann ebenfalls zu greinen. Anoosh versuchte sich zu konzentrieren. Die Ungerechtigkeit machte ihn wahnsinnig. In diesem Land hatten die Menschen für alles Mögliche Geld, für mehr, viel mehr, als sie brauchten. Manche von ihnen gaben es sogar aus, um sich auf exzentrischen Orgien zu vergnügen, so oft und so verschwenderisch, wie es ihnen beliebte. Steuergelder wurden vergeudet, die Korruption blühte, die Willkür schien fester Bestandteil der Politik zu sein. Mächtige Medien sorgten dafür, dass die Bürger in einem Wattebausch leben konnten, in dem der Seitensprung irgendeines Prominenten wichtiger war als das Leid Abertausender Opfer von Kriegen und Regimen. Anoosh starrte auf die beiden weinenden Frauen und wusste nicht, was er tun sollte. Er fühlte sich hilflos, und wie immer schürte die Hilflosigkeit seinen Zorn nur noch mehr.

Er sprang auf und stürmte aus dem Zimmer, hinaus aus dem Haus und rannte über die Wiese bis zu dem kleinen Wald, in dem die Kinder des Asylantenheims immer spielten. Heute waren sie nicht da, zu ungemütlich und kalt war es draußen. Der Nebel riss und benetzte die Landschaft mit einem Film kühler Feuchtigkeit. Anoosh stützte sich schwer atmend gegen eine Fichte und schlug mit der Faust auf den Stamm ein, bis seine Fingerknöchel schmerzten und aufplatzten. Sein Plan, genug Geld aufzutreiben und mit Christine von hier zu verschwinden, hatte empfindliche Schwachstellen. Und die waren seine Mutter und seine Schwester.

Er war bisher wie selbstverständlich davon ausgegangen, dass, wenn sie schon keine dauerhafte Aufenthaltsgenehmigung bekämen, ihre Duldung einfach unendlich verlängert würde. Nie hätte er es für möglich gehalten, dass seine Familie tatsächlich abgeschoben werden könnte! Wie blauäugig seine Pläne doch waren. Einfach mit Christine durchbrennen, irgendwo untertauchen, und alles war gut. Doch ihm dämmerte, dass es nicht einfach werden würde. Konnte er seine Mutter und Pari einfach im Stich lassen?

Sein Geld reichte nicht, um allen vieren ein Leben in Deutschland zu ermöglichen. Doch entscheiden wollte er sich auch nicht. Nicht zwischen Christine und seiner Familie. Er liebte beide, wenn auch auf zwei völlig unterschiedliche Arten. Es gab nur eine Möglichkeit: Er musste mehr Geld verdienen. Geld würde alle seine Probleme lösen, da war er sich sicher.

Er hockte sich an den Stamm des Baumes, legte seinen Kopf

gegen die Rinde, sog die kalte Luft tief in seine Lungen und massierte sich die geschundenen Fingerknöchel. Und wie er so dasaß und nachdachte, reifte in ihm ein verwegener Plan. Er zog sein Handy aus der Tasche und öffnete die Bildergalerie. Angestrengt inspizierte er die Fotos, die er letztens heimlich aus der Hosentasche heraus in diesem Spiegelsaal gemacht hatte. *Ja*, dachte er, *das könnte funktionieren*.

Er brauchte nur noch ein passendes Opfer.

Hoidzscheidl-Rap

Freitag, Tag 5 nach der Orgie im »Sternenhof«

Gemeinderatssitzungen fanden in Bad Feilnbach in der Regel an Donnerstagen statt, heute allerdings ausnahmsweise an einem Freitagabend.

Lorenz und Franzi kam das sehr gelegen. Sie erreichten das Rathaus eine halbe Stunde nach Beginn, und da es sich um eine öffentliche Sitzung handelte, nahmen sie unter den tadelnden Blicken der bereits anwesenden Zuhörer im Besucherbereich Platz. Hubert Krohneiser war Mitglied des Bauausschusses, der jetzt gerade tagte, und wenn er von den beiden Beamten überhaupt Notiz genommen hatte, war ihm das nicht anzumerken. Wer sie allerdings sehr wohl zur Kenntnis genommen hatte, war Erna Eiderdammer. Die Bürgermeisterin, die an der Stirnseite des Tischkreises thronte, zog bedeutungsschwanger eine Augenbraue hoch und widmete sich dann wieder der Diskussion. Die Gemeinderäte debattierten lebhaft über die Genehmigung einer Kapelle, die ein Landwirt in einem Wald außerhalb des Bebauungsplans errichten wollte. Die Diskussion drehte sich offenbar schon einige Zeit lang darum, ob und nach welchen Vorschriften so ein Bauwerk zu erlauben sei.

»Welcher ist es?«, flüsterte Lorenz und versuchte erfolglos, seinen Arm auf der schmalen Lehne des ungemütlichen Stuhls so zu platzieren, dass er ihn möglichst wenig schmerzte.

»Der mit der Föhnfrisur!«, antwortete Franzi und nickte mit dem Kinn in Richtung eines Mannes, der sich mit offenbar großer Mühe eine beindruckende Tolle grauen Haares frisiert hatte. Er notierte gerade etwas auf seinem Block und hatte seine Stirn in tiefe Falten gelegt.

»Wenn man genau hinsieht, erkennt man die schiefe Nase«, stellte Lorenz fest.

»Pscht!«, fauchte es hinter ihnen. »Erst z' spät kommen und dann so einen Krach machen! Habt's ihr keinen Anstand?«

Lorenz drehte sich um. Hinter ihm saß ein alter Mann, der

bitterböse dreinblickte. Auf dem Kopf trug er einen alten Trachtenhut. Lorenz grinste ihn an.

»Verzeihen Sie bitte, wir möchten die spannende Schau nicht stören, sind schon still. Wär ja nicht auszudenken, wenn wir nicht mitbekämen, wie diese kleine Provinzposse hier ausgeht, nicht wahr?«

Franzi kicherte neben ihm, und der alte Mann schnaufte erbost. Sie lauschten der Diskussion, die sich im Kreis zu drehen schien, noch ein paar Minuten, bis die Bürgermeisterin schließlich eine Pause einberief. Hubert Krohneiser verließ zusammen mit ein paar anderen Männern den Saal, und Lorenz und Franzi folgten ihnen. Sie fanden Christines Vater vor dem Rathaus stehend, wo er sich gerade eine Zigarette angesteckt hatte. Er unterhielt sich mit dem verschlossen aussehenden Kerl, der eben noch im Gemeinderat neben ihm gesessen hatte.

»Herr Krohneiser?«, fragte Lorenz.

Der Angesprochene drehte mit sichtlicher Verärgerung über die Unterbrechung den Kopf in Lorenz' Richtung und antwortete: »Ja. Wer will das wissen?«

»Kommissar Hölzl und Kommissarin Graßmann, Kriminalpolizei Rosenheim. Wir haben ein paar Fragen an Sie«, erwiderte Lorenz.

Krohneiser musterte Lorenz von oben bis unten, ließ sich dabei entnervend viel Zeit und sagte schließlich: »Sind Sie sich da sicher? Sie sehen nicht wie ein Polizist aus. Haben Sie eine Marke dabei?«

Lorenz zog mit der linken Hand seine Dienstmarke aus der Tasche, hielt sie dem Gemeinderat unter die Nase und sagte laut: »Frau Kollegin, wenn Sie den Herrn Krohneiser bitte abführen würden, wir nehmen ihn mit auf die Wache.«

»Sie können doch nicht –«, begann Christines Vater.

»Doch, können wir. Hände auf den Rücken!«, befahl Franzi und legte dem Mann Handschellen an. »Abmarsch.«

Sie packte Krohneisers Oberarm und führte ihn in Richtung des Streifenwagens. Lorenz war sich des Publikums seiner kleinen Vorstellung sehr wohl bewusst. Im Eingang des Rathauses entdeckte er auch Erna Eiderdammer, die ihm einen wütenden Blick zuwarf. Sollte sie ruhig toben und sich bei seiner Chefin beschweren. Er hatte genug von den Spielchen, und es wurde Zeit, Nägel mit Köpfen zu machen.

»Quirin, ruf bitte meine Frau an und sag ihr Bescheid!«, rief Krohneiser in Richtung des Mannes, mit dem er sich eben noch unterhalten hatte.

»Mach ich, Hubsi, keine Sorge, das wird schon!«, antwortete der mit »Quirin« Angesprochene mit geballten Fäusten.

Lorenz wandte sich ab und folgte Franzi zum Streifenwagen. Sie verstauten Krohneiser auf der Rücksitzbank und fuhren los.

Als sie das Feilnbacher Ortsschild passiert hatten, befahl Lorenz: »Das genügt, hier kannst du anhalten.«

Und als Franzi den Wagen am Straßenrand zum Stehen brachte, drehte sich Lorenz um und blickte in das verwirrte Gesicht Hubert Krohneisers.

»So, Hubsi, jetzt fangen wir beide noch mal von vorne an. Ich rede, Sie antworten. Wenn mir nicht gefällt, was ich höre, übernachten Sie heute in einer Zelle. Bei Wasser und Brot. Also: Ich verdächtige Sie des versuchten Mordes an Anoosh Kapun. Sparen Sie sich das ›Sie tun was?‹, antworten Sie mir nur, wenn Sie meinen, dass ich mich irre.«

Die Augen von Christines Vater weiteten sich vor Schreck, und er sah aus, als versuche er fieberhaft, das eben Gehörte in einen für ihn sinnvollen Zusammenhang zu bringen.

»Sie glauben, dass mein Hass auf den Jungen dazu ausreicht, ihn umzubringen?«, fragte er schließlich mit zitternder Stimme.

»Ich halte das für ein hervorragendes Motiv!«, entgegnete Lorenz. »Sie räumen den ungeliebten Schwiegersohn in spe, der Ihnen noch dazu die Nase poliert hat und damit auch noch ungeschoren davongekommen ist, einfach aus dem Weg, als sich Ihnen die Gelegenheit bietet!«

»Ihnen hat doch die Sonne des Hirn verbrannt, Glatzköpfe wie Sie sollten öfters Hüte tragen!«, schrie Krohneiser. »Wann hätte ich das denn Ihrer Meinung nach tun sollen?«

Jetzt kam der unangenehme Teil dieser wenig durchdachten

Aktion, wie Lorenz sich eingestehen musste. Wenn der Schuss ins Blaue, den er nun abfeuern musste, nicht traf, würde das bittere Konsequenzen haben. Franzi berührte ihn an der Schulter und schüttelte unmerklich den Kopf. Doch es war zu spät. Er musste das Risiko eingehen. Also antwortete er: »Als Sie am Sonntagabend auf der Party von Alexander Barranow waren und Anoosh dort getroffen haben.«

Krohneisers zusammengepresste Lippen öffneten sich schließlich zu einem hämischen Grinsen.

»Und wenn ich am Sonntag gar nicht dort war, mehr noch, überhaupt keine Ahnung habe, von was Sie da sprechen?«, zischelte er mit mühsam unterdrückter Wut.

Lorenz stellte sich vor, wie dieser Mann vor Anoosh stand, um ihn windelweich zu prügeln. Er wollte nicht in der Haut des Jungen stecken und, wenn er es sich recht überlegte, auch nicht in seiner eigenen, jetzt hier, in diesem unangenehmen Moment. Ihm dämmerte, dass er vorbeigeschossen hatte.

»Dann müssten Sie mir das beweisen«, antwortete Lorenz.

»Mal abgesehen davon, dass ich nicht das Geringste mit Alexander Barranow und seinen Schweinereien zu schaffen habe, war ich am Sonntagabend mit meiner Familie, übrigens inklusive meiner geliebten Tochter, bei Freunden eingeladen. Während mein feiner Möchtegernschwiegersohn auf einer Orgie herumgehurt hat. Lassen Sie mich kurz nachzählen, Moment, sechs Leute, davon vier volljährig, können Ihnen das bestätigen. Und nun, Herr Kommissar?«

Lorenz war auf einmal unglaublich müde und sehnte sich nur noch nach einem Bett. Und Ruhe.

»Nichts, und nun. Wir überprüfen Ihr Alibi. Und weil Sie mir so ungemein sympathisch sind, biete ich Ihnen ausnahmsweise an, dass Sie jetzt sofort diesen Wagen verlassen und heimgehen dürfen. Wenn Sie allerdings auch nur ein einziges Wort von sich geben, das mir nicht gefällt, kommen Sie mit nach Rosenheim, und wir überprüfen Ihr Alibi dort, während Sie in einer Zelle warten. Drehen Sie sich bitte um, dann nimmt Ihnen meine Kollegin die Handschellen ab.«

Krohneiser ließ sich wort- und widerstandlos von Franzi befreien. Dann diktierte er ihnen den Namen der Familie, bei der er Sonntag zu Gast gewesen war, und stieg hastig aus dem Wagen. Erst als Franzi schon den Motor gestartet hatte und losgefahren war, brüllte er: »Das wird ein Nachspiel haben!« Doch als Franzi auf die Bremse trat und den Rückwärtsgang einlegte, nahm er schnell Reißaus und hastete in der Dunkelheit davon.

»Sag nix«, seufzte Lorenz. »Das war keine taktische Meisterleistung. Aber ich hab's so satt, dass in diesem Kaff jeder glaubt, uns auf der Nase herumtanzen zu dürfen.«

»Nur weil er nicht dabei war, heißt das ja noch lange nicht, dass er nicht mit drinsteckt!«, sagte Franzi aufmunternd. »Ich würde den Kerl an deiner Stelle noch nicht abschreiben. Aber diese Aktion wird trotzdem ein Nachspiel haben, da hat er wohl recht, fürchte ich …« Sie seufzte und fuhr sich mit der Hand durchs Haar. »Für heute ist's jedenfalls genug. Ich brauche dringend eine warme Dusche.«

Erst jetzt bemerkte Lorenz, dass Franzi Richtung Bad Aibling fuhr. Und gleichzeitig wurde ihm schmerzhaft klar, dass er gar nicht wusste, was er denn jetzt machen sollte, da Frau Grubers Pension und mit ihr all seine Habseligkeiten verbrannt waren.

»Wo fahren wir denn eigentlich hin?«

»Ich habe uns ein Hotel gebucht. Nach allem, was in den letzten Tagen geschehen ist, will ich nicht nach Hause. Und du wärst da erst recht nicht sicher. Solange wir nicht unter Leuten sind, halten wir uns besser unter dem Radar und passen gegenseitig aufeinander auf.«

Als sie wenig später das »Posthotel« in Bad Aibling erreichten, gab es für Lorenz gleich die nächste Überraschung: Franzi hatte ein Doppelzimmer gebucht. Bis zuletzt war er ganz selbstverständlich davon ausgegangen, dass sie getrennte Räume haben würden, aber Franzi lachte nur und meinte, dass sie ihn nicht mehr aus den Augen lassen würde. Also legte er sich auf das große Bett und überließ seiner Partnerin den Vortritt in der Dusche. Er versuchte, nicht an den Fall zu denken, aber der Gedanke daran, dass Krohneiser wahrscheinlich auch eine Sackgasse war, entmutigte ihn mehr, als er es sich eingestehen wollte. Sie waren wieder ganz am Anfang. Na gut, dieser Zaibel, der Supermarktleiter, fehlte noch, aber hier machte sich Lorenz keine Hoffnung, der Fisch erschien ihm viel zu klein, um im Haifischbecken mitzuschwimmen.

Da öffnete sich die Badezimmertür, und Franzi trat heraus, nur mit einem Badetuch um den Leib, und rubbelte sich die Haare trocken.

»Du bist dran!«, sagte sie. »Wie geht das mit dem Gips?«

Lorenz blickte ratlos auf seinen Arm. Er versuchte sich zu erinnern, ob er im Krankenhaus irgendwelche Ratschläge oder Anweisungen erhalten hatte, schlussendlich fielen ihm aber keine ein. »Keine Ahnung, vielleicht eine Plastiktüte drüber? Haben die hier einen Wäscheservice?«

Franzi öffnete den Kleiderschrank und kommentierte: »Volltreffer.« Sie zog eine weiße Tüte heraus, stülpte sie Lorenz über den Arm, schnappte sich einen ihrer Haargummis, dehnte ihn auf Oberarmstärke und verschloss damit den Gips wasserdicht. Dabei kam sie ihm immer wieder so nah, dass ihn der Duft ihres frisch gewaschenen Haares und ihrer nach Seife riechenden Haut umwehte und ihm fast die Sinne raubte. Für einen kurzen himmlischen Moment waren alle Sorgen und Probleme weggeblasen, und er konnte nur noch daran denken, wie er diese wundervolle Frau endlich erobern würde.

Er schleppte sich in die Dusche, entledigte sich umständlich seiner Kleider und stellte sich unter die herrlich warme Brause. Länger, als es brauchte, um sauber zu werden, einfach nur das Gefühl genießend, sich kurz aus dem Spiel nehmen zu dürfen. Als er schließlich sauber, rasiert, mit geputzten Zähnen und um die Hüften gewickeltem Handtuch aus dem Badezimmer kam, schlief Franzi bereits selig an ein großes Kissen geklammert.

Er deckte sie zu, legte sich neben sie und küsste sie auf die Stirn. Als Belohnung lächelte sie im Schlaf, und Lorenz ging das Herz auf.

Schmetterlingsküsse

Mittwoch, 4 Tage vor der Orgie im »Sternenhof«

Zwei Wochen nachdem Anoosh erfahren hatte, dass der Asylantrag seiner Familie erneut abgelehnt worden war, rief Julia Millbauer bei ihm an, als er gerade von der Förderschule nach Hause ging.

»Hast du am Sonntagabend schon was vor?«, fragte sie ihn.

»Willst du mich zum Essen einladen?«, erwiderte Anoosh.

»Ich kenne deine Finanzen, vergiss das nicht. Also nein. Aber jemand anders möchte dich sehen: Dein guter alter Freund Joram hat nach dir gefragt.«

Anooshs Kehle schnürte sich zu. Sofort stieg die Erinnerung an jenen Abend im Spiegelsaal wieder hoch und hockte sich lüstern grinsend auf seine Schulter. Er hatte Joram seither nicht mehr gesehen und auch nichts mehr von ihm gehört. Aber oft an ihn gedacht. Die Begegnung war ihm nicht mehr aus dem Kopf gegangen, und widerwillig hatte er sich immer wieder eingestehen müssen, dass er den seltsamen, aber gut aussehenden Mann gerne wieder treffen würde. Und nun war es so weit.

»Was möchte er denn?«, wollte Anoosh wissen.

»Hast du eine Lederhose?«, fragte Julia anstelle einer Antwort.

»Was glaubst du denn? Wenn du damit die Tracht der Einheimischen hier meinst, dann natürlich nicht, woher auch?«, antwortete er säuerlich.

»Haben wir schlechte Laune, hm? Na, wie auch immer, in Bad Feilnbach steigt am Sonntag eine Party auf dem ›Sternenhof‹. Irgendein reicher Russe lädt ein und veranstaltet eine ›Nacht der Tracht‹. Und Joram möchte dich als Aspiranten mitnehmen.«

»Mich?«, entfuhr es Anoosh ungläubig. »Wieso denn ausgerechnet mich?«

»Na, weil du ihm halt gefällst, du Pfeife.«

Anooshs Gedanken rasten. Er wusste nicht, ob Joram schwul war, offensichtlich war er aber nicht auf ein bestimmtes Geschlecht festgelegt. Ganz im Gegensatz zu ihm selbst, der sich so gar nicht vorstellen konnte, etwas mit einem Mann anzufangen.

»Denk nicht schon wieder so viel nach!«, unterbrach Julia ihn. »Das Beste hab ich dir nämlich noch gar nicht gesagt.«

Sie machte eine dramatische Pause, bis Anoosh ungeduldig fragte: »Nun rück schon raus, wie viel will er dieses Mal bezahlen?«

»Achttausend.«

»Achttausend?«, schrie Anoosh in den Hörer. »Für einen Abend? Ist der wahnsinnig?«

»Nein, er hat einfach nur viel Geld. Und ist es gewohnt, sich damit zu kaufen, was er möchte. Also, bist du dabei?«

»Wie lange hab ich Zeit, darüber nachzudenken?«, fragte Anoosh.

»Minus zehn Sekunden. Sag mal, bist du noch ganz frisch im Kopf? Was gibt's denn darüber nachzudenken? So ein Angebot kriegst du genau ein Mal, und wenn du jetzt nicht den Fuß in die Tür stellst, ist die zu, und zwar für alle Zeiten!«

Julia schien ehrlich entrüstet. Und plötzlich fielen Anoosh wieder seine Familie und die drohende Abschiebung ein. Er brauchte das Geld. Dringend. Er würde sogar noch viel mehr als die achttausend benötigen. Und wenn er sich nicht allzu blöd anstellte, bekam er das auch.

»Ich brauche eine Lederhose. Richte das Joram aus. Und gib ihm meine Telefonnummer«, antwortete er.

»Das ist die richtige Entscheidung«, lobte Julia. »Und vergiss meine zehn Prozent Vermittlungsgebühr nicht!«

Zwiefacher

Samstag, Tag 6 nach der Orgie im »Sternenhof«

Am nächsten Morgen erwachte Lorenz, weil er Franzi telefonieren hörte. Sie war bereits angezogen und stand am Balkonfenster des Hotelzimmers. Er hatte keine Ahnung, wie spät es war, und sein Zeitgefühl streikte. Ein sicheres Zeichen dafür, dass er überurlaubsreif war.

Draußen hing eine graue Nebelsuppe, durch die sich ein diesiges Licht in den Raum kämpfte und Lorenz resigniert zuflüsterte, dass Aufstehen heute keine erstrebenswerte Option sei. Also zog er die Decke bis zum Kinn hoch und harrte der Dinge, die da kommen würden. Als Franzi ihr Gespräch beendet hatte, stellte er sich schlafend.

Doch seine Hoffnung auf einen zärtlichen Weckvorgang wurde enttäuscht, denn Franzi ließ sich einfach nur auf ihre Seite des Bettes plumpsen und rief: »Die Schonzeit wird hiermit unterbrochen! Guten Morgen!«

Lorenz grummelte und antwortete mit geschlossenen Augen: »Das musst du mir erst noch beweisen, dass der gut ist, der Morgen …«

»Stimmt, war ein Euphemismus. Ich hatte eben schon das Vergnügen, mit dem Vorzimmer der Chefin zu telefonieren. Sie wünscht uns umgehend zu sehen.«

Lorenz öffnete die Augen und gähnte. »Wünschen darf sie ja. Du hast ihr hoffentlich nicht zugesagt?«

»Weder zu noch ab. Ich hab versprochen, dass wir versuchen, es einzurichten. Meinst du, es hat was mit gestern Abend und dem Krohneiser zu tun?«

»Ganz bestimmt sogar. Die Eiderdammer hat sicher nichts anbrennen lassen und gleich das rote Telefon unserer lieben Frau Maier klingeln lassen.«

»Und was willst du jetzt machen?«

»Wie spät ist es denn?«

»Kurz vor acht …«

»In diesem Fall möchte ich erst einmal ordentlich frühstücken. Mein letztes richtiges Frühstück, das nicht aus Krankenhauskost oder einem schnellen Snack bestand, liegt schon viel zu lange zurück. Und dann besuchen wir wie geplant Barranow.«

»Hört sich nach einem soliden Plan an«, kommentierte Franzi. »Na, dann schau mal, dass du in die Puschen kommst.«

Eineinhalb Stunden später fuhren Lorenz und Franzi die Anhöhe zum »Sternenhof« hinauf. Polizeiobermeister Kerschl, der praktischerweise in Laufweite ihres Hotels wohnte, hatte die beiden abgeholt und kutschierte sie nun nach Bad Feilnbach. Franzi hatte darauf bestanden, Kerschl mitzunehmen, da Lorenz wegen seiner Verletzung nicht voll einsatzfähig war, und er hatte zähneknirschend zugestimmt. Von seiner Hochstimmung der vergangenen Nacht war nicht mehr viel übrig, der letzte Rest zerfaserte gerade beim Blick aus dem Fenster und machte einer undefinierbaren Gereiztheit Platz.

Vor ihrem Wagen schälte sich das Hotel aus dem Nebel. Die Szenerie erinnerte Lorenz an Fotografien aus der Zeit nach der Reaktorkatastrophe in Tschernobyl: Alles sah ein wenig heruntergekommen aus und doch so, als wäre es jüngst noch in Gebrauch und dann überhastet verlassen worden. Die Vorhänge des Gebäudes waren zugezogen, der Garten verwildert und ungepflegt, die Möbel verwittert. Feuchter grauer Dunst waberte träge umher und hatte sich zum Bleiben eingerichtet. Offenbar waren Barranows Restaurierungsbemühungen noch nicht bis in die Außenbereiche des Hotels vorgedrungen.

Als Kerschl den Wagen durch das große Eingangstor steuerte, brachte er Lorenz' Gedanken auf den Punkt: »Sieht aus wie das Geisterschloss auf dem Herbstfest. Am Montag, als die Sonne schien, war's hier ned so gruselig …«

»Ich dachte, wir haben den dabei, damit er auf uns aufpasst?«, frotzelte Lorenz.

Kerschl stellte vor der Eingangspforte des Hotels den Motor ab, drehte sich im Sitz um und blickte seine Kollegen erwartungsvoll an.

»Und nun?«, fragte er.

»Nun gehen Franzi und ich rein und unterhalten uns mit dem Russen. Du bleibst hier im Wagen und wartest. Und wehe, du machst die Flitze, weil du in deinem Spukschloss ein Gespenst gesehen hast. Dann komme *ich* und such dich heim.«

Der Polizist zog eine beleidigte Schnute, und Lorenz stieg aus. Zu seiner großen Überraschung wartete Barranow schon am Eingang auf sie. Persönlich, unaufgefordert, ohne Personal vorzuschicken.

»Guten Morgen, Herr Hölzl«, begrüßte ihn der wuchtige Mann.

»Das ist heute schon das zweite Mal, dass jemand diesem Morgen unterstellt, dass er gut sei. Ich warte noch mit meinem Urteil, mindestens bis nach unserem Gespräch«, entgegnete Lorenz säuerlich.

Barranow wandte sich an Franzi: »Guten Morgen, Frau Graßmann, sind Sie auch so schlecht gelaunt wie Kollege? Bitte, kommen Sie herein.«

»Grüß Sie, Herr Barranow. Wir haben ein paar anstrengende Tage hinter uns, das zehrt an den Nerven. Es freut mich, dass Sie sich Zeit für uns nehmen«, antwortete Franzi, und sie folgten dem Russen ins Innere des Hotels.

»Ich habe gehört von den Tragödien«, sagte Barranow. »Von Ihrem Unfall und dem Brand in Ihrer Pension. Schlimme Sache, schlimme Sache.«

Lorenz hätte den Mann gern gefragt, woher er von den Vorfällen wusste, schalt sich im selben Moment jedoch einen Narren. Natürlich waren die lokalen Medien voll damit, und in einem Dorf wie Bad Feilnbach sprachen sich auch viel unwichtigere Nachrichten in Windeseile herum.

Barranow führte die beiden Beamten in den Speisesaal.

»Haben Sie schon gegessen? Falls nicht, ich kann Ihnen etwas zubereiten lassen«, bot der Russe galant an.

»Nein, danke, wir haben gerade gefrühstückt. Lassen Sie uns lieber schnell zur Sache kommen«, antwortete Franzi.

Barranow nahm an einem Tisch Platz und machte eine einladende Geste. »Setzen Sie sich doch und sagen Sie mir, wie ich Ihnen kann zu Diensten sein.«

»Haben Sie die Schweinerei unten schon aufgeräumt?«, wollte Lorenz wissen und kassierte dafür von Franzi einen Stoß in die Seite und von Barranow einen beleidigten Blick.

»Also hören Sie mal …«, setzte der Russe verstimmt an.

»Bitte verzeihen Sie die rüde Art meines Partners, der ist heute nämlich mit dem falschen Fuß aufgestanden. Und jetzt ist er still, gell?« Franzi funkelte Lorenz drohend an. Dann wandte sie sich Barranow zu und fuhr fort: »Herr Barranow, wir benötigen Ihre Hilfe. Hat sich seit Montag irgendetwas ergeben, wovon Sie glauben, dass es uns bei unseren Ermittlungen helfen könnte?«

»Sie können sich sein absolut sicher, dass ich Sie sofort kontaktiert hätte, wenn dem so wäre!«, antwortete der Russe und breitete seine Hände aus. »Auch mir ist an der Lösung dieses Falles gelegen, denn wie Sie sich vielleicht denken können, hätte es gegeben deutlich bessere Verläufe für meine Einstandsfeier. Ich habe zu wahren meinen Ruf. Aber sosehr ich mir auch den Kopf zerbreche und meinen Verstand martere: Sie mir müssen glauben, dass ich im Dunkeln tappe.«

»Ihnen liegt also etwas daran, dass wir diesen Fall schnell lösen?«, versicherte sich Franzi.

»Selbstverständlich.«

»Also gut. Wann treffen Sie Ihre Swingerfreunde wieder?«, fragte Franzi.

Der Russe zögerte. Er starrte erst nach oben zur Decke und ließ den Kopf dann sinken und blickte auf seinen Schoß.

»Morgen Abend«, seufzte er leise.

»Was?«, entfuhr es Lorenz entsetzt. »Macht ihr das im Wochenrhythmus?«

»Ist doch gut für uns, Lorenz. Barranow, Sie müssen uns dort einschleusen«, sagte Franzi.

Jetzt war es an dem Russen, die Fassung zu verlieren. »Sind Sie wahnsinnig? Wie stellen Sie sich denn das bitte vor?«, platzte es aus ihm heraus.

»Bevor ich Ihre Frage beantworte, habe ich selbst ein paar«, erwiderte Franzi. »Wer genau trifft sich da am Sonntag? Wie wahrscheinlich ist es, dass sich dort dieselben Leute aufhalten wie auf Ihrer Party? Und am wichtigsten, und da bin ich mit dem Erstaunen ganz bei meinem Partner: Hat keiner nach dem Vorfall bei Ihnen Bedenken, so bald schon mit den Partys weiterzumachen?«

Ganz offensichtlich hatte Franzi einen Plan, und obwohl Lorenz ahnte, in welche Richtung der ging, wurmte es ihn doch, dass sie ihn nicht eingeweiht hatte. Seine Laune verschlechterte sich noch mehr.

Barranow holte tief Luft. »Nüchtern betrachtet, halte ich es tatsächlich auch für wenig angebracht, so bald schon wieder ein Event zu veranstalten. Aber persönliche Bedenken zählen nicht, denn, und das können bewerten Sie jetzt, wie Sie wollen, der Mondkalender zwingt uns quasi dazu.«

Lorenz klatschte sich mit der flachen Hand auf die Stirn, ließ sich dieses Mal aber zu keinem Kommentar hinreißen.

»Ist morgen Vollmond?«, wollte Franzi wissen.

»Nein, Neumond«, antwortete Barranow. »Und somit jene Nacht, in der wir einführen können die neuen Aspiranten. Hinter alldem steckt viel mehr als bloßes Swingen. Wir pflegen einen Kult mit heiligen Regeln.«

»So lang sind Sie doch noch gar nicht dabei bei dem Verein …«, murrte Lorenz.

»Na und? Gerade deshalb liegen mir die Riten sehr am Herzen«, verteidigte sich Barranow.

»Genug«, fuhr Franzi abermals dazwischen. »Herr Barranow, was ist mit meinen anderen Fragen?«

»Ja, wahrscheinlich werden anwesend sein alle wichtigen Mitglieder, das Neumondfest lässt sich keiner entgehen. Und somit werden nahezu alle dabei sein, die vor einer Woche hier im ›Sternenhof‹ waren. Aber ich kann Ihnen nicht genau sagen, wer das sein wird, ich kenne die ja auch nicht außerhalb der Events …«, antwortete Barranow.

Franzi blickte zu Lorenz, der unruhig auf seinem Stuhl hin und her rutschte.

»Also ist die Wahrscheinlichkeit hoch, dass auch unser Täter dort auftaucht. Ich meine, mit gesundem Menschenverstand betrachtet könnte man jetzt davon ausgehen, dass er für eine Weile untertaucht, aber Sie selbst sagen ja, dass hier andere Maßstäbe der Rationalität angesetzt werden.« Franzi rieb sich ihr Ohrläppchen mit den Fingerspitzen, als gälte es, Feuer zu machen, und ergänzte: »Und selbst wenn er nicht da ist, können wir vielleicht einen der anderen Gäste anhand der Fotos identifizieren.«

»Welche Fotos?«, fragte Barranow alarmiert.

»Die Bedienung auf Ihrer Feier hat letzten Sonntag heimlich Bilder gemacht«, antwortete Lorenz. »Das ist wahrscheinlich auch der Grund, warum sie entführt wurde, mutmaßlich vom selben Täter, der mein Auto sabotiert und Frau Grubers Pension angezündet hat. Also von jemandem, der über Leichen geht.«

Barranow sank auf seinem Stuhl zusammen wie ein Ballon, der Bekanntschaft mit einer Reißzwecke gemacht hatte. »Wenn das kommt heraus, dass ausgerechnet auf meinem Event wurden geschossen Fotos, ich bin erledigt …«, murmelte er verdrossen.

Lorenz schüttelte fassungslos den Kopf.

Franzi ergriff wieder das Wort und sagte: »Also, passen Sie auf, Barranow. So lautet mein Plan …«

Du siehst gut aus!

Sonntag, der Tag der Orgie im »Sternenhof«

Wie üblich wurde Anoosh von Johann abgeholt. Die schwarze Limousine kam zum Stehen, Majorus' Diener stieg aus und drückte ihm eine Tüte in die Hand. Anoosh blickte hinein, fand darin eine braune Lederhose nebst grünem Trachtenhemd, schwarze Haferlschuhe und graue Wollstrümpfe. Die Kleidung fühlte sich hochwertig an, vor allem die Hose stach heraus. Sie bestand aus einem weichen Leder, und als er sie anprobierte, passte sie perfekt und schmiegte sich an seine Schenkel wie eine zweite Haut. Er betrachtete sich in der Spiegelung der getönten Scheiben und kam zu dem Schluss, dass ihm die Tracht ausgesprochen gut stand. Abgesehen von seiner dunklen Hautfarbe sah er aus wie ein waschechter Bayer.

Johann verzog keine Miene. Obwohl sich die beiden nun doch schon eine ganze Zeit lang kannten, war das Verhältnis zwischen ihm und Majorus' Diener immer noch unterkühlt. Der alte Mann schien niemals zu lächeln, und kein freundliches Wort fand den Weg über seine Lippen. Anoosh war das egal. Nachdem er ein paarmal erfolglos versucht hatte, mit seinem Fahrer eine Konversation zu starten, hatte er es aufgegeben.

Dieses Mal erwartete ihn jedoch eine freudige Überraschung. Als Anoosh seine Straßenkleidung in die Tasche gestopft hatte, allerdings nicht ohne dabei eine kleine gefaltete Fotografie aus seiner Jeans zu ziehen und in der Seitentasche seiner Lederhose verschwinden zu lassen, öffnete Johann die hintere Wagentür. Im Inneren saß Julia und schenkte ihm ein hinreißendes Lächeln.

»Hast du geglaubt, dass du den ganzen Spaß alleine haben würdest?«, beantwortete sie seine unausgesprochene Frage.

Sie trug einen bodenlangen Mantel, der keinerlei Rückschlüsse darüber zuließ, wie sie wohl darunter gekleidet war. Auch ihre Maske hatte sie sich noch nicht aufgesetzt. Vor Anoosh brauchte sie sich nicht mehr zu verbergen, sie hatten sich in letzter Zeit immer wieder getroffen, wenn er ihr Geld vorbeibrachte.

Abermals stellte er fest, wie nahezu überirdisch schön Julia war. Sie war eine dieser Frauen, die normale Männer sonst nur in Hochglanzmagazinen und an der Seite von Schauspielern und anderen Prominenten zu sehen bekamen. Ihr langes dunkles Haar fiel in Wellen über ihre Schultern, ein aufwendiges Make-up betonte ihr ebenmäßiges Gesicht und ihre schönen tiefblauen Augen. Sie duftete nach Meer, Sonne, Hibiskus und Sünde.

Sofort meldete sich wieder Anooshs schlechtes Gewissen. Natürlich war Christine auch eine schöne Frau. Dazu witzig, natürlich und sehr sinnlich. Und doch spielte Julia in einer ganz anderen Liga, ihr haftete der Traum vom Jetset an, etwas Unerreichbares und deshalb Exquisites. Anoosh wusste, dass sie sich mit dem Geld, das sie hier verdiente, ihr Studium finanzierte. Sie studierte Marketing-Kommunikation in München, ein Fach, unter dem Anoosh sich überhaupt nichts vorstellen konnte, und da er bisher zu feige gewesen war, nachzufragen, würde er es so schnell auch nicht erfahren. Jedenfalls klang es weltmännisch und wichtig und passte deshalb hervorragend zu Julia. Nun hieß es ja immer, dass solche Frauen selten über einen guten Charakter verfügten, zickig und verwöhnt waren. Nichts davon traf dummerweise auf Julia zu. Von einem gepflegten Zynismus und knallhartem Geschäftssinn abgesehen, war sie ein richtig nettes Mädchen, mit dem man sich prima unterhalten konnte. Auf Augenhöhe, Anoosh hatte nie den Eindruck, dass sie ihn von oben herab behandelte.

»Weißt du schon Genaueres, was uns heute Abend erwartet?«, fragte er und genoss die weichen Sitze des Wagens.

»Nicht mehr, als ich dir am Telefon erzählt habe. Und du brauchst es dir, glaube ich, gar nicht zu bequem zu machen. Die Fahrt wird nicht lange dauern.«

Unicum

Sonntag, Tag 7 nach der Orgie im »Sternenhof«

»Mir ist überhaupt nicht wohl bei dem Gedanken«, brummte Lorenz und fühlte sich hundeelend, wenn er sich vorstellte, Franzi zusammen mit dem Russen auf eine Swingerparty zu schicken. Er konnte sich gar nicht entscheiden, was ihm mehr zu schaffen machte: die Angst, dass ihr was zustoßen könnte, oder die Eifersucht und das Misstrauen Barranow gegenüber. Irgendwie hatte der Russe es geschafft, Franzi in letzter Minute als Aspirantin anzumelden. Darauf angesprochen, antwortete er lediglich, dass ihn das eine ordentliche Stange Geld gekostet habe.

Aus der Inspektion unterstützte sie Peter Pentenrieder, jener Kriminaltechniker, der damals auch das Alibi-Sexvideo von Cornelius Wagner untersucht hatte. Der bärbeißige Mann verfügte über ein bemerkenswertes Sammelsurium neuester Überwachungstechnik, von dem einiges für Lorenz so futuristisch anmutete, dass er es auch für Requisiten eines James-Bond-Films gehalten hätte. Jetzt saßen sie in Lorenz' Büro am Besprechungstisch und ließen sich die Gerätschaften erklären.

»Ich weiß, Lorenz, aber es ist derzeit unsere einzige Chance, bei diesem Fall einen Fuß in die Tür zu bekommen und zu verhindern, dass noch mehr Leute in Gefahr geraten«, antwortete Franzi. Sie drehte skeptisch eine Kamera mit den Abmessungen eines Hosenknopfes in den Fingern. »Und es reicht echt, wenn ich das Ding hier einfach an die Wand klebe?«, fragte sie Pentenrieder.

»Ja«, antwortete der Techniker, »einfach die Schutzfolie abziehen und den kleinen Knopf da drücken. Dann sendet die raus zu uns in den Übertragungswagen. Ich geb dir fünf von denen mit, schau, dass du einen möglichst großen Bereich damit abdeckst.«

»Ich kapier immer noch nicht, warum wir den Laden nicht einfach ausräuchern können, wenn die da drin sind. Wir nehmen sie einfach alle hops«, unterbrach Lorenz die Instruktionen.

»Lorenz, wir haben's doch schon zigmal durchgekaut. Was

machen wir, wenn unser Täter da heut nicht dabei ist? Meinst du, wir kriegen dann noch mal so eine Chance, wenn der weiß, dass wir auch die nächste Sause hochgehen lassen könnten? Der kommt doch dann überhaupt nicht mehr, und damit ist unsere einzige Spur dahin«, antwortete Franzi, und ihr Tonfall ließ keinen Zweifel daran, dass sie keine weiteren Diskussionen dulden würde.

»Aber, aber … Muss es denn unbedingt so ein Outfit sein …?«, fragte Lorenz hilflos.

Franzi sah aus wie eine aus Lorenz' Fieberträumen entstiegene orientalische Prinzessin. Bei jeder Bewegung klimperten ihre Arm- und Fußreifen. Ihre schönen langen Beine steckten in einer blickdurchlässigen türkisen Pluderhose. Um den Bauch hatte sie sich eine Kette gebunden, und Lorenz hatte überrascht festgestellt, dass Franzi im Nabel gepierct war. Ihr Kostüm komplettierte sie mit einem aufwendig verzierten und farblich zur Hose passenden knapp geschnittenen Büstenhalter. Um die Schultern hatte sie sich einen schwarzen Schal mit goldenen Stickereien gelegt, ihre Haare waren lose zusammengebunden, und ihr Haupt war mit einer Art indischem Kopfschmuck verziert, einer Kette, die sich einmal um den Kopf wand und mit einer weiteren Kette über dem Scheitel gehalten wurde. Franzis Ohr zierte eine einzelne weiße Orchidee.

Während sie sich einen kleinen Sender ins Ohr steckte, stieß sie Lorenz spielerisch mit ihrer Sandale an und versprach: »Ich pass schon auf mich auf. Außerdem bist du doch gleich draußen im Wagen. Wenn wirklich was sein sollte, kommt ihr einfach rein, und dann kannst du immer noch alles auseinandernehmen.«

Pentenrieder hatte einen alten Lieferwagen organisiert, den er mit allerlei technischem Schnickschnack vollgestopft hatte. Darin würden er und Lorenz Livebilder von Franzis Kameras erhalten und die Situation damit hoffentlich jederzeit im Griff haben. So weit der Plan.

»Okay, wir müssen los. Wir wollen Barranow ja wohl nicht unnötig warten lassen«, antwortete Lorenz resigniert.

Sie hatten den Russen am Parkplatz der Autobahnauffahrt Bad Aibling getroffen, wo er mit seiner protzigen Limousine bereits gewartet hatte. Offenbar hatte der Mann für sein Kostüm keine Kosten gescheut, und wenn er statt des fetten Mercedes ein Kamel geritten hätte, hätte er ohne Weiteres in »Lawrence von Arabien« als sehr korpulenter Scheich mitspielen können.

Derlei Gedanken gingen Lorenz durch den Kopf, als Barranow mit großer Geste Franzi begrüßte und ihre exzellente Verkleidung lobte. Immerhin hatte sie sich noch einen Mantel übergestreift, doch Lorenz wusste ja, wie sie darunter aussah, und ebenso, dass auch Barranow das bald genug sehen würde.

»Hören Sie, Barranow, ich mache Sie persönlich dafür verantwortlich, wenn meiner Kollegin auch nur ein Haar gekrümmt wird, ist Ihnen das klar?«, schnaubte Lorenz.

»Herr Kommissar, dieses Juwel ich werde hüten wie meinen Augapfel, seien Sie dessen versichert. Ihrer Freundin wird nichts geschehen.«

»Sie ist nicht meine Freundin!«, platzte es aus Lorenz heraus, noch ehe er gewahr wurde, was er da sagte. »Wir überwachen Sie da drin auf Schritt und Tritt! Wenn da irgendwas geschieht, das mir nicht gefällt, blasen wir die ganze Sache sofort ab und kommen rein.«

»Herr Kommissar, Ihr Misstrauen verletzt mich. Darf ich Sie daran erinnern, dass das, was ich hier tue, keine Selbstverständlichkeit ist? Mit dieser Aktion ich hintergehe meine Freunde. Mir ist sehr daran gelegen, dass das alles hier unter uns bleibt. Und ein bisschen Vertrauen habe ich mir auch verdient, oder? Immerhin bis jetzt ich mich habe sehr kooperativ gezeigt.«

Da konnte Lorenz ihm nicht widersprechen. Und sosehr die Situation ihn auch wurmte, den Einsatz konnte er eh nicht mehr verhindern, und wie Franzi ja auch ganz richtig erkannt hatte: Derzeit hatten sie keine Alternative.

»Also gut, Barranow. Ich vertraue Ihnen. Gehen wir's an.«

Vivaldi & Vier Jahreszeiten

Sonntag, der Tag der Orgie im »Sternenhof«

Anoosh blickte aus dem Fenster, als sie durch Bad Feilnbach fuhren. Es war ein schöner sonniger Frühlingstag gewesen, und obwohl es schon dämmerte, trieben sich noch immer viele Leute im Ort herum. Sie passierten die Eisdiele, die bereits geöffnet und eine Traube sommerhungriger Kunden angelockt hatte, die Kirche und das Rathaus, vor dem gerade eine Kunstausstellung mit seltsam anmutenden Metallfiguren stattfand, und schließlich bog der Wagen in Richtung des Gebirges ab. Er folgte einer kurvigen Straße, vorbei an schönen alten Bauernhäusern und Pferdekoppeln, und erreichte schließlich den »Sternenhof«. Julia setzte ihre Maske auf, und Anoosh tat es ihr gleich.

»Hast du dir mittlerweile einen Decknamen ausgedacht?«, fragte sie beiläufig, nachdem sie mit Hilfe eines kleinen Handspiegels ihr Aussehen kontrolliert hatte. Sie hatten schon einmal über das Thema gesprochen, Julia hatte eine ganze Reihe alberner Vorschläge gemacht, aber ihm selbst war auch nichts Berauschendes eingefallen. Ein Name war hängen geblieben, und den befand er für gut.

»Was berechnest du mir, wenn ich mich für einen von denen entscheide, die du dir für mich ausgedacht hast?«, antwortete er lächelnd.

»An welchen denkst du denn?«, fragte sie.

»›Lando‹ gefällt mir ganz gut«, sagte er.

»Den gibt's umsonst. Auch wenn du dafür nicht schwarz genug bist. Wie sehe ich aus?«

»Überirdisch, wie immer«, antwortete Anoosh mit gespielter Devotion und erntete dafür ein strahlendes Lächeln.

Johann öffnete die Tür, hielt Julia galant den Arm hin, und sie entfaltete sich wie ein edler Fächer aus dem Wagen. Anoosh folgte ihr.

Vor dem Hotel fand ein Stehempfang statt. Neben dem Eingang war ein großer weißer Pavillon aufgebaut, überall standen

Tische mit weißen Hussen, gasbetriebene Heizgeräte erwärmten die kühle Luft des Frühlingsabends. Eine hübsche Blondine mit markanter Nase drückte Anoosh ein Glas Champagner in die Hand, das er in seiner Aufregung in einem Zug leerte. Diese Veranstaltung war anders als jene, auf denen er bisher gewesen war. Das Ambiente erweckte den Eindruck, als würde er sich auf einer Hochzeit oder auf einem Geburtstag befinden.

Obwohl er nur für einen Augenblick unachtsam gewesen war, hatte er nun Julia verloren. Er entdeckte sie neben dem Eingang, wo sie sich mit einem wuchtigen vollbarttragenden Mann unterhielt, der sein Gesicht hinter der Maske eines Harlekins verbarg.

Anoosh stellte fest, dass er der Einzige war, der keine Jacke oder einen Mantel trug. Ihn fror. Er suchte sich einen der Heizpilze aus und stellte sich fröstelnd darunter. Bislang waren vielleicht fünfundzwanzig Anoosh nach Statur und Maskierung allesamt unbekannte Gäste anwesend, jeder mit Champagnerglas in der Hand und in Konversation vertieft.

»Wie schön, dass du es dir einrichten konntest!«, ertönte plötzlich eine Stimme an seinem Ohr, und Anoosh schnellte erschrocken herum. Hinter ihm stand ein Mann mit pechschwarzem Mantel und einem ebenso schwarzen Zylinder auf dem Kopf. Joram. Seine Augen blitzten belustigt hinter seiner dunklen, schlichten Maske hervor. Das markante Kinn zierte ein perfekt gestutzter Dreitagebart. Ihm gelang das Kunststück, dass die Kombination aus seiner Tracht – er trug eine helle, knielange Lederhose, dazu einen braunen Tegernseer Janker und ein rotes Halstuch – und dem Zylinder nicht albern, sondern adrett und stilsicher wirkte. Soweit Anoosh das beurteilen konnte.

Er besann sich seiner Manieren und antwortete höflich: »Ich danke Ihnen für die Einladung! Darf ich fragen, wie ich zu der Ehre komme?«

»Darfst du. Möchtest du noch etwas trinken?«

Ohne eine Antwort abzuwarten, zitierte er mit herrischer Geste die blonde Bedienung heran und nahm sich zwei Gläser vom Tablett. Eins davon reichte er Anoosh.

»Sie steht dir hervorragend, die Tracht!«, behauptete Joram und prostete ihm zu. »Bist du noch böse auf mich?«

Joram hatte die Frage in einem unschuldigen Tonfall gestellt und unterstrich sie mit einem hoffungsvollen Gesichtsausdruck, indem er lächelte, die Augenbrauen hoch- und die Stirn krauszog. Das passte gar nicht zu seiner machtvollen und finsteren Ausstrahlung, und Anooshs Unbehagen wuchs weiter. Trotzdem antwortete er: »Ich weiß gar nicht, wovon Sie sprechen. Ich bin nur sehr dankbar, hier sein zu dürfen!«

Anoosh dachte an seinen Plan und ob dies schon der geeignete Zeitpunkt war, um ihn in die Tat umzusetzen. Er wollte es so schnell wie möglich hinter sich bringen. Doch die Entscheidung wurde ihm abgenommen, als sich ihnen der große bärtige Mann, der sich eben noch mit Julia unterhalten hatte, näherte.

»Willkommen im ›Sternenhof‹!«, tönte er mit russischem Akzent. »Ich bin Haschem, und es freut mich, euch heute zählen zu dürfen zu meinen Gästen!«

»Eine beeindruckende Lokalität haben Sie hier geschaffen. Man hat ja schon so einiges munkeln hören, aber die Gerüchte werden der Realität nicht gerecht«, antwortete Joram glatt. »Ich heiße Joram, und …«, an Anoosh gewandt, »das ist …«

»Lando«, half Anoosh aus. »Es freut mich, Sie kennenzulernen.« Der Händedruck des Russen war so fest, dass Anoosh zusammenzuckte.

Haschem lachte laut und sagte: »Steht mir nicht zu lange herum hier in der Kälte! Drinnen ist schon alles angerichtet!« Dann rauschte er zum nächsten Gast. Die Zahl der Geladenen war mittlerweile stetig gewachsen, und noch immer chauffierten teure Limousinen Nachschub heran.

»Ich bin nicht der Mann für großen Small Talk«, unterbrach Joram Anooshs Gedanken. »Du musst dich heute also nicht an mich halten, wenn du das nicht möchtest. Hab einfach nur Spaß. Nur wenn ich dich rufe, würde es mich sehr freuen, wenn du zu mir kommen würdest.«

Trotz des Konjunktivs spürte Anoosh die unangenehme Verbindlichkeit, die mit dieser Ansage einherging. Joram drehte sich abrupt um, steuerte auf den Hoteleingang zu und verschwand im Gebäude. Anoosh blieb alleine und ratlos zurück. Er nahm einen Schluck Champagner und suchte die Menge nach Julia ab. Er erspähte sie bei einer kleinen Gästegruppe. Ihre Blicke fanden sich, sie entschuldigte sich und schwebte zu ihm herüber.

»Trink noch ein Glas, du siehst immer noch aus, als hätte dich jemand hierhergeprügelt«, sagte sie. »Was spricht Joram?«

»Der Mann ist mir ein Rätsel, und unheimlich find ich ihn auch noch«, antwortete Anoosh mit finsterer Miene.

»Jetzt jammere hier nicht rum. Denk an das Geld und genieß die Party. Wollen wir reingehen?«

Er nickte, und Julia hakte sich bei ihm unter.

Im Inneren des Hotels kamen sie zuerst an einer Garderobe vorbei. Julia drehte Anoosh den Rücken zu und fragte: »Würdest du bitte …?«

Anoosh half ihr aus dem Mantel und hängte ihn auf einen Kleiderbügel. Als er sich wieder Julia zuwandte, stockte ihm der Atem. Das Mädchen trug ein durchsichtiges Dirndlkleid! Es schien normal geschnitten, es gab einen Rock, eine Schürze und eine Bluse, doch alles bestand aus transparentem Stoff! Unter dem Kleid war sie mit Ausnahme von schwarzen halterlosen Strümpfen nackt. Natürlich wusste sie genau, welche Wirkung sie gerade auf ihn ausübte, und faltete unschuldig die Hände auf dem Rücken. Wodurch sich natürlich ihr Busen anhob und durch den dünnen Stoff der Bluse drückte. Sie lächelte unschuldig.

»Gefällt's dir?«, fragte sie.

»Geht so«, log er und musste schmunzeln. »Wo hast du das denn her?«

»Von einem Freund. Der ist Fotograf in Bad Feilnbach und hat solche Dinger, weil er damit Kalender fotografiert. Hast du vom ›Dirndl Porno‹ gehört?«

»Sollte ich denn?«, entgegnete Anoosh.

»Nein, nicht so wichtig. Und jetzt hör auf, mich anzustarren, das wird sonst teuer für dich«, sagte Julia.

Anoosh bedeckte seine Augen mit der rechten Hand, streckte ihr die linke hin und forderte: »Dann musst du mich aber führen!«

Lachend packte sie ihn am Arm und zerrte ihn hinter den anderen Gästen her in Richtung der Treppe zum Wellnessbereich. Anoosh spähte durch seine Finger. Das Hotel schien frisch renoviert, alles roch neu und sah auch so aus, trotzdem haftete ihm etwas Altes, Antiquiertes an. Besonders auffällig war das Fehlen von Bildern an den Wänden. Alles wirkte seltsam steril und unpersönlich. Dafür gab es massenhaft Zimmerpflanzen, in allen Formen und Größen. Als hätte sich hier jemand ausgetobt, der zwar keine Ahnung von Innenarchitektur, dafür aber zwei grüne Daumen und ein Faible für Tropenhäuser hatte.

Von der Lobby aus führte eine Doppeltür zum Speisesaal, in dem eine lange Tafel festlich eingedeckt worden war. Anoosh hatte noch nichts gegessen, und sein Magen meldete sich mit einem peinlichen Rumoren. Als er den Blick suchend umherschweifen ließ, entdeckte er ein Buffet, um das sich bereits ein paar Gäste geschart hatten. Doch irgendetwas stimmte damit nicht, und er lenkte Julias Aufmerksamkeit auf die Menschentraube.

»Ist das nicht …?«, begann sie. »Oh, ich liebe diesen Job. Anoo…, ähm, Lando, hast du so was schon mal gesehen?«, rief sie aufgeregt, und für einen kurzen Moment bröckelte ihre toughe Fassade, und Anoosh konnte einen Blick auf das junge, unschuldige Mädchen dahinter erhaschen. Doch als er dann sah, *was* Julia so erstaunte, reagierte er spontan mit Ekel und Ablehnung.

Die Tänzerin

Sonntag, Tag 7 nach der Orgie im »Sternenhof«

Lorenz starrte auf die beiden großen Siebenundzwanzigzöller, die Pentenrieder nebeneinander auf der Anrichte im hinteren Teil des Kleintransporters aufgebaut hatte. Einer davon zeigte bereits das Bild der Überwachungskamera, die Pentenrieder gestern unauffällig am Eingang des Schlosses installiert hatte. Schloss Hohenaschau befand sich auf einem Felsrücken etwas außerhalb der Stadt Aschau. Erst Mitte des 19. Jahrhunderts war Hohenaschau von einer Burg zu einem Schloss umgebaut worden, das wehrhafte Gesicht war der Anlage jedoch geblieben. So war Hohenaschau nur von Westen her befahrbar, an allen anderen Seiten fiel der Berg schroff in die Tiefe, an manchen Stellen waren die Mauern sogar über den Abhang gebaut. Das markante Wahrzeichen des Schlosses war der große Turm, der sich ebenfalls im Westen der Anlage befand und von dem aus man einen großartigen Blick über den Chiemgau genießen konnte.

»Test, zwo, drei, Jungs, seid ihr da?«, tönte plötzlich Franzis Stimme aus dem Lautsprecher des Computers.

»Wir hören dich, etwas leise zwar, aber es geht«, antwortete Lorenz über das Mikro, das Pentenrieder ihm ausgehändigt hatte. »Wo bist du?«

»Ich steh auf einem Balkon. Die anderen Aspiranten sind drinnen. Wir müssen hier in einem abgetrennten Bereich des Schlosses warten, bis die Herrschaften uns holen.«

»Wie viele seid ihr denn?«, wollte Lorenz wissen.

»Drei Frauen und ein Mann. Ich halt mich noch etwas zurück, muss ja nicht gleich von Beginn an auffallen. Aber ich lass euch mitschaun, ich geh rein und mach eine Kamera an.«

Ein paar Minuten später begann eine Anzeige auf dem linken Bildschirm zu leuchten, Pentenrieder klickte sie an und ein weiteres Videofenster öffnete sich. Franzis erste Kamera zeigte ihnen einen prunkvoll eingerichteten Raum, in dessen Mitte sich ein großer runder Tisch befand, der mit Kanapees und

Getränken beladen war. Dort saßen zwei Frauen in ein flüsterndes Gespräch vertieft. Eine von ihnen war so wie Franzi als Haremsdame gekleidet. Allerdings mit weitaus mehr Stoff am Körper, wie Lorenz zähneknirschend feststellte. Außerdem trug sie, genau wie ihr Gegenüber, eine prunkvolle Maske, die nur den Mund nicht verdeckte und es unmöglich machte, ein Gesicht zu erkennen. Die andere Frau hatte sich ihr Kostüm offenbar einem Bollywoodfilm entliehen, sie steckte in einem safranfarbenen Sari und hatte sich aufwendige Henna-Tattoos auf die Arme malen lassen.

Auf einer mit Kissen in allen Formen und Farben übersäten Couch fläzte sich Aladin. Lorenz beschloss, ihn so zu taufen, weil er aussah wie der Typ aus dem Disneyfilm. Barfuß, weiße Pluderhose und am nackten muskulösen Oberkörper eine rote Weste. Auch er trug natürlich eine Maske und als Krönung einen albernen roten Fes.

Die dritte Frau stand nahezu im toten Winkel der Kamera, ein Gesicht konnte Lorenz nicht erkennen, lediglich, dass sie von allen Anwesenden am freizügigsten gekleidet war. Ihr ganzes Kostüm war sicherlich aus einer einzigen Seidenserviette gefertigt worden. Aus einer sehr kleinen Seidenserviette. Dafür hatte sie nicht an Schmuck und sonstigem Klimbim gespart. Ihre schwarzen Haare trug sie lang, sie reichten ihr bis fast an den Hintern. Derzeit war sie damit beschäftigt, ihr Sektglas anzustarren.

Lorenz konzentrierte sich auf Franzi. Die steuerte gerade auf Aladin zu.

»*Hola*, schöne Frau, willst du meine Jasmin sein?«, sagte der Bengel mit einem spanischen Dialekt.

»Wo hast du denn deinen Affen?«, entgegnete Franzi und setzte sich auf die Sofakante.

»Der wurde gestern überfahren. Ich bin immer noch ganz traurig. Möchtest du mich nicht trösten?«

»Ich kann mir schon vorstellen, auf welche Art du getröstet werden möchtest, aber ich glaube, damit wären unsere Mentoren nicht einverstanden«, sagte Franzi lachend, und Lorenz kochte. Er stellte sich vor, wie er mit gezogener Waffe das Zimmer stürmte und Aladin in die Pluderhose trat, dahin, wo er sein Minarett vermutete.

»Wie bist du hierhergekommen?«, fragte Franzi.

»Mit meinem fliegenden Teppich, du etwa nicht?«, entgegnete Aladin frech und starrte Franzi unverhohlen aufs Dekolleté.

»Du weißt genau, was ich meine«, antwortete Franzi.

»Und du, meine liebliche Jasmin, weißt dann sicher auch, dass ich dir über meinen Mentor nichts erzählen darf, wenn ich nicht möchte, dass dies hier ein einmaliges Intermezzo für mich bleibt.«

Franzi gab es auf und ging zum Tisch, um sich ein Glas Champagner einzugießen. Währenddessen zeigte die andere Kamera am Eingang, wie immer wieder neue Edelkarossen vorfuhren und Gäste entluden. Die meisten Neuankömmlinge waren offensichtlich Paare, nur ganz wenige kamen allein. Da das Aufnahmegerät den Eingang aus der Perspektive des Tores filmte, nahm sie die Leute nur von hinten auf, aber die Nummernschilder der Wägen waren klar zu erkennen, und Pentenrieder tippte alle fleißig in eine Excel-Tabelle ein.

Franzi hatte sich mittlerweile wieder auf den Balkon zurückgezogen. Dort war sie zwar für Lorenz im Radius der Kamera nicht zu sehen, aber immerhin konnten sie sich dort unterhalten.

»Wie viele sind denn schon da?«, fragte Franzi.

»Wir haben bis jetzt neunundzwanzig Wägen und zweiundfünfzig Gäste gezählt. Plus euch fünf und dem Personal befinden sich auf der Veranstaltung also mindestens sechzig, eher mehr Leute. Jetzt ist's aber schon gute zwanzig Minuten her, dass der Letzte eingetrudelt ist, scheinen also alle da zu sein …«

In diesem Moment wurde die Tür geöffnet, und ein in einen schlichten Kaftan gekleideter alter Mann, der sich ihnen als Johann vorstellte, verkündete, dass die Herrschaften nun eingetroffen seien und die Aspiranten ebenfalls zu den Gästen stoßen dürften.

»Jetzt geht's los!«, raunte Franzi und gesellte sich zu den anderen.

Lorenz beobachtete auf dem Bildschirm, wie seine Partnerin sich unauffällig der Kamera näherte und sie abschaltete.

Lorenz nahm das Funkgerät, das er neben sich deponiert hatte, und sprach hinein: »Kerschl, Lallinger, seid ihr auf Position? Franzi ist jetzt drin!«

»Wir sind bereit, Hölzl!«, knarzte es aus dem Lautsprecher. »Musst nur rufen, wennst uns brauchst!«

Lorenz hatte die beiden Polizisten als Verstärkung auf dem Schlossparkplatz positioniert. Kerschls alter Opel stand unauffällig im hintersten Eck unter einem Baum. Die beiden für den Fall der Fälle an seiner Seite zu wissen beruhigte Lorenz – obwohl er sie sonst als mit das Unfähigste einstufte, was die Polizeiinspektion Rosenheim zu bieten hatte. Er gestattete sich nicht, länger als nötig über diese Ironie nachzudenken, und war dankbar, als sein Handy klingelte. Die Dankbarkeit ließ allerdings schnell nach, als er erkannte, wer da anrief, denn auf dem Display flammte die Nummer der Polizeidirektorin auf. Dummerweise sah das auch Pentenrieder.

»Willst du da nicht rangehen?«

»Will ich nicht«, antwortete Lorenz und drückte den Anruf weg.

»Weiß die Chefin, was wir hier treiben?«

»Sie weiß so viel, wie sie wissen muss«, gestand Lorenz. »Nur, dass wir jemanden observieren, aber nicht, wen und warum. Deshalb konnte ich außer euch dreien auch keinen mitnehmen …«

»Solang du den Kopf hinhältst, wenn was schiefgeht, soll's mir recht sein«, sagte Pentenrieder, und damit schien die Sache für ihn erledigt. Lorenz widmete seine Aufmerksamkeit wieder Franzis Audioübertragung.

Zunächst hörte er nichts außer leisen Schritten und zweimal eine sich öffnende Tür. Dann erklang eine sanfte, orientalisch anmutende Musik, und plötzlich setzte ein Applaus ein. Eine laute Stimme rief: »Wir heißen die neuen Aspiranten in unserer Runde willkommen. Mögen sie eine Bereicherung für unsere Gemeinschaft sein. Ihr seid heute unsere Gäste. Labt euch an den Speisen und tut euch gütlich an unserem Wein.«

Der Applaus setzte erneut ein, verklang und wandelte sich zu Stimmengemurmel.

»Ah, Inara, da bist du ja«, hieß es schließlich, und Lorenz erkannte Barranow. Offensichtlich hatten sich die beiden gefunden. Inara war Franzis Deckname, den sie zuvor ausgesucht hatten. Barranow, der sich Haschem nannte, sagte nun etwas leiser: »Haben Sie schon installiert Kameras?«

»Noch nicht«, antwortete Franzi. »Aber wenn wir uns so hinstellen, könnte ich …«

Und schon blinkte wieder die Bildschirmanzeige, und gleich darauf sah Lorenz Franzis nackten Rücken. Als sie einen Schritt zur Seite trat, tat sich der Blick auf einen prunkvollen Gewölbesaal auf, in dessen Zentrum ein gewaltiger Lüster von der Decke baumelte, der mit unzähligen brennenden Kerzen bestückt war. Darunter befand sich ein langes Bankett mit vielen Stühlen und festlichem Gedeck. An den Wänden des Saals hingen dicke Wandteppiche, die mit Schlachtszenen und Ritterbildnissen bestickt waren. Entlang der Teppiche gab es Sofas und Sitzsäcke mit Kissen, auch die ein oder andere Wasserpfeife konnte Lorenz ausmachen. Und überall standen und saßen Menschen mit Masken und orientalischer Kleidung.

»Wollen wir essen einen Happen? Der Hummerschaum soll ein Gedicht sein!«, sagte Barranow und erschien im Blickfeld der Kamera. Lorenz fragte sich, warum der Mann überhaupt glaubte, eine Maske tragen zu müssen. Allein schon seiner Statur wegen musste ihn doch sofort jeder erkennen, und wenn er erst mal zu sprechen begann mit seiner dröhnenden Bassstimme … Aber natürlich waren hier nicht alle Gäste aus Bad Feilnbach, und die wenigsten hatten Barranow wohl je ohne Maskierung gesehen.

»Vergessen Sie nicht, warum wir hier sind. Wir müssen herausfinden, ob jemand Anoosh Kapun kennt«, flüsterte Franzi und hakte sich bei Barranow unter. Die beiden setzten sich an die Tafel und begannen mit ihrem Mahl.

»Mann, hab ich Hunger!«, nölte Pentenrieder. »Haben wir denn nix zum Essen dabei?«

»Wenn du nichts mitgebracht hast, dann nicht«, antwortete Lorenz, der viel zu aufgeregt war, um hungrig zu sein.

Pentenrieder schnappte sich das Funkgerät. »He, Lallinger, habt's ihr was zum Futtern dabei?«

»Sag mal, spinnst du jetzt?«, entfuhr es Lorenz.

»Der Kerschl hat noch ein Wurschtbrot von seiner Mama da, er meint, des kannst dir holen, ihm schmecken die eh ned!«, sagte das Funkgerät.

»Du, Lenz, i lauf schnell rüber, ich verreck sonst, wenn ich nix in den Magen krieg.«

Lorenz blieb nur noch, ihm ein »›Lorenz‹ heißt des, nicht ›Lenz‹« hinterherzurufen, dann war der Mann auch schon aus dem Wagen gesprungen und Lorenz allein.

Er widmete sich wieder der Übertragung. Neben dem Tisch hatte das halb nackte Mädel aus dem Wartezimmer der Aspiranten begonnen, zur Musik einen lasziven Tanz aufzuführen. Bei jeder Bewegung tanzten die Schmuckketten um ihre Schultern und Hüften mit und entfalteten auf die umstehenden Männer eine betörende Wirkung. Einer von ihnen flüsterte ihr schließlich kurz etwas ins Ohr, nahm sie dann bei der Hand und führte seine Beute aus dem Sichtfeld.

»Franzi, kannst du noch ein paar Kameras installieren, damit ich die Gesichter der Leute besser erkennen kann?«

Auf dem Bildschirm sah er, dass Franzi vage nickte.

»Haschem, du musst mich kurz entschuldigen, ich muss mal für kleine Haremsdamen!«, sagte sie und machte sich auf den Weg zum Badezimmer. Unterwegs platzierte sie drei neue Kameras, eine auf der Terrasse, eine weitere im hinteren Bereich des Saales und die dritte in einem großen Separee.

»Ich glaub, für diese Kamera werdet ihr mir besonders dankbar sein, Jungs«, flüsterte sie. »Lasst schön die Hände auf dem Tisch.«

Und tatsächlich wurde Lorenz bei den Bildern augenblicklich heiß. Hier hatte wohl gerade eine Orgie begonnen. Drei splitternackte Frauen und zwei Männer vergnügten sich in den Seidenlaken. Einer der Männer nahm gerade eine der Frauen von hinten, während diese mit ihrer Zunge den Intimbereich der mit weit gespreizten Beinen vor ihr sitzenden zweiten Frau verwöhnte. Der andere Kerl lag rücklings, und auf ihm ritt ein junges Mädchen mit kaffeebrauner Haut, das sich in der dichten Brustbehaarung des Mannes festkrallte. Ihr Gesicht zeigte die Kamera zwar nicht, aber ihre Bewegungen ließen vermuten, dass sie das Spiel mehr als nur genoss.

Um die Spielwiese herum standen zwei Pärchen, eines davon schien bereits recht betagt zu sein und beobachtete die sündige Schau. Lorenz musste sich von der Szenerie regelrecht losreißen.

»Hab ich was verpasst?«, hechelte Pentenrieder, als er kauend wieder in den Wagen geklettert kam und ein Wurstsemmelaroma in Begleitung hatte. Lorenz brummte nur, ignorierte den erstaunten Ausruf seines Kollegen, als der das Treiben im Separee entdeckte, und begann damit, auf den anderen Videofenstern die Gesichter zu überprüfen. Sie hatten während der Einsatzvorbereitung eine Pinnwand erstellt, auf der sie alle Bilder von Verena Kleiners Handykamera ausgedruckt und angeheftet hatten, in der Hoffnung, anhand der Masken Swinger herauszufiltern, die auch bereits auf Barranows Party gewesen waren. Und tatsächlich, schon nach kurzer Zeit landete Lorenz den ersten Treffer.

»Franzi, siehst du die Frau mit dem dunklen Sari rechts unter dem Lüster? Sie trägt eine kurze Pfauenfeder an ihrer Maske und unterhält sich mit zwei Männern. Die ist auch auf einem der Fotos zu sehen!«, informierte Lorenz Franzi.

»Alles klar«, flüsterte diese. »Barranow, wir haben ein Ziel, die Frau mit der Pfauenfeder.«

Die beiden bewegten sich wie zufällig in Richtung der Verdächtigen und platzierten sich neben dem Trio.

Barranow flüsterte: »Wäre unsere Tarnung denn nicht besser, wenn wir uns würden jetzt küssen?«

»Möchten Sie wissen, wie sich mein Knie an Ihren Eiern anfühlt?«, entgegnete Franzi, und Lorenz musste schmunzeln.

»Aber unbedingt, meine Liebe«, gab Barranow zurück. »Ich würde es nur ziehen vor, wenn wir bei derlei Austausch von Zärtlichkeit unter uns wären. Ich habe gehört, hier gibt es einen vorzüglichen Folterkeller!«

»Und nachts träumen Sie von nackerten Weißwürschten, ja?«, stichelte Franzi. Doch plötzlich schwang höchste Alarmbereitschaft in ihrer Stimme mit, als sie zischte: »Lorenz, wir haben ein Problem. Ich weiß, wer das da ist …«

Die jungen Herrn

Sonntag, der Tag der Orgie im »Sternenhof«

»Was ist das denn für eine Sauerei …?«, entfuhr es Anoosh ungläubig. Auf einem großen Tisch waren Häppchen wie Sushi, Kanapees und kleine Salate angerichtet. Doch nicht etwa auf Geschirr, sondern auf den Leibern zweier nackter junger Menschen. Einer Frau und eines Mannes. Die beiden lagen regungslos da, den Blick teilnahmslos zur Decke gerichtet. Die Speisen bedeckten mit Ausnahme der Gesichter die ganzen Körper.

Anoosh hatte in den letzten Wochen Dinge gesehen und auch getan, die das Maß der hier dargebotenen Unsittlichkeit weit überschritten. Und trotzdem grauste es ihn bei der Vorstellung, etwas zu essen, was sich auf der nackten Haut eines ihm fremden Menschen befunden hatte. Er musste daran denken, dass vor einem Jahr noch eine seiner größten Sorgen gewesen war, im hiesigen Supermarkt *Halal*-Fleisch zu bekommen. Entsetzt beobachtete er, wie sich Julia ein Stück Sushi vom Genitalbereich des Mannes schnappte und in den Mund steckte.

»Schmeckt vorzüglich!«, befand sie und ergänzte mit vollem Mund: »Jetzt hab dich nicht so. So wie du jetzt dreinschaust, würde vielleicht unser Dorfpfarrer reagieren. Aber doch nicht du!« Sie nahm sich ein weiteres Stück und hielt dann Ausschau nach Getränken.

Anoosh jedenfalls war der Appetit vergangen. Von diesem Zeug würde er auf keinen Fall kosten. Vielleicht hatte er Glück, und später würden noch normale Speisen serviert werden.

Auf der Suche nach etwas Trinkbarem hatte Julia sich wieder in ein Gespräch mit zwei älteren Herren verwickeln lassen, und Anoosh beschloss, sich alleine weiter umzusehen. Er verließ den Speisesaal und ging zurück in die Lobby. Weil sich in der Hotelbar noch niemand aufhielt, folgte er der Beschilderung zum Wellnessbereich. Er stieg eine Treppe hinunter, durchquerte einen langen Gang, von dem Umkleidekabinen abgingen. Dort legte er die Tasche mit seiner Straßenkleidung in einen leeren

Spind. Dann ging er weiter und erreichte schließlich einen großen, diffus mit rotem Licht erleuchteten Raum, in dessen Mitte ein Whirlpool stand. Auch hier gab es unzählige Pflanzen, vor allem tropische, und es war ziemlich warm. Um den Pool herum entdeckte Anoosh eine Reihe von Saunen, und eine breite Fensterfront bot einen beeindruckenden Blick auf das nächtliche Bad Feilnbach.

Anscheinend war er nicht der Einzige, der das Essen ausgelassen hatte, denn der Spa-Bereich war bereits gut gefüllt. Er erspähte einen schwarzen Zylinder inmitten einer Traube Leute. Aus irgendeinem Grund schien Joram immer zu wissen, wo Anoosh sich befand, denn er drehte den Kopf in seine Richtung und lächelte. Es war ein kaltes Lächeln, eines, das sich allein durch das Hochziehen der Mundwinkel auszeichnete und an dem die Augen nicht beteiligt waren. Und er winkte ihn mit einer einladenden Handbewegung zu sich.

Nach der Begegnung mit dem schmutzigen Essen sank Anooshs Stimmung nun noch weiter in den Keller. Allerdings befand sich in Jorams Gesellschaft jemand, den er schon einmal gesehen hatte und nun an seinen Haaren erkannte. Diese leuchteten feuerrot, noch röter als die von Christine. Das musste das Mädchen sein, das damals im Spiegelsaal zusammen mit Lilly alias Julia die Orgie eröffnet hatte.

Als Anoosh die Gruppe erreicht hatte, klatschte Joram in die Hände und rief in die Runde: »Darf ich vorstellen? Das ist Lando. Er begleitet mich heute. Lando, was hältst du davon, wenn du dir Amanda nimmst …«, er deutete mit generöser Geste auf die Rothaarige, »… und sie für mich ein bisschen einreitest? Vielleicht dort im Whirlpool, ja?«

Sollte Anoosh kurzzeitig vergessen haben, warum er eigentlich hier war, so wurde ihm augenblicklich und schmerzhaft bewusst, dass er ja wieder nur ein Callboy war, ein Spielball der Reichen und Schönen. *Aber immerhin sitze ich mit den Reichen und Schönen an einer Tafel*, dachte er, als Amanda sich ihm näherte. Sie trug kein transparentes, sondern ein normales Dirndl, in Lila- und Goldtönen gehalten, mit viel Seide und Spitze. Ihre Maske war das Gesicht eines Fuchses, die Nase war sogar mit Tasthaaren versehen – und die Seiten mit neckischen Ohren. Sie streckte ihm einladend die Hand hin.

Anoosh ergriff sie und fragte: »Wollen wir?«

»Gerne«, antwortete sie und leckte sich über die Lippen.

Er führte sie zum Rand des Beckens, stellte sich ihr gegenüber und begann, die Knöpfe an der Vorderseite des Dirndls zu öffnen. Amanda hatte keine Bluse an, und als er ihr die Träger des Kleides von den Schultern streifte, glitt das ganze Dirndl zu Boden, und sie stand nur mit cremefarbenen Dessous und Pumps vor ihm. Ihre Haut war weiß wie Schnee und mit gelegentlichen Sommersprossen verziert, die sich vor allem im Bereich ihrer Schultern versammelten.

Joram und seine Begleiter, drei Männer in Lederhosen und eine ältere Frau in einem prunkvollen Trachtenkleid, hatten sich ihnen genähert und beobachteten jede Bewegung, die Anoosh tat. Amanda rührte sich nicht und erweckte den Eindruck, als wolle sie sich völlig ihrem Schicksal hingeben. Ihr Blick war schüchtern gen Boden gerichtet. Das gefiel Anoosh. Er nahm ihr Kinn, hob es an, beugte sich zu ihr herunter und küsste sie. Als sie den Kuss erwiderte, suchten seine Finger den Verschluss ihres BHs, fanden und öffneten ihn. Zwei weiße Brüste kamen zum Vorschein. Groß und rund und hängend, aber natürlich und wunderschön. Er ging in die Hocke und zog ihr auch den Slip aus. Sie war glatt rasiert und duftete herrlich. Er drückte ihr einen Kuss auf den Venushügel, verweilte eine Weile bewundernd auf der Höhe ihrer Scham und stand dann auf, um sein Hemd aufzuknöpfen.

Auf halber Strecke drückte Amanda seine Hände weg und führte seine Arbeit fort. Als er mit nacktem Oberkörper vor ihr stand, küssten sie sich erneut, und Anooshs Erregung wuchs, als er Amandas Busen auf seiner Brust spürte. Sie nestelte an seiner Lederhose herum, bekam endlich die Klappe auf, und Anoosh zog sie zusammen mit seiner Boxershorts aus. Jetzt trug er nur noch die Haferlschuhe mit den Strümpfen und beeilte sich, sich auch dieser zu entledigen. Amanda umfasste sein halb erigiertes Glied. Es dauerte nicht lange, und Anooshs Penis trotzte freudig erregt auch ohne Amandas fürsorgliches Zutun der Schwerkraft.

Sie streifte ihre Schuhe ab und führte ihn die zwei Stufen hinauf, die es zum Einstieg in den Jacuzzi zu überwinden galt. Dann stieg sie ins Wasser und setzte sich an den Beckenrand. Sie spreizte einladend die Beine und benetzte ihren Busen mit Wasser. Anoosh folgte ihr und schauderte wohlig, als er in den warmen Pool eintauchte. Er kniete sich vor Amanda und umfasste ihre Brüste, worauf sie ihren Kopf genießerisch in den Nacken legte. Dann wanderte er tiefer, küsste sich über den Nabel bis zu ihrem Schambereich und ließ seine Zunge über die Innenseiten ihrer Oberschenkel kreisen. Er liebkoste jeden Zentimeter Haut, ließ ihr Allerheiligstes jedoch vorerst aus. Amanda begann, lustvoll zu seufzen, und ihr Unterleib bebte. Sie reagierte genauso wie Christine. Er konnte seine Freundin an den Rand des Wahnsinns treiben, wenn er sie auf diese Weise oral verwöhnte. Verärgert über seine Unkonzentriertheit verbannte er den Gedanken an Christine und widmete sich wieder dem Hier und Jetzt.

Aus den Augenwinkeln bemerkte Anoosh, dass die Zahl ihrer Zuschauer stetig wuchs. Immer mehr Menschen versammelten sich um den Jacuzzi und beobachteten ihr Treiben. Er erlöste Amanda und dirigierte seine Zunge zwischen ihre pulsierenden Schamlippen. Diese zog er mit den Fingern auseinander und leckte sich vorsichtig wie ein Pflug durch das weiche Fleisch. Amanda begann, mit dem Unterleib zu kreisen, und Anoosh musste ihre Hüfte umklammern, um sie ruhig zu halten. Schließlich packte sie ihn an den Haaren und zog ihn auf Augenhöhe hinauf.

»Danke schön«, keuchte sie. »Und nun zu dir …«

Doch gerade als sie sich an ihm zu schaffen machte, bekamen die beiden Gesellschaft. Joram stieg, nackt bis auf seine Maske, in den Pool und grinste lüstern. Amanda schien ihn noch nicht bemerkt zu haben, und Joram legte einen Finger auf seine Lippen zum Zeichen, dass Anoosh nichts verraten sollte. Dann verschaffte er sich mit der Hand selbst eine Erektion, während er auf Amandas Hintern stierte.

Der Jacuzzi war so konstruiert, dass er eine Sitzreihe entlang der Außenwände hatte. Darauf kniete Amanda, halb unter Wasser, Anoosh saß im Trockenen auf dem Beckenrand. Und in der Vertiefung in der Mitte stand Joram, packte Amanda an den Hüften, ging leicht in die Knie und drang von hinten in das Mädchen ein. Das alles ging so schnell vonstatten, dass sie erschrak und sich fast an Anoosh verschluckt hätte. Doch ihre Überraschung währte nur kurz. Obwohl Joram brutal und schnell in sie hineinstieß, widmete sich Amanda weiter Anoosh. Sie kniete zwischen den beiden Männern, von vorne und hinten in Beschlag genommen, und ließ sich das gefallen, als wäre es die normalste Tätigkeit der Welt. Anoosh beneidete sie um ihre Professionalität, er selbst tat sich im Umgang mit dieser Situation wesentlich schwerer. Vor allem deshalb, weil Joram ihn während seines Treibens unentwegt und lüstern anblickte.

»Danke fürs Einreiten, mein Freund!«, sagte er, und Anoosh lief es kalt den Rücken herunter. Und weil er immer härter und schneller zustieß, konnte sich schließlich auch Amanda nicht mehr konzentrieren, und sie nahm seinen Penis aus dem Mund.

»Komm, wir nehmen sie beide!«, rief Joram plötzlich. Anoosh schüttelte instinktiv den Kopf und zog sich zurück. Jorams Blick verfinsterte sich.

»Vergiss nicht, wer dich bezahlt …«, sagte er leise und verlangsamte sein Stoßen. Sein Blick durchbohrte Anoosh. Der überlegte fieberhaft. Wenn er jetzt kniff, war auch sein Plan dahin, so viel war sicher. Aber wollte er sich wirklich mit diesem Mann anlegen? *Gerade mit diesem Mann!*, antwortete er sich selbst. *Wenn es einer verdient hatte, zu bluten, dann der.* Also rutschte er ins Wasser und nahm auf der Bank ganz vorne an der Kante Platz.

Joram zog sich aus Amanda zurück und drückte sie auf Anooshs Schoß. In ihren Augen glomm Furcht, aber sie schien fest entschlossen, sich nichts anmerken zu lassen. Sie ergriff Anooshs Glied und führte es sich in ihre Vagina ein. Sie war eng und durch das Wasser feucht und glitschig. Ein wohliger Schauer durchströmte ihn. Sie beugte sich nach vorne und küsste Anoosh fest auf die Lippen. Dann kam der unangenehme Teil.

Damit Joram in Amandas Anus eindringen konnte, musste er Anoosh so nahe kommen, dass er ihn berührte. Anoosh spürte Jorams haarige Schenkel an seinen Beinen. Er konnte nicht sehen, was Joram hinter Amanda tat, aber als sie schmerzhaft zusammenzuckte, wusste er, dass sie nun beide in derselben Frau steckten. Während Anoosh sich kaum bewegte, setzte Joram wieder zu seinem Feldhasen-Stil an. Dabei berührte sein Gemächt auch immer wieder das von Anoosh. Doch irgendwie gelang es ihm, den anderen Mann auszublenden und sich auf Amanda zu konzentrieren. Diese schien keinen großen Gefallen an der Penetration zu finden. Immer wieder kniff sie schmerzerfüllt die Augen zusammen.

Lange dauerte ihre Tortur jedoch nicht, denn Joram kam recht zügig zu seinem Finale. Er bäumte sich noch einmal auf, brüllte wie ein angeschossener Elch und ließ von Amanda ab. Sofort zog sich auch Anoosh zurück. Er hatte keinen Orgasmus gehabt, ebenso wenig wie das rothaarige Mädchen. Dafür sammelte sich um Jorams Schritt eine kleine weiße Wolke im Wasser. Der Mann legte seinen Kopf erschöpft auf den Beckenrand und seufzte. Dann, einem plötzlichen Impuls folgend, sah er sich um und rief: »Gibt's hier eigentlich kein Whirl im Pool?«

Einer der sich allmählich zerstreuenden Zuschauer am Beckenrand drückte auf einen Knopf, und im ganzen Becken entwichen geräuschvoll Luftblasen aus den Massagedüsen. Amanda tat, als würde sie das Sprudeln auch genießen, doch Anoosh bemerkte ihr Zittern und glaubte nicht, dass dieses von Erschöpfung herrührte.

Er selbst sah wohl auch nicht besonders glücklich aus, denn Joram machte schließlich eine ungeduldige Handbewegung und sagte genervt: »Schon gut, ihr könnt verschwinden, lasst mich in Ruhe.«

Erleichtert folgte Anoosh Amanda aus dem Becken. Immerhin hatte jemand frische Handtücher bereitgelegt. Er trocknete sich ab und schlüpfte in seine Lederhose. In ihm brodelte es. Joram drückte in ihm einen Knopf, der tiefes Unbehagen auslöste. Ärgerlicherweise konnte er sich nicht erklären, warum das so war, denn streng genommen hatte der Mann ihm nichts getan. Im Gegenteil, er bezahlte ihn fürstlich, und alles, was er dafür wollte, war, dass Anoosh an seinen schmutzigen Machtspielchen teilnahm. *Und trotzdem ...* Er musste es zu Ende bringen. Jetzt wäre der Zeitpunkt günstig, Joram war immer noch alleine und döste mit geschlossenen Augen im warmen, sprudelnden Wasser. Um das Becken herum war die Orgie mittlerweile in vollem Gange, und niemand schenkte ihm mehr Aufmerksamkeit. Außer ...

»Nette Vorstellung«, sagte plötzlich jemand hinter ihm.

Harakiri nach Karaoke

Sonntag, Tag 7 nach der Orgie im »Sternenhof«

»Bist du dir sicher, dass sie es ist?«, fragte Lorenz, nachdem seine Partnerin ihm eröffnet hatte, wen sie da hinter der Maske vermutete.

»Todsicher. Sie ist es hundertprozentig«, antwortete Franzi.

»Hat sie dich auch erkannt?«

»Ich glaube nicht, und wenn, hat sie es sich nicht anmerken lassen.«

Franzi hatte sich zusammen mit Barranow auf die Terrasse ins verwaiste Rauchereck zurückgezogen, wo der Russe sich eine dicke Zigarre angesteckt hatte und genüsslich paffte.

»Frag Barranow, ob er das wusste«, wies Lorenz seine Kollegin an. Er vermutete, dass ihn die Antwort nicht überraschen würde.

»Barranow, wussten Sie, dass die Feilnbacher Bürgermeisterin eine Swingerkollegin von Ihnen ist?«, fragte Franzi.

Barranow nahm einen tiefen Zug aus seiner Zigarre, ehe er ohne den kleinsten Anflug eines schlechten Gewissens antwortete: »Ja, das war mir bekannt.«

»Und Sie hatten es nicht für nötig erachtet, uns darüber zu unterrichten, dass sie auch bei Ihnen auf dem ›Sternenhof‹ war?«, erwiderte Franzi mit mühsam unterdrückter Wut in der Stimme.

»Nein, Sie nicht haben gefragt.«

»Mann, Barranow, jetzt aber raus mit der Sprache. Wer ist sonst noch da, der für uns eine Rolle spielen könnte, aber nach dem wir nicht explizit gefragt haben?«

»Sie sehen unglaublich sexy aus, wenn Sie sich so regen auf«, witzelte Barranow.

Franzi wandte sich ab und sprach in Richtung der Kamera: »Lorenz, wie schnell kannst du hier drin sein und den Laden auseinandernehmen?«

»Schon gut, meine Liebe, ich kooperiere«, sagte Barranow und hob beschwichtigend beide Hände. »Erna Eiderdammer ist tatsächlich die einzige Person hier, mit der ich auch zu tun habe außerhalb der Veranstaltungen. Einige der anderen Gäste habe ich zwar auf vergangenen Partys getroffen, aber ich nichts weiß über ihre tatsächliche Identität. Es mich auch nicht interessiert. Bei Erna ist das etwas anderes. Ich schätze sie als Person, auch jene, die steht hinter dem Amt. Die Leute machen oftmals den Fehler und vermischen Beruf und Privatsphäre von Politikern. Die Bürgermeisterin abends auf dem Waldfest der Sportler? Die sicherlich hier ist, weil sie ihren Bürgern so nahe sein möchte, und bestimmt macht es ihr nichts aus, wenn wir uns setzen dazu und sie fragen, wie's eigentlich um unseren Bauantrag von letzter Woche steht …«

Franzi unterbrach Barranow genervt: »Schon gut, Barranow, wir haben's kapiert, Politiker sind auch nur Menschen, die in ihrer Freizeit auf elitäre Swingertreffs gehen und dabei unter sich bleiben wollen. Was mich aber viel mehr interessiert: Wenn sie mich nicht erkannt hat, dann doch mit Sicherheit Sie, oder? Und bestimmt stellt sich die Eiderdammer nun auch die Frage, wer ich bin, die ist ja schließlich nicht auf der Brennsuppe dahergeschwommen.«

»Wenn sie sich gefragt haben sollte, wen ich als Aspirantin mitgebracht habe, dann sie besitzt genug Anstand, um mich nicht darauf anzusprechen, dessen seien Sie versichert. Und wenn sie ahnen würde, wer Sie sind, wäre sie schon längst verschwunden.«

»Franzi, sollen wir die Aktion abbrechen?«, funkte Lorenz dazwischen. »Wir gehen morgen einfach zur Bürgermeisterin und stellen sie zur Rede, warum sie uns nichts von ihrer Verwicklung in die Szene erzählt hat.«

»Nein«, antwortete Franzi bestimmt. »Wir machen weiter. Es hat sich ja nichts am Grund unseres Einsatzes geändert. Barranow, wollen wir?«

»Nach Ihnen! Null Null Barranow ist bereit!«, antwortete der Russe, und Lorenz beobachtete über die Kamera, wie das ungleiche Paar wieder den Saal betrat und sich an den Tisch setzte. Im Videofenster des Separees hatte die Belegschaft gewechselt. Jetzt hielten sich dort zwei Herren mittleren Alters und eine etwas jüngere Frau auf. Zu Lorenz' Erstaunen küssten sich die Männer mit einem innigen Zungenkuss, während sich das Mädel am Gemächt des einen zu schaffen machte.

»Jetzt schau dir die Saubär'n an«, kommentierte Pentenrieder entsetzt.

»Weißt du, ein bisschen bi, das schadet nie!«, sagte Lorenz und widmete seine Aufmerksamkeit den anderen Übertragungen. Die Partygäste wurden immer gelöster. Viele hatten sich auf den Kissen oder anderen Sitzgelegenheiten niedergelassen und frönten ihrer Unzucht. Meist waren es Pärchen, doch vereinzelt hatten sich auch Gruppen zusammengetan. Mindestens so viele, wie selbst am Werk waren, verdingten sich als Voyeure und standen oder saßen um die kopulierenden Menschen herum.

Erna Eiderdammer war einer dieser Zuschauer. Sie thronte auf einem großen Sitzsack und beobachtete ein junges Paar beim Liebesspiel. Die Kamera war so platziert, dass Lorenz das Gesicht der Bürgermeisterin sehen konnte. Oder zumindest ihren Mund, denn die Maske mit der Pfauenfeder verrichtete den ihr zugedachten Dienst und verdeckte das gesamte restliche Antlitz vollständig. Aber ihr Mund war vollkommen ausdruckslos. Nur ein dünner Strich, als würde sie das, was sich unmittelbar vor ihr abspielte, gar nicht wahrnehmen.

Erst jetzt erkannte Lorenz, dass es sich bei der einen Hälfte des Pärchens um Aladin handelte. Er hatte zwar den blöden roten Fes nicht mehr auf dem Kopf, aber die Weste trug er noch. Bei seiner Partnerin handelte es sich um das kaffeebraune Mädchen, das vorher schon Teil der ersten Orgie im Separee gewesen war. Ihre runden Brüste wippten mit jedem Stoß, den Aladin tat. Sie lag auf dem Rücken, und Aladin hielt eines ihrer Beine und küsste ihre Fußsohle. Die Bürgermeisterin saß völlig regungslos auf ihrem Kissen und schien fest entschlossen, sich nicht anmerken zu lassen, wie sie das Geschehen fand.

»Jetzt es wird gleich spannend«, sagte Barranow. »Um Mitternacht beginnt das Einführungsritual für die Aspiranten.«

»Das Einführungsritual?«, fragte Franzi.

»Ja, welches Einführungsritual bitte schön?«, wollte Lorenz wissen.

»Ich nicht hätte gedacht, dass wir uns so lange hier aufhalten würden, aber da Sie ja noch nicht gefunden haben, was Sie suchen, müssen Sie am Ritual teilnehmen, wenn Sie wollen erwecken keine Aufmerksamkeit …«

»Franzi, erinnere mich daran, dass ich dem Mistkäfer den Arsch aufreiße, wenn ihr da raus seid.«

»Daran brauche ich dich nicht zu erinnern, das mache ich selbst«, brummte Franzi.

»Wie bitte?«, fragte Barranow, der den Funkkontakt der beiden Polizisten nicht hören konnte.

»Ich spar mir die Frage, warum Sie uns nichts von diesem Ritual erzählt haben, Sie Hornochse. Sagen Sie mir, was es damit auf sich hat und was mich erwartet.«

»Och, eigentlich es ist ganz einfach«, antwortete Barranow, an dem die Beleidigung abprallte wie Ironie an Kollege Kerschl. »Sie können es sich wie eine Art Trauung vorstellen. Die Aspiranten werden vorgeführt dem Großmeister, der sagt ein paar rituelle Worte, und die müssen wiederholt werden.«

Obwohl Barranow mit dem Rücken zur Kamera saß, war Lorenz sich sicher, dass der Russe sich gerade ins Fäustchen lachte.

»Das ist doch sicher nicht alles, oder?«, wollte Franzi wissen.

»Na ja, Sie erhalten auch noch ein kleines Brandmal. So es sieht aus.« Er krempelte den rechten Ärmel hoch und hielt Franzi seinen Arm hin.

»Barranow, ich mach Sie kalt. Ich schwör's Ihnen«, drohte Franzi und starrte auf den entblößten Arm.

»Wie groß ist es?«, wollte Lorenz wissen.

»Etwa so groß wie ein Zwei-Euro-Stück«, sagte Franzi. »Ein Wappen mit einem Greifvogel und einer Maske. An sich jetzt nicht so tragisch, aber dieser Saubeutel hier spielt einfach nicht mit offenen Karten.« Und an Barranow gerichtet: »Hören Sie auf, so blöd zu grinsen!«

»Gemach, meine Liebe, vergessen Sie nicht, es war Ihr eigener Wunsch, zu kommen hierher. Ich zwinge Sie zu nichts. Sie jederzeit können gehen.«

»Einen Teufel werd ich«, fauchte Franzi. »Wir ziehen das jetzt durch. Warum hatte Anoosh denn kein solches Zeichen?«

»Er hätte es heute bekommen … Der Initiationsritus findet nur statt bei Neumond. Jetzt machen Sie sich keinen Kopf. Tun Sie einfach das, was tun die anderen. Es ist ganz leicht, Sie werden schon sehen.«

»Lorenz von Lallinger, kommen!«, knarzte es plötzlich aus dem Funkgerät.

»Hier Lorenz, was gibt's?«, antwortete Lorenz.

»Seht ihr des am Eingang? Da verlässt einer vorzeitig die Party!«

Pentenrieder überprüfte die Übertragung der Kamera, die den Eingang zeigte. Er hatte das Fenster verkleinert und minimiert, um den Bildern aus dem Schlossinneren Platz zu machen.

»Tatsächlich!«, murmelte er. Eine dicke Frau stieg gerade in einen schwarzen BMW.

»War das die Eiderdammer?«, fragte Lorenz und funkte Lallinger an. »Habt ihr gesehen, wer das war?«

»Nein, Chef!«, lautete die Antwort. »Sollen wir den Wagen verfolgen?«

»Ihr bleibt hier, ihr seid unsere Rückendeckung.«

Und an Pentenrieder gerichtet: »Peter, kannst du das Kennzeichen überprüfen? Wem gehört dieser Wagen?«

Der Techniker hackte eine Zeit lang auf seiner Tastatur herum und antwortete schließlich: »Ist ein Limousinenservice …«

»Ruf da an, ich will wissen, wer in diesem Wagen sitzt.«

Just in diesem Moment ertönte ein lauter Gong, und die Musik erstarb. Alle Augen richteten sich auf den hinteren Bereich des Saales, wo jetzt ein Mann mit schwarzem Umhang stand, den Lorenz aber kaum zu erkennen vermochte.

»Franzi, wir brauchen dahinten eine Kamera, der hintere Bereich des Saals ist für uns immer noch toter Winkel!«, funkte Lorenz.

»Ich versuch's!«, antwortete Franzi. »Barranow, können Sie eine Kamera anbringen?«

»Geben Sie her, ich mich kümmere darum«, antwortete der

Russe. »Sie gehen zu den anderen Aspiranten. Ich Ihnen wünsche viel Spaß, genießen Sie es!«

Franzi gehorchte und wandte sich nach links zu jener Tür, durch die sie vor zwei Stunden hereingeführt worden war. Barranow steuerte nach rechts auf die hintere Ecke des Raums zu. Lorenz sah, wie er so tat, als würde er sein Glas auf einer Anrichte abstellen, und gleich darauf sendete die von ihm installierte Kamera Bilder aus dem hinteren Bereich des Festsaals in Lorenz' Überwachungswagen.

Dort hielten sich eine ganze Reihe Leute auf, die Lorenz bisher noch nicht gesehen hatte. In einer Sitzecke im Halbdunkel saßen drei Frauen und vier Männer um eine große Wasserpfeife herum, inklusive …

»Franzi, wir haben einen weiteren Treffer! Der Kerl mit dem Zylinder! Derselbe Zylinder ist auch auf einem der Fotos zu sehen. Der Typ war im ›Sternenhof‹!«

»Ich schau ihn mir gleich an, jetzt muss ich erst mal bei diesem Theater mitspielen …«, flüsterte Franzi, und ihre Stimme zitterte.

Auf Johanns Zeichen hin, der Diener hatte sich scheinbar aus dem Nichts vor der Gruppe der Aspiranten materialisiert, setzten sie sich in Bewegung und reihten sich im hinteren Drittel des Saals, direkt im Blickfeld von Barranows Kamera, auf. Der Mann mit dem Umhang hielt ein dickes Buch in den Händen, das er jetzt aufschlug und aus dem er in einer fremden Sprache vorlas. Lorenz erkannte die Stimme als jene, die die Aspiranten zuvor schon begrüßt hatte. Das musste also dieser Majorus, der Zeremonienmeister, sein.

»Was zur Hölle brabbelt der da?«, murmelte Lorenz vor sich hin.

»Lenz, des ist Latein, hörst des ned?«, antwortete Pentenrieder.

»Was erzählt er denn jetzt? Übersetz mal, du Schlauberger!«, entgegnete Lorenz.

»Mehr als *cave canem* und *alea iacta est* ist da nimmer, tut mir leid …«, antwortete Pentenrieder zerknirscht.

Majorus war mittlerweile in einen regelrechten Singsang verfallen. Fast zehn Minuten predigte er nun schon aus der

Schwarte. Die anderen Gäste waren mucksmäuschenstill, und all ihre Aufmerksamkeit schien auf den Vortragenden gerichtet. Die Aspiranten standen vor ihm und rührten sich ebenfalls nicht.

Eine gefühlte Ewigkeit später blickte Majorus auf und sagte auf Deutsch: »Möge das Ritual nun beginnen.«

Zwei Männer betraten den Saal. In ihrer Mitte trugen sie einen gusseisernen Topf, in dem sich glühende Kohlen befanden. Als die beiden Majorus erreicht hatten, befahl dieser: »Aspiranten, entkleidet euch!«

Lorenz stockte der Atem, und er sah zu Pentenrieder, der die Augen aufriss und »Scheiße« murmelte. »Jetzt ist's zu spät für einen Rückzieher, da muss sie jetzt durch …!«

»Das bleibt unter uns, gell, ich warn dich!«, drohte Lorenz und wandte seine Aufmerksamkeit wieder dem Monitor zu.

Ein Aspirant nach dem anderen zog sich aus. Je nach Menge der Kleidungsstücke brauchten manche länger, andere waren gleich entblößt. Franzi zögerte noch und suchte Barranow in der Menge. Der machte unauffällig eine dringliche Geste mit den Händen. Schließlich, als Letzte, straffte sie sich und öffnete den Verschluss ihres Oberteils. Kleine, schön geformte Brüste kamen zum Vorschein. Genau so, wie Lorenz sie sich immer vorgestellt hatte. Dann streifte Franzi die Pluderhose und mit ihr gleich noch den Slip ab und ließ beides zu Boden gleiten. Sie entblößte dabei ihren knackigen Hintern, den Lorenz schon so oft in ihren engen Hosen heimlich bewundert hatte. Achtlos stieß sie die Kleidungsstücke mit dem Fuß weg, und Johann sammelte sie wie bei den anderen ein und verstaute sie in einem Sack.

Franzi stand nun splitternackt, nur mit ihrer Maske im Gesicht, in der Reihe der Aspiranten und harrte der Dinge, die da kommen würden. Und das alles nur, um vielleicht noch ein paar Informationen aus den anwesenden Gästen herauszuholen. Würden sie wegen dieser Aktion Ärger bekommen? Sehr wahrscheinlich. Aber hatten sie eine andere Wahl? Nach Lorenz' Ansicht nicht, so ungern er das auch zugab. Sie waren schon zu weit gegangen, Franzi hatte recht, wenn sie darauf bestand, das Spiel noch so lange zu spielen, wie es eben ging.

Die beiden Männer mit dem Kohlekessel begannen nun beim ersten Aspiranten, es handelte sich um Aladin, mit ihrem fragwürdigen Ritual. Sie murmelten ein paar unhörbare Worte, dann steckte der eine seine Hand in einen schwarzen Beutel und zog sie rot gefärbt wieder heraus. Er wischte Aladin damit über die Brust, und der sah nun aus, als hätte ihn ein Schwertstreich getroffen. Dann zog der zweite Mann ein kurzes Brandeisen aus dem Topf und drückte es auf Aladins Unterarm. Lorenz hörte ein leises Zischen von verbrennendem Fleisch, der Gebrandmarkte selbst gab jedoch keinen Laut von sich. Zumindest dafür zollte Lorenz ihm widerwillig Respekt, denn die Aspiranten nach ihm schlugen sich weniger wacker und stöhnten allesamt schmerzerfüllt auf. Dann kamen die beiden Männer zu Franzi und wiederholten ihre Prozedur. Dieses Mal konnte Lorenz über Franzis Mikrofon hören, was die beiden flüsterten:

Doch Hain zu sein und Himmel um die Herme,
das ist an uns. Gib nach. Damit
der freie Gott inmitten seiner Schwärme
aus der entzückt zerstörten Säule tritt.

Wieder tauchte der eine seine Hand in den Farbbeutel und wischte sie dann über Franzis Brüste. Dann nahm der andere ihren rechten Arm und presste ihr das Brandeisen in die Haut. Auch Franzi schrie vor Schmerz und Schreck auf, und Lorenz brach es fast das Herz, dies mit anhören zu müssen.

Und dann war es vorbei. Als die letzte Aspirantin das Brandmal erhalten hatte, rief Majorus ein dreimaliges Vivat, und die Zuschauer brachen in Jubel aus. Die Musik setzte wieder ein, und es kam Bewegung in die Menge. Offenbar war das Ritual damit beendet. Johann verteilte zusammen mit den beiden Messdienern lange schwarze Mäntel, von denen sie jedem Aspiranten einen umlegten und somit deren Blöße verbargen.

Barranow gesellte sich wieder zu Franzi und lobte: »Gut gemacht, meine Liebe. Äußerst tapfer!«

Franzi rieb sich den Arm durch den Ärmel des Umhangs und

entgegnete säuerlich: »Herzlichen Dank. Und wie geht es jetzt weiter?«

»Nun, Sie haben sich mit der Aktion gerade eben quasi erkauft einen Freischein. Sie können hier jetzt tun und lassen, was Sie wollen und, für Sie vielleicht wichtiger, mit wem Sie wollen.« Barranow blickte bedeutungsvoll in die Richtung des Mannes mit dem Zylinder.

»Kennen Sie den?«, fragte Franzi.

»Nein, ich muss gestehen, dass ich ihn letzte Woche bei mir zum ersten Mal habe gesehen. Ich bin nicht dazu gekommen, mich mit ihm zu unterhalten. Er hat allerdings eine recht hohe Stellung, immerhin er befindet sich in Majorus' Separee«, sagte Barranow. »Sollen wir ihn besuchen?«

»Lorenz, bist du noch da?«, wollte Franzi wissen.

»Natürlich, alles gut so weit. Meinst du, du kannst uns ein Glas von dem Kerl besorgen, damit wir seine Fingerabdrücke mit denen auf dem Stein, mit dem der Täter Anoosh niedergeschlagen hat, vergleichen können?«, erwiderte Lorenz.

Überrascht stellte er fest, dass er in Schweiß gebadet war. »Mach mal die Tür auf!«, befahl er Pentenrieder. »Hier drin herrscht eine Hitze wie in einer Sauna!«

Sein Kollege, dem nicht ein Schweißtropfen auf der Stirn stand und der im Gegensatz zu Lorenz sogar noch einen Pullover trug, war klug genug, die Anweisung kommentarlos auszuführen.

Lorenz warf einen Blick auf die verschiedenen Videofenster. Wo war Erna Eiderdammer? Er überprüfte alle Übertragungen, die Bürgermeisterin schien jedoch wie vom Erdboden verschluckt. Lorenz wies Pentenrieder nochmals an, den Limousinenservice anzurufen. Dort erfuhren sie allerdings nur, dass der Verleih angeblich keine Ahnung hatte, wer den Wagen geordert hatte, und man den Fahrer erst nach seiner Rückkehr befragen könne, wo er die Kundschaft abgesetzt habe.

Fast jeder Gast befand sich nun in einem wie auch immer gestalteten Liebesspiel. Die einen küssten und streichelten sich, andere vollzogen offen einen Akt, auf Kissen, Tischen oder dem blanken Boden. Dabei ergaben sich die sonderlichsten Paarungen, Jung trieb es mit Alt, Alt mit Alt, Männlein mit Weiblein, und Gleichgeschlechtliches schien niemandem ein Tabu zu sein. Schließlich widmete Lorenz seine Aufmerksamkeit wieder Franzi. Die bewegte sich gerade im Schlepptau von Barranow in die Sitzecke des Zylindermannes.

»Okay, gehen wir es an«, sagte Franzi. »Ich lenke ihn ab, Sie nehmen sich sein Glas.«

Barranow nickte und setzte sich in Bewegung.

»Dürfen wir uns zu euch gesellen?«, fragte Barranow, als sie das Separee erreicht hatten. Dabei verbeugte er sich, was bei seinem wuchtigen Leib aussah, als verböge man ein dickes Gummibärchen.

»Nehmt Platz!«, antwortete der Mann mit dem Zylinder generös. »Haschem, ich grüße Sie. Wollen Sie mir Ihre reizende Begleitung vorstellen …?«

»Joram, das hier ist Inara.« Barranow führte Franzi an der Hand nach vorne und präsentierte sie wie ein Stück Vieh dem Schlachter, doch sie riss sich los und setzte sich auf den Schoß ihres Gastgebers, ehe der wusste, wie ihm geschah.

»Möchten Sie ein wenig spielen, Joram?«, gurrte sie, und Lorenz stellten sich die Nackenhaare auf.

Gebannt beobachtete er, wie Joram seine Hände unter Franzis Mantel, unter dem sie ja immer noch nackt war schob, und entgegnete: »Da haben Sie sich aber eine feurige Stute eingefangen, mein guter Haschem.« Der Zylindermann lächelte. Mit zusammengepressten Lippen. *Irgendwo habe ich diese Grimasse doch schon mal gesehen*, dachte Lorenz. Joram packte Franzi am Gesäß und zog sie weiter an sich. Was zur Hölle plante seine Kollegin da? Eine grauenhafte Erkenntnis klopfte bei ihm an. Sie wird doch nicht … Doch, sie wird.

»Wollen wir nicht irgendwohin gehen, wo wir allein und ungestört sind?«, flüsterte sie Joram ins Ohr.

Der zog seine rechte Hand unter ihrem Umhang hervor und umfasste Franzis Kinn. Dann presste er seinen Zeigefinger in ihren Mund. Franzi ließ sich das gefallen, und er wandte sich an die anderen Gäste im Separee und herrschte sie an: »Lasst uns allein!«

Niemand erhob Widerspruch. Auch Barranow stand auf und schlurfte von dannen, allerdings nicht, ohne sich blitzschnell Jorams Sektglas zu schnappen und unter seinen Umhang zu stecken. Zurück blieben nur der Zylindermann und Franzi auf seinem Schoß. Allein im hintersten Winkel des großen Saals.

Lorenz beobachtete sie über die Spionagekamera und schwitzte Blut und Wasser. Franzi würde jetzt doch nicht wirklich mit diesem Ekelpaket schlafen? Er flüsterte ins Mikro: »Bitte lass das, das ist es nicht wert, brich ab!«

Natürlich konnte Franzi ihm nicht antworten. Sie zeigte allerdings auf keinerlei Weise, dass sie ihren Partner gehört hatte. Wenn mir doch nur einfallen würde, woher ich diesen Typen kenne …

»Du, Lorenz …«, unterbrach Pentenrieder plötzlich seine Gedanken.

»Was ist?«, fragte Lorenz geistesabwesend.

»Der Russe ist nicht verkabelt! Wir können uns nicht mit ihm unterhalten!«

Mist. Barranow hatte zwar das Glas, aber sie konnten ihn nicht anweisen, was er damit nun tun sollte. Doch wie sich herausstellte, war ihre Sorge unbegründet. Null Null Barranow ging nämlich schnurstracks auf die Terrasse und stellte das Sektglas neben einen Brunnen. Dann kehrte er zurück in den Saal.

»Gar ned mal so dumm, der Kerl«, kommentierte Pentenrieder. »Nur, wie kommen wir da jetzt ran?«

Lorenz sah seinen Kollegen forschend an.

»Nein!«, sagte Pentenrieder. »Des kann ned dein Ernst sein, oder? Oh Gott, doch, es is dein Ernst. Zefix!«

Damit stand er auf und verließ den Bus.

Währenddessen beobachtete Lorenz wieder Franzi, die gerade von Joram gefragt wurde, ob das frische Brandmal denn sehr schmerze.

»Ich habe kein Problem damit, wenn es ab und an mal wehtut …«, flüsterte Franzi verführerisch. Dann rutschte sie von

Jorams Schoß, ließ sich ihm gegenüber in die Kissenberge sinken und nestelte am Gürtel des Mannes herum.

An der Tür des Überwachungswagens ertönte ein Fluch, dem ein zerkratzter und schmutziger Pentenrieder folgte. In der Hand hielt er Jorams Sektglas.

»Des is der reinste Dschungel da! Und ich musste über eine zwei Meter hohe Mauer klettern! Zwei Mal!«, beschwerte er sich und kramte einen Koffer unter dem Tisch hervor. Dem entnahm er einen Pinsel, dessen Griff aus einem Behälter mit Graphitpulver bestand. Er hauchte das Sektglas an, und dort, wo er Abdrücke entdeckte, strich er mit dem Pinsel das schwarze Pulver auf.

»Geht das nicht etwas schneller?«, drängte Lorenz.

Pentenrieder übertrug die Fingerabdrücke mit einer Klebefolie auf ein weißes Blatt Papier, das er anschließend einscannte. Lorenz' Nerven drohten jeden Augenblick zu reißen.

»Da schau her …«, sagte Pentenrieder und musterte die beiden Abdrücke, die von Jorams Glas und die von dem Stein in der Sauna.

»Verdammt …«, murmelte Lorenz. Und dann rief er verzweifelt ins Mikro: »Franzi, hör auf, das ist unser Mann, seine Fingerabdrücke sind auf dem Stein!«

»Eines muss ich noch wissen …«, murmelte Joram im selben Moment. Er beugte sich über Franzi und riss ihr mit einer blitzschnellen Bewegung die Maske vom Gesicht.

»Ich wusste doch, dass du mir bekannt vorkommst. Diese hier ist keine von uns, sie ist eine Polizistin!«

Den letzten Satz brüllte er in den Saal. Franzi schlug entsetzt die Hände vors Gesicht.

Dann geschahen mehrere Dinge auf einmal.

Posaunenintro

Sonntag, der Tag der Orgie im »Sternenhof«

Anoosh fuhr erschrocken herum und stieß einen erleichterten Seufzer aus, als er erkannte, von wem das Lob über die angeblich gelungene Vorstellung stammte. Hinter ihm stand Julia und sah immer noch aus wie die personifizierte Sünde in ihrem transparenten Dirndl.

»Danke«, brummte Anoosh missmutig.

»Ah, so gut gelaunt gleich?«, frotzelte sie und begleitete ihn zu einer Reihe Liegen, die vor einem Kamin mit prasselndem Feuer drapiert worden waren. Auf der äußersten hatte sich ein Pärchen zum Liebesspiel niedergelassen. Die Frau trug noch ihr Dirndl, allerdings hatte sie es vorne aufgeknöpft, und ihre Brüste wippten im Rhythmus der Stöße ihres Partners unter ihr.

Anoosh streckte sich auf einer Liege direkt vor dem Feuer aus und reckte die Arme über den Kopf und entschied sich anstelle einer Antwort für eine Gegenfrage: »Was weißt du eigentlich über diesen Joram? Womit verdient der sein Geld, im richtigen Leben?«

Julia legte den Kopf schief, überlegte ein paar quälend lange Augenblicke, während deren Anoosh tapfer schwieg, und antwortete schließlich: »Soweit ich weiß, gehört ihm das ›Schlachtrössl‹, ein erfolgreiches Hotel mit Restaurant in Rosenheim, und er hat wohl daneben noch das ein oder andere Investment am Laufen.«

»Woher weißt du das?«, fragte Anoosh.

»Ich bin nun schon eine ganze Weile mit diesen Leuten zusammen, und auch wenn sie immer so geheimnisvoll tun, schnappt man doch mal das ein oder andere auf. Außerdem ist die Welt hier recht klein, denk nur an deine Begegnung mit Majorus.« Sie kaute nachdenklich auf einem Fingernagel herum und fuhr fort: »Das sind alles Leute, für die Geld keine Rolle spielt. Weißt du, was die hier für Mitgliedsbeiträge bezahlen? Tausende von Euros im Jahr! Nur damit sie an Partys wie dieser teilnehmen können. Und natürlich an den Initiationsriten.«

»Welchen Riten?«, hakte Anoosh nach, der in Gedanken schon wieder bei der Umsetzung seines Plans gewesen war.

»Hat dich noch keiner für nächstes Wochenende eingeladen? Du wärst eigentlich längst fällig … Na, wird schon noch kommen.« Anoosh hatte keine Lust, genauer nachzufragen. Und nach dem, was er heute noch im Begriff war zu tun, konnte er sich seine Beteiligung in dieser Szene wahrscheinlich ohnehin abschreiben. Darum durfte heute nichts schieflaufen.

Das Paar auf der Liege neben ihnen wechselte die Stellung, die Frau kniete sich hin, der Mann schob den Rock des Dirndls hoch und drang von hinten in seine Partnerin ein. Anoosh spürte eine seltsame Schwere. Der Alkohol und die Anstrengung in Verbindung mit der Wärme hier im Spa-Bereich forderten ihren Tribut. Er gähnte herzhaft.

»Ach, so sehr genießt du also meine Gesellschaft?«, kommentierte Julia beleidigt.

»So war das nicht gemeint …«, murmelte Anoosh.

»Schon gut, ich muss eh weiter. Ich bin ja schließlich nicht zum Spaß hier!«

Sie drückte ihm einen Kuss auf die Stirn und ließ Anoosh auf der Liege zurück. Obwohl er sich vorgenommen hatte, nur für ein paar Minuten die Augen zu schließen, schlief er ein und träumte von Männerhaaren und unheimlichen Hüten.

»Hier versteckst du dich …«, tönte eine Stimme und riss Anoosh aus dem Schlaf. Neben ihm hatte Joram Platz genommen, jetzt nur noch mit einem schwarzen Bademantel bekleidet, und, bei dem Anblick konnte Anoosh ein Schmunzeln nicht unterdrücken, er trug wieder seinen Zylinder. Verwirrt blickte er sich um. Wie lange er wohl weg gewesen war?

»Verfolgen Sie mich?«, fragte er und setzte sich aufrecht hin.

»Mitnichten, ich wollte lediglich nachsehen, wie es dir geht«, antwortete Joram unschuldig.

Jetzt oder nie, dachte Anoosh. *Eine bessere Gelegenheit bekomme ich nicht mehr.*

Karussell

Sonntag, Tag 7 nach der Orgie im »Sternenhof«

Lorenz sprang auf und rief: »Wir gehen rein, sofort!«

Dabei stieß er sich den Gips am Tisch an und fluchte lautstark.

»Bist du sicher, dass du –?«, begann Pentenrieder.

»Raus hier, wir müssen Franzi helfen!« Lorenz schnappte sich das Walkie-Talkie und funkte Lallinger an.

»Auf geht's, Leute! Zugriff, jetzt!«

Dann zog er seine Pistole aus dem Holster und stürmte auf den Schlosseingang zu. Er überlegte kurz, ob sie nicht besser den Weg über die Mauer und durch den Garten hätten nehmen sollen, aber da wäre er mit seinem lädierten Arm niemals so schnell drübergekommen. Hinter sich hörte er Pentenrieder telefonisch weitere Verstärkung rufen, und kurz darauf erreichten sie das Tor. Dem völlig verdutzten Portier hielt Lorenz seine Waffe unter die Nase und schrie: »Dies ist eine Razzia, lassen Sie uns augenblicklich rein und zeigen Sie mir, wo's zur Swingerparty geht!«

Der arme Mann war viel zu überrumpelt, um Lorenz' kuriosen Befehl in Frage zu stellen. Er antwortete mit zitternder Stimme: »Einfach den Gang runter und dann die letzte Tür rechts, Sie können's nicht verfehlen!«

Als Lallinger und Kerschl zu ihnen aufgeschlossen hatten, rannten die vier Männer in Richtung des Festsaals.

Unterdessen hatten die beiden Ritualdiener Franzi erreicht und ergriffen. Jeder hatte einen ihrer Arme gepackt und hielt sie fest. Joram war aufgestanden und verpasste ihr eine schallende Ohrfeige.

»Schlampe!«, fluchte er. »Wie habt ihr mich gefunden?«

In diesem Moment flog die Tür auf, und aufgeregte Polizisten drangen mit gezogenen Waffen in den Saal. Einer von ihnen trug seinen Arm in einem Gips und schrie: »Keiner rührt sich! Kriminalpolizei Rosenheim!«

Zu diesem Zeitpunkt war der Großteil der Gäste bereits in eine Schockstarre verfallen und sah gebannt entweder zu den Polizisten oder zu Franzi und dem Zylindermann. Einige versuchten auch, sich heimlich aus dem Staub zu machen. Wer jedoch den Fehler beging und über einen der Nebeneingänge oder gar über die Terrasse zu verschwinden versuchte, wurde von einem irre dreinblickenden und Sturzbäche schwitzenden Kerschl aufgehalten, der von Lorenz die Order erhalten hatte, niemanden entkommen zu lassen.

»Hinlegen! Sofort!«, schrie er ein älteres Pärchen an, das sich in seine Richtung bewegt hatte. Gehorsam legten sich die beiden auf den Boden und ließen die Augen nicht von Kerschls Pistole, mit der er ihnen nervös vor der Nase herumfuchtelte.

Lorenz bewegte sich zielstrebig auf Franzi zu. Die hatte sich mittlerweile wieder aufgerappelt und sagte mit zitternder Stimme zu Joram: »Ich bin Kommissarin Graßmann. Ich verdächtige Sie des versuchten Mordes an Anoosh Kapun. Sparen Sie sich die Mühe: Alles, was Sie sagen, kann und wird vor Gericht gegen Sie verwendet werden. Oberwachtmeister Lallinger, wären Sie bitte so freundlich?«

»Liebend gern, Franzi«, knurrte Lallinger und zog ein Paar Handschellen aus dem Gürtel. Während er Joram diese anlegte, zog Franzi ihm die Maske vom Gesicht.

»Ah sieh an«, sagte sie, »wir beide kennen uns doch schon, habe ich recht?«

Und Lorenz ergänzte: »Das ist der Typ, den der Krohneiser gebeten hat, seiner Frau Bescheid zu geben! Ich wusste doch, dass er mir bekannt vorkommt!«

Die Bilder von vorgestern Abend stiegen vor seinem inneren Auge auf, und er erinnerte sich an die Szene vor dem Rathaus. Anscheinend hatte seine Intuition wieder mal eher Bescheid gewusst als sein Verstand.

»Quirin, habe ich recht? So nannte Krohneiser Sie«, sagte Lorenz und erntete nur eisiges Schweigen.

»Na gut, dann eben nicht«, seufzte er müde. »Abführen.«

Während Joram alias Quirin Irgendwer von Lallinger weggebracht wurde, kam erneut Bewegung in den Saal, denn drei weitere Polizeistreifen waren mittlerweile eingetroffen, strömten herein und staunten nicht schlecht über das Spektakel, auf das sie stießen.

»Ich möchte von jedem Anwesenden die Personalien. Wer seine Angaben gemacht hat, der darf nach Hause gehen!«, rief Lorenz und überließ die weitere Arbeit seinen Kollegen. Er selbst legte seinen gesunden Arm um Franzi und führte sie nach draußen.

»Und, wie fandest du die Show?«, fragte sie.

»Ich war hin- und hergerissen zwischen Ekstase und Todesangst. Eine Mischung, die sich weitaus spannender anhört, als sie tatsächlich ist.«

»Hattest du etwa Angst um mich?«

»Schreckliche …«, antwortete Lorenz und drückte seine Partnerin näher an sich.

»Immerhin hast du mich jetzt nackt gesehen … Fühlst du dich geehrt?«

»Ich und über sechzig andere, eine gute Bilanz für einen Abend, oder?«, entgegnete Lorenz. Als er Franzis Gesichtsausdruck sah, beeilte er sich aber, hinterherzuschieben: »Ich wäre lieber unter anderen, nun ja, etwas privateren Umständen in den Genuss gekommen.«

»Kommt schon noch …«, versprach Franzi und lächelte. »Immerhin bist du jetzt bereit für meine Fotos vom Schabernackt-Ball. Wie geht's jetzt weiter? Verhören wir unseren neuen Hauptverdächtigen?«

»Brauchst du keine Pause?«, antwortete Lorenz.

»Verena Kleiner ist vielleicht noch irgendwo dort draußen. Wir müssen das Mädel finden, das hat jetzt oberste Priorität. Allerdings würde ich mich vor der Befragung gerne noch umziehen.«

Blasmusik in Moll

Sonntag, der Tag der Orgie im »Sternenhof«

Anoosh schüttelte die Müdigkeit ab und versuchte, sich zu konzentrieren. Er fischte eine gefaltete Fotografie aus der Tasche seiner Lederhose und reichte sie Joram.

»Ich muss Ihnen etwas sagen«, begann er.

»Ich bin ganz Ohr, mein Junge«, antwortete Joram und nahm das Foto entgegen.

Anoosh holte tief Luft. Er hatte diesen Satz viele Male geübt, umgestellt, erweitert und gekürzt. In verschiedenen Tonfällen, von herrisch bis bettelnd, geprobt. Sich immer wieder ausgemalt, wie Joram reagieren könnte. Am Ende entschied er sich für ein nüchternes Statement ohne große Umschweife. »Ich habe Bilder von Ihnen gemacht, bei unserem letzten gemeinsamen Treffen im Saal mit den Spiegeln. Und ich weiß, dass Sie der Wirt des ›Schlachtrössls‹ sind.«

Er musterte Joram und wartete auf seine Reaktion. Der schwieg zunächst und verzog keine Miene. Dann faltete er das Stück Papier auf, das eine Totale des Spiegelgewölbes zeigte. Mit seinem Lächeln hätte man ein Haar spalten können.

»Wenn du mehr Geld von mir möchtest, könntest du mich auch einfach fragen. Ich bin mir sicher, dass wir eine Möglichkeit finden, die keine alberne kleine Erpressung beinhaltet, meinst du nicht auch?«

Aus Anooshs Segeln entwich der Wind mit einem kläglichen Pfeifen. Er begann zu schwitzen. Er war davon ausgegangen, dass Joram erschrocken reagieren würde und Anoosh den starken Mann spielen konnte. Und leider war Joram auch noch nicht fertig, denn er ergänzte: »Ganz abgesehen davon hoffe ich für dich, dass du deinen Plan zu Ende gedacht hast, denn dir muss klar sein, dass ich *alles* über dich weiß. Du glaubst hoffentlich nicht, dass ich so naiv war und im Vorfeld keine Erkundigungen über dich eingeholt habe. Wissen deine Mutter und deine Schwester, was du hier treibst?«

Anoosh erstarrte. Ihm war nie in den Sinn gekommen, dass Joram seine Familie bedrohen könnte! Trotzdem behauptete er: »Sie sollten das nicht auf die leichte Schulter nehmen. Ich habe mich ebenfalls über Sie schlaugemacht. Ich weiß, dass Sie große Probleme haben werden, wenn das alles hier an die Öffentlichkeit gerät.«

»Anoosh, Anoosh ...«, seufzte Joram, und Anoosh entging nicht, dass Joram seinen richtigen Namen benutzte, »was glaubst du denn, wie das hier enden soll? Meinst du wirklich, du könntest mir mit einem Foto, das mich beim Swingen zeigt und auf dem man mich dank meiner Maske nicht einmal erkennt, schaden? Und was genau möchtest du denn eigentlich von mir?«

Auch über die Antwort auf diese Frage hatte Anoosh im Vorfeld lange gegrübelt. Wie viel sollte er verlangen? Nach oben wie nach unten gab es hier eine Grenze, die seine Forderung der Lächerlichkeit preisgab. Erst wollte er achtzigtausend haben, das Zehnfache seiner heutigen Tagesgage. Weil er das jedoch mit seinem Gewissen überhaupt nicht vereinbaren konnte und sich erfolgreich einredete, dass so viel Geld für sein Vorhaben gar nicht notwendig war, hatte er sich für die Hälfte entschieden. Also antwortete er: »Vierzigtausend Euro. Und Sie sehen mich nie wieder, das verspreche ich Ihnen.«

Zunächst schien es, als wolle Joram laut loslachen. Doch im nächsten Moment verfinsterte sich seine Miene, und er sagte: »Und nehmen wir mal an, du kriegst das Geld von mir, wie kann ich sicher sein, dass du nicht immer wieder daherkommst und mich melken möchtest?«

»Sie müssen mir vertrauen. Wenn ich sage, dass Sie mich nie wiedersehen, dann meine ich das auch so. Ich möchte mit meiner Freundin von hier verschwinden, wir wollen untertauchen und woanders neu anfangen, dafür brauche ich das Geld«, sagte Anoosh.

Und wieder reagierte Joram ganz anders als erwartet. »Ein hehrer Plan. Leider hast du mich nicht eingeweiht. Da hätten wir doch sicher eine andere Lösung gefunden, eine, von der wir beide profitieren. Hast du dir auch überlegt, wie ich dir das Geld zukommen lassen soll?«, fragte er.

Anoosh war klar, dass die Übergabe so vonstattengehen musste, dass er sich damit nicht in Gefahr brachte.

»Ich hole das Geld morgen Mittag bei Ihnen im Hotel ab.«

»Das ist aber knapp …«, sinnierte Joram. »Hast du es denn so eilig?«

»Ja«, log Anoosh, der immer noch nicht wusste, was nun mit seiner Mutter und mit Pari geschehen sollte. Aber er wollte dem Mann so wenig Zeit wie möglich geben, entsprechende Vorbereitungen zu treffen. »Ich nehme das Geld und verschwinde, so wie ich es versprochen habe.«

Joram überlegte. Schließlich sagte er: »Na gut. Das wäre sogar machbar, ich muss nur nachsehen, ob ich im ›Schlachtrössl‹ so viel Bargeld herumliegen habe.«

In Anoosh regte sich kurz die Angst, dass er vielleicht zu niedrig gepokert hatte, am Ende überwog jedoch seine Erleichterung. Vierzigtausend Euro! Zusammen mit dem, was er bisher gespart hatte, kam er dann sogar auf fünfzigtausend, das sollte locker für einen Neuanfang reichen!

»Besiegeln wir das Geschäft mit einem letzten Saunagang?«, unterbrach Joram seine Überlegungen.

»Eigentlich habe ich keine –«, setzte Anoosh an.

»Komm schon, Junge. Du kostest mich so viel Geld, da wirst du mir diesen letzten Wunsch doch wohl erfüllen?«

Anooshs Gedanken rasten. Am Ende hatte er doch noch erreicht, was er wollte, konnte es da schaden, Joram diesen Gefallen zu erweisen? Sein Verstand sagte Nein, sein Herz, das einen direkten Draht zu seinem schlechten Gewissen unterhielt, hingegen Ja.

»Also gut, ein letztes Mal«, sagte Anoosh zu.

Joram lächelte.

Und sein Lächeln war so eisig wie gefrorener Schnee.

Noch in der Umlaufbahn

Montag, Tag 8 nach der Orgie im »Sternenhof«

»Weißt du, was mir nicht aus dem Kopf geht?«, sinnierte Lorenz und antwortete sich dann auch gleich selbst: »Wo die Eiderdammer auf einmal hinverschwunden ist. Als ob die geahnt hätte, dass sich da was zusammenbraut.«

Pentenrieder hatte sie mit Umweg über Franzis Haus in die Inspektion gefahren und dabei eine bemerkenswerte Contenance an den Tag gelegt. Als hätte er all das, dessen auch Lorenz in den vergangenen Stunden Zeuge geworden war, gar nicht gesehen. Als sie dann endlich die Inspektion in Rosenheim erreicht hatten, war es kurz vor zwei Uhr in der Früh, und Lorenz tat jeder Knochen im Leib weh. Er hätte liebend gern geduscht und für ein paar Minuten die Augen zugemacht. Aber ein extrastarker Kaffee war das höchste der Gefühle und musste vorerst genügen. Nebeneinander schlenderten sie schweigend den Flur hinab zum Gefängnistrakt. Das Neonlicht zehrte an Lorenz' Nerven, und ihn fröstelte.

Und was ihn dann im Vorzimmer des Verhörraums erwartete, trug nicht zur Besserung seiner Laune bei. »Frau Maier, welche Überraschung zu nachtschlafender Zeit. Was führt Sie hierher?«, begrüßte Lorenz seine Chefin.

Die wuchtige Frau zog die Stirn in Falten und entgegnete: »Sparen Sie sich den Sarkasmus, Hölzl. Ich bin hier, um wieder mal Ihren Saustall aufzuräumen. Ab hier übernehme jetzt ich die Ermittlungen.«

Eine ganze Reihe von Emotionen gaben sich blitzschnell die Türklinke in die Hand, doch am Ende jagte der Zynismus sie alle ohne lange nachzudenken mit dem Besen aus dem Haus, und Lorenz antwortete: »Vielleicht sollte ich die Karriereleiter doch noch ein wenig weiter hinaufklettern, wenn man sich dann immer erst einklinken darf, wenn die Drecksarbeit bereits getan ist.«

»Reißen Sie bloß Ihr vorlautes Maul nicht so weit auf,

Hölzl«, zischte die Polizeidirektorin. »Wir sprechen uns später noch wegen dem ganzen Mist, den Sie da heute abgezogen haben. Ich bin gespannt, auf wie viele der Vorschriften, die Sie allein heut Abend verletzt haben, Sie selbst kommen.« Sie machte eine abfällige Handbewegung und fuhr fort: »Und nun gehen Sie mir aus dem Weg, ich knöpfe mir jetzt unseren Fang vor.«

Sie schnappte sich eine Tasse Kaffee und rauschte aus dem Zimmer. Gleich darauf erschien sie auf dem Monitor, der den Verhörraum zeigte. »Ich wollte immer schon mal einem Profi bei der Arbeit zusehen …«, kommentierte Lorenz säuerlich.

»Kann die uns wirklich was?«, fragte Franzi, und Sorge schwang in ihrer Stimme mit.

»Na ja, zugegebenermaßen war nicht alles ganz koscher bei unserem Einsatz. Und ein oder zwei Genehmigungen mehr hätten vielleicht nicht geschadet. Aber ich bin der Meinung, dass in diesem Fall der Zweck die Mittel heiligt. Achtung, es geht los …«

Johanna Maier hatte Joram gegenüber Platz genommen. Nach einem provozierend langen Schluck aus ihrer Tasse eröffnete sie endlich: »Quirin Altenberger, das ist doch Ihr Name, richtig? Sind Sie der Quirin Altenberger, wohnhaft in Bad Feilnbach, dem das ›Schlachtrössl‹ in Rosenheim gehört?«

Der Angesprochene trug immer noch sein orientalisches Kostüm und die Handschellen. Im grellen Licht der Deckenfluter erkannte Lorenz, dass sich Joram alias Quirin Altenberger die Augen mit Kajal nachgezogen hatte. Das war ihm zuvor gar nicht aufgefallen. Doch sosehr sein Äußeres auch darauf hindeutete, dass sie es mit einer Witzfigur zu tun hatten: Die diabolische Aura umgab ihn nach wie vor und schien regelrecht zu pulsieren.

Altenberger war vollkommen ruhig. Er schwitzte nicht, zitterte nicht. Und als er schließlich antwortete, war seine Stimme klar und fest. »Ja, der bin ich. Und Sie sind?«

»Polizeidirektorin Maier. Und ich stelle hier die Fragen«, antwortete Maier ärgerlich.

»Oh, und wo sind die beiden Kommissare, die mit solch bemerkenswertem Körpereinsatz meine Festnahme bewirkt haben? Schon Feierabend?«

Altenberger hatte die Frage nicht an Maier, sondern an die Überwachungskamera gerichtet, und er schien Lorenz auf dem Bildschirm im Raum nebenan direkt in die Augen zu sehen.

»An Ihrer Stelle würde ich mir um andere Dinge Sorgen machen. Nämlich darum, dass meine Mitarbeiter Sie des versuchten Mordes an Anoosh Kapun beschuldigen. Und passenderweise befinden sich Ihre Fingerabdrücke auf der Tatwaffe.«

»Nur weil meine Finger auf dem Stein sind, macht mich das gleich zum Mörder?«, erwiderte Altenberger.

Daraufhin erhob sich Maier wortlos und verließ den Raum. Gleich darauf erschien sie bei Lorenz und Franzi.

»Haben Sie dem Kerl gegenüber bei der Festnahme erwähnt, dass wir seine Abdrücke auf einem Stein gefunden haben?«, blaffte sie.

Lorenz überlegte angestrengt, schüttelte dann aber den Kopf und sagte zu Franzi: »Also ich sicher nicht und du, glaub ich, auch nicht, oder?«

»Nein, ich hab's ihm ganz bestimmt nicht gesagt. Von uns kann er das nicht wissen.«

Zufrieden schlängelte sich Maier zurück ins Verhörzimmer und ließ sich auf ihren protestierend ächzenden Stuhl fallen.

»Woher wissen Sie, dass es um einen Stein geht?«

Falls Quirin Altenberger sich seines Fehlers bewusst war, ließ er sich das nicht anmerken. Er verzog keine Miene, atmete nur tief durch und antwortete schließlich: »Hören Sie, so muss das doch nicht enden. Sicherlich können wir eine … Vereinbarung treffen.«

»Kein Interesse, ich habe gehört, was ich hören muss. Sie waren auf Barranows Party auf dem ›Sternenhof‹, das können wir Ihnen dank einer Fotografie nachweisen. Und natürlich durch den Fingerabdruck. Sie haben den armen Kerl dort mit hingeschleppt und dann versucht, ihn umzubringen. Wollen Sie mir noch verraten, warum?«

»Ich möchte mit meinem Anwalt sprechen«, antwortete Altenberger.

Damit stand die Direktorin abermals auf und verließ den Raum. Den wachhabenden Polizisten gab sie den Befehl »Sofort einsperren!« und widmete sich dann Lorenz und Franzi. »Sie beide gehen jetzt nach Hause und schlafen ein paar Stunden. Trotz des ganzen Chaos haben Sie es wieder einmal geschafft, einen Fall zu lösen, meinen Glückwunsch dazu. Morgen Vormittag um zehn will ich Sie in meinem Büro zum abschließenden Rapport sehen! Und wehe, Sie wagen es, mich wieder zu versetzen!«

Lorenz war völlig entgeistert. Auf dem Überwachungsbildschirm konnte er beobachten, wie Altenberger abgeführt wurde.

»Chefin, warum haben Sie denn den Kerl nicht gefragt, ob er was mit dem Verschwinden von Verena Kleiner zu tun hat? Das liegt doch verdammt noch mal absolut nahe, dass der da irgendwie mit drinhängt!«

»Sagen Sie mir nicht, wie ich meine Arbeit zu tun habe, Hölzl. Schwertl und Huber sind an dem Fall dran, das braucht jetzt nicht Ihre Sorge zu sein! Sie beide bleiben unter dem Radar, bis ich Ihren Auftritt auf Hohenaschau ausgebügelt habe! Und jetzt raus mit Ihnen und nach Hause!«

Franzi berührte ihn sanft am Arm, und Lorenz ließ es gut sein. Er musste dringend nachdenken, irgendetwas stank hier zum Himmel. Da Maier wartete, bis Franzi und er den Raum verließen und gingen, blieb ihm nichts anderes übrig, als der Anweisung unmittelbar Folge zu leisten.

Draußen vor dem Präsidium sog er die kühle Morgenluft in sich ein. Der kalte Schweiß auf seiner Haut ließ ihn frösteln, und er wickelte sich enger in seine Jacke. Gegenüber öffnete gerade die Bäckerei, und er deutete mit dem Kinn darauf und fragte Franzi: »Frühstück?«

Seine Partnerin nickte und folgte ihm über die Straße. Nachdem sie sich beide einen großen Milchkaffee nebst Butterbreze bestellt hatten, sagte Franzi müde: »Also schieß schon los, ich seh ja, dass es dich fast zerreißt.«

Ihre Wange war immer noch gerötet von der Ohrfeige, die Altenberger ihr verpasst hatte, und ihr Haar hing ihr strähnig ins Gesicht. Lorenz fiel es schwer, klar zu denken. Er fühlte sich, als hätte man ihm feinen Sand ins Gehirn gestreut.

»Was weißt du über diesen Altenberger?«, fragte Lorenz.

»Ich kenn das ›Schlachtrössl‹. Ist eine der ältesten und bestgehenden Wirtschaften Rosenheims. Wenn das dem Kerl gehört, weißt du auch, wie der sich die Schlosspartys leisten kann. Und in Feilnbach hat er es ja auch weit gebracht, immerhin ist er im Gemeinderat …«, antwortete Franzi.

»Wenn wir davon ausgehen, dass Quirin Altenberger Anoosh umbringen wollte, müssen wir auch annehmen, dass er derjenige ist, der hinter den Anschlägen auf mich steckt. Was glaubt er, was ich hätte wissen können und was wichtig genug ist, mich aus dem Weg zu räumen?«

»Und warum hat sich die Maier jetzt eingeschaltet und wollte die Befragung selbst durchführen?«, ergänzte Franzi und biss in ihre Butterbreze. »Ich werde den Eindruck nicht los, dass unsere Chefin da in irgendetwas verwickelt ist. Vielleicht hat sie die Bürgermeisterin gewarnt? Aber die wusste doch eigentlich gar nicht, was wir vorhaben«, fügte sie mit vollem Mund kauend hinzu.

In Lorenz' Kopf bewegten sich knirschend große Zahnräder. »So blöd ist die nicht, kann schon sein, dass sie eins und eins zusammengezählt hat …« Plötzlich dämmerte ihm etwas. »Das Handy der Kapuns!«, sagte er und erinnerte sich, dass Franzi auf der Fahrt in die Inspektion noch versucht hatte, das Gerät zu starten, dabei aber hatte feststellen müssen, dass der Akku leer war. Also hatten sie beschlossen, es abzugeben und sich später damit auseinanderzusetzen. Was Lorenz dann allerdings in den Wirrungen der vergangenen Tage völlig vergessen hatte. Bis jetzt. »Hast du das am Dienstag noch rüber in die Spurensicherung gebracht?«

Franzi dachte kurz nach und antwortete: »Hab ich, sauber verpackt und beschriftet. Da bin ich mir ganz sicher!«

»Vielleicht hat es etwas damit zu tun …?«, überlegte Lorenz

und zog sein eigenes Telefon aus der Tasche. Er wählte Pentenrieders Nummer.

»Peter, bist du noch in der Inspektion? Du musst mir einen Gefallen tun. Geh bitte in die Spurensicherung und sieh nach, ob du da bei den Sachen zum Anoosh-Kapun-Fall ein Handy findest. Das brauch ich unbedingt.« Kurze Pause, dann: »Nein, ich kann das nicht selber machen, die Maier sabotiert uns grade. Wir sind in der Bäckerei gegenüber.«

Lorenz legte auf und erklärte: »Der hat in seinem Büro geschlafen. Er schaut nach und gibt uns gleich Bescheid.« Er brachte seinen Gips in eine angenehmere Position und fuhr fort: »Was die Eiderdammer betrifft, könnte es schon sein, dass die Maier sie gewarnt hat. Immerhin sind die beiden ja Busenfreundinnen. Aber ist das für uns im Moment überhaupt relevant? Wir sollten uns jetzt eher mal überlegen, wer da sonst noch mit drinhängen könnte, damit wir an die entführte Kleiner rankommen …«

»Wie wär's mit Manfred Krohneiser?«, überlegte Franzi. »Immerhin scheint der mit dem Altenberger gut Freund zu sein.«

»Dann hätte der ja auch auf dem ›Sternenhof‹ sein müssen, oder? Damit er dort Anoosh trifft und der ihm irgendeinen Grund gibt, ihn aus dem Weg zu räumen. Aber der Mann hat ja für Sonntag ein Alibi …«

»Es könnte ja auch so sein, dass der Krohneiser den Altenberger gebeten hat, den ungeliebten Schwiegersohn in spe zu entsorgen? Dass der von Anooshs Nebengewerbe wusste? Aber du hast schon recht, da sind ein paar Wenn und Aber zu viel drin … Wen haben wir denn noch?«

Ehe Lorenz antworten konnte, wurde er vom Summen seines Handys unterbrochen.

»Peter, wie sieht's aus?«, fragte Lorenz und lauschte ein paar Augenblicke. Dann bedankte er sich, legte wieder auf und sagte zu Franzi: »Ich hatt's fast befürchtet. Das Handy ist weg. Der Pentenrieder sagt, dass es nicht einmal in der Inventarliste auftaucht.«

Franzi riss die Augen auf. »Wie kann das denn sein? Wer hat

denn da alles Zugriff auf die Asservatenkammer? Ich war doch sogar dabei, als das Handy in den Computer eingetragen wurde!«

»Pentenrieder meint, er kümmert sich drum und schaut, was er noch herausfindet. Aber ich habe da schon so einen Verdacht. Denk an die verschwundene Akte mit der Schlägerei zwischen Anoosh und dem Krohneiser …«

»Scheiße, wir hätten uns echt eher mit dem Handy beschäftigen sollen. Was, wenn Altenberger glaubt, dass auf Anooshs Telefon belastendes Material drauf ist? Und er weiß, woher auch immer, von den Fotos, die die Kleiner gemacht hat. Also räumt er das Mädel aus dem Weg, ein Mitwisser weniger. Dann geht er her und will dich ausschalten, weil du ja Anooshs Handy gesehen hast!«

»Und warum bin dann nur ich Opfer der Anschläge? Warum nicht die ganze Familie Kapun oder auch du? Dein Haus hat keiner angezündet!«, ereiferte sich Lorenz.

»Vielleicht wusste der Täter nicht, wo ich wohne? Du warst wohl die bessere Zielscheibe. Und in deinem manipulierten Auto bin ich dringesessen. Aber stimmt schon, Sina und Pari Kapun müssten demnach auch ins Fadenkreuz geraten sein …«

»Wo warst du denn eigentlich in der Nacht von Donnerstag auf Freitag?«, entfuhr es Lorenz, und er schämte sich augenblicklich für seinen vorwurfsvollen Tonfall, den er mit unterschwelliger Eifersucht gewürzt hatte.

Aber Franzi schien der nicht aufgefallen zu sein, denn sie antwortete: »In der Inspektion, mit Pentenrieder die Fotos von der Kleiner analysieren. Ich wollte gerade heimfahren, als der Alarm losging.«

»Ach so …«, seufzte Lorenz erleichtert. »Die Frage ist doch: Hat Altenberger die Anschläge selbst verübt, oder hatte er Hilfe? Ich tippe fast auf Zweiteres …«

Er starrte aus dem Fenster. Er war so müde wie noch nie zuvor in seinem Leben. Seine Uhr behauptete, dass es schon kurz vor sieben war. Erste zaghafte Sonnenstrahlen schickten sich an, den feuchten Asphalt vor der Bäckerei zu trocknen. Plötzlich schossen drei Streifenwägen mit Blaulicht und Sirene vorbei, in einem von ihnen glaubte Lorenz, Kerschl und Lallinger gesehen zu haben.

»Wo die wohl hinfahren?«, fragte er müde.

»Kann uns eigentlich egal sein. Vielleicht sollten wir uns wirklich ein paar Stunden Ruhe gönnen«, antwortete Franzi und gähnte ausgiebig.

»Wenn ich mich jetzt hinlege und schlafe, stehe ich zwei Tage lang nicht mehr auf«, sagte Lorenz. »Ich laufe rüber ins Krankenhaus und sehe nach Frau Gruber. Du kannst dich bei mir im Büro ein wenig ausruhen, okay?«

»Einverstanden«, sagte Franzi und gähnte erneut.

Kurz darauf schlenderte Lorenz in Richtung Rosenheimer Kreiskrankenhaus. Das befand sich nur fünf Gehminuten von der Polizeiinspektion entfernt, und der kurze Spaziergang im Sonnenschein kitzelte wenigstens ein paar von Lorenz' Lebensgeistern wieder hervor. Was diese allerdings bitter bereuten, als er in die Krankenhausstraße einbog und sah, was sich vor dem Gebäude abspielte.

Die Polizeiwägen, die an der Bäckerei vorbeigerauscht waren, standen nun aufgereiht vor dem Haupteingang des Hospitals. Ihre Blaulichter drehten sich immer noch. Lorenz' Vorstellungskraft produzierte augenblicklich eine ganze Reihe von Schreckensszenarien, und alle kreisten um Frau Gruber.

Der Killer ist immer noch auf freiem Fuß und will beenden, was er begonnen hat, schoss es ihm durch den Kopf, und er begann zu laufen. Er stürzte an den Streifenwägen vorbei, schrie den einzigen bei den Autos verbliebenen Polizisten an, was hier los sei, wartete die Antwort allerdings gar nicht erst ab, sondern stürmte ins Treppenhaus und hinauf in Richtung Intensivstation. Er würde es sich niemals verzeihen können, wenn der alten Frau etwas zustieße. Zumal ihn seine Schuldgefühle ohnehin zerfraßen, weil er Frau Gruber in die ganze Sache mit hineingezogen hatte. Wenn er nicht wäre oder seine Arbeit besser gemacht hätte, würde sie jetzt nicht hier liegen und hätte nicht ihre geliebte Pension verloren!

Er stolperte, stieß mit seinem verletzten Arm schmerzhaft gegen das Treppengeländer und schrie auf. Doch er wollte sich keine Pause gönnen, rappelte sich wieder hoch und setzte seinen Aufstieg fort. Natürlich hatte er keine Pistole bei sich, und obwohl der kleine Teil seines Gehirns, der im Augenblick für logisches Denken zuständig war, ihm zurief, dass die anderen Polzisten sicherlich schon vor Ort waren, fühlte er sich nackt und hilflos. Er, der sonst jegliche Waffengewalt so verabscheute.

Endlich erreichte er keuchend wie ein alter Eicher-Traktor das richtige Stockwerk, stolperte durch die Doppeltür zur Intensivstation und – lief geradewegs dem völlig verdatterten Kerschl in die Arme. Dieser packte Lorenz instinktiv und hielt ihn fest. Erst da bemerkte Lorenz, dass er die ganze Zeit laut geschrien hatte.

»He, Lenz, was ist denn mit dir los?«, rief Kerschl.

Lorenz beruhigte sich ein wenig und sank in den Armen des dicken Mannes zusammen.

»Was macht ihr hier?«, fragte Lorenz mit zitternder Stimme. Und dann: »Wie geht es Frau Gruber?«

Kerschl wirkte verwirrt, noch verwirrter, als er ohnehin immer aussah. Zudem hatte auch er tiefe Ringe unter den Augen, roch nach Schweiß und schien stark übernächtigt zu sein.

»Gut geht's der, glaub ich. Den Umständen entsprechend halt.« Und dann erinnerte er sich an Lorenz' erste Frage und ergänzte: »Die Juffinger hat einen Kerl geschnappt, der den Swingerasylanten mit einem Kissen ersticken wollte. Deshalb sind wir da! Und du, was machst du hier?«

»Muss … Frau Gruber besuchen«, antwortete Lorenz unsicher und vergewisserte sich: »Dann seid ihr also gar nicht wegen ihr da?« Sein Kopf brummte, sein Arm schmerzte, und Kerschl verschwamm immer wieder vor seinen Augen.

»Nein, sind wir nicht. Wie g'sagt, wir haben einen Typen festgenommen, der den Anoosh Kapun abmurksen wollt«, wiederholte der Polizist geduldig.

Da fand Lorenz' Verstand endlich den Hebel, der die letzte Reservebatterie in ihm anzapfte, und der Schleier vor seinen Augen verschwand widerwillig.

»Fahrt den ja nicht in die Inspektion, ich will ihn an Ort und Stelle verhören, ist das klar?«

»Hier in der Intensivstation? Wir haben ihn grad runtergebracht …«

»Ja, dann unten in der Lobby halt. Auf jeden Fall muss ich sofort mit ihm sprechen! Richt alles her, ich komm gleich nach.«

Lorenz ließ Kerschl stehen und hastete den Gang hinab, bis er Frau Grubers Zimmer erreichte. Vorsichtig öffnete er die Tür und spähte ins Innere. Die alte Frau schlief in ihrem Bett und schnarchte dabei wie ein Mähdrescher bei der Maisernte. Erleichtert stellte er fest, dass Frau Gruber an keinerlei Maschinen mehr angeschlossen war.

»Sind Sie ein Angehöriger?«, erklang plötzlich ein Stimme hinter Lorenz. Sie gehörte einer älteren Krankenschwester mit gütigem Gesicht und dicker Hornbrille auf der Nase.

»In gewisser Weise«, antwortete Lorenz. »Ich bin – oder war – ihr einziger Pensionsgast. Wie geht es ihr?«

»Oh, sehr gut. Wir hatten vorhin einen langen Plausch, sie hat den Schock mittlerweile gut weggesteckt. Wir behalten sie auch nur noch heute für ein paar Untersuchungen hier. Wenn wir nichts Auffälliges finden, kann sie morgen gehen.«

Lorenz bat die Krankenschwester um Stift und Papier und notierte seine Handynummer.

»Hier«, sagte er zu der Krankenschwester. »Rufen Sie da an, wenn ich sie abholen kann.«

Dann machte er sich auf den Weg nach unten, wo Kerschl und Katrin Juffinger bereits auf ihn warteten. Hinter den beiden saß ein Mann mit blutiger Nase in einem Rollstuhl, an den er mit beiden Händen gefesselt worden war. Er mochte Mitte dreißig sein, hatte schwarzes lockiges Haar, ein schmales Gesicht und viel zu buschige Augenbrauen. Bekleidet war er mit einer Jeans und einem rot-blau karierten Flanellhemd.

»Juffinger, das haben Sie gut gemacht!«, lobte Lorenz zur Begrüßung. Er sparte sich ein »Ist er das?« und fragte stattdessen: »Was genau ist denn jetzt eigentlich passiert?«

»Dieser reizende Zeitgenosse …« Katrin Juffinger warf ihrem Gefangenen einen abfälligen Blick zu, »… hat gemeint, er müsse die kurze Zeit, in der ich meinen Wachposten verlassen habe, um aufs Klo zu gehen, nutzen, um den armen Anoosh umzubringen. Er hat aber nicht damit gerechnet, wie schnell ich für kleine Mädchen kann, und als ich zurückkam, hab ich ihn quasi auf frischer Tat ertappt. Hab ihm ordentlich eins auf die Nase gegeben, dem Bruder.«

Sie schwellte stolz ihre Brust, und Lorenz tat ihr den Gefallen und lobte sie noch einmal: »Bravo, hervorragende Arbeit!« Dann wandte er sich dem Gefangenen zu. »Und nun zu uns beiden Hübschen. Wie heißen Sie?«

»Geht dich einen Scheißdreck an, Bulle!«, blaffte der Mann und versuchte, Lorenz anzuspucken, verfehlte ihn jedoch um einen halben Meter. Lorenz sah sich um. Die Lobby des Krankenhauses war groß, hell und geräumig. Und wie leer gefegt.

»Dreht euch bitte mal schnell um«, sagte er zu seinen beiden Kollegen. Dann holte er aus und verpasste seinem Gegenüber mit seiner gesunden Hand eine schallende Ohrfeige.

»He, sind Sie wahnsinni–?« Weiter kam er nicht, denn Lorenz schlug gleich noch mal zu. Der Kopf des Mannes flog zur Seite, und Lorenz' Hand hinterließ einen deutlich sichtbaren Abdruck auf seiner Wange.

»Wollen wir noch mal neu starten?«, fragte Lorenz lächelnd, schüttelte das Gefühl in seine Hand zurück und sagte: »Wie heißen Sie?«

»Hubert Maurer. Und ich werde mich über Sie beschweren.«

»Da müssen Sie sich hinten anstellen. Warum wollen Sie Anoosh Kapun töten?«

»Der Kerl ist mir scheißegal. Ich hab's nur wegen der Kohle gemacht!«

»Dann sind Sie also ein Auftragskiller? Wie spannend, so jemanden habe ich bisher noch nie getroffen. Ich habe mir Leute Ihrer Zunft immer, nun ja, professioneller vorgestellt.«

»Ich bin kein Mörder. Ich brauche nur das Geld …« Der Mann sah zur Seite und bekam glasige Augen.

»Wer hat Sie beauftragt?«, wollte Lorenz wissen.

Hubert Maurer hob den Kopf. Zu Lorenz' Überraschung schien der Mann den Tränen nahe. Und er presste seine Lippen zusammen, bis sie nur mehr ein dünner Strich waren. Lorenz überlegte kurz, ob er ihn erneut schlagen sollte, entschied sich dann jedoch für eine neue Taktik. »Haben Sie etwas mit der Entführung einer gewissen Verena Kleiner zu tun?«

»Jetzt red schon, du Sauhund!«, platzte Kerschl plötzlich dazwischen und baute sich drohend vor Maurer auf, der sich nun mit einer Wand aus schwitzendem und wutschnaubendem Dorfpolizisten konfrontiert sah.

»Ruhig, Kerschl, ich bin sicher, der Hubert hilft uns jetzt, auch ohne dass wir ihm weiter wehtun, stimmt's, Hubert?«, fragte Lorenz.

»Ja …«, antwortete Maurer.

»Was, ja?«, fragte Lorenz und bemühte sich, nicht ebenfalls die Beherrschung zu verlieren.

»Ja, ich hab das Mädchen entführt«, flüsterte Maurer.

Lorenz packte ihn mit seiner gesunden Hand an der Schulter und schüttelte ihn.

»Wo ist sie? Ist sie noch am Leben?«, schrie er.

»Ihr fehlt nix, ehrlich. Die ist in meiner Waldhütte in Schechen«, stammelte Hubert Maurer, und nun rann ihm auch eine Träne über die Wange, die sich bis jetzt tapfer am Unterlid festgekrallt hatte.

Lorenz fackelte nicht lange. »Kerschl, mach ihn los und schlag ihn nieder, wenn er türmen will. Wir fahren jetzt alle sofort zu dieser Hütte und holen das Mädchen, auf geht's!«

Ein paar Minuten später brausten zwei Streifenwagen mit Blaulicht durch Rosenheim Richtung B 15. Im vorderen saßen der zornige Kerschl, der gefesselte und leise schluchzende Hubert Maurer und ein aufgeregter Lorenz, im hinteren Juffinger und Lallinger. Lorenz überlegte kurz, ob er Franzi anrufen sollte, entschied sich dann aber dagegen. Egal, wie das hier ausging, sie konnte eh nichts daran ändern, und er beschloss, sie schlafen zu lassen.

Stattdessen drehte er sich zu Maurer um und fragte ihn: »Wir beide dürften uns auch kennen, habe ich recht? Zumindest einseitig. Sie stecken hinter den Anschlägen auf mein Leben.«

Maurer zog einen Klumpen Rotz durch die Nase und stöberte irgendwo noch einen kleinen Rest Trotz auf, als er verbissen antwortete: »Ich muss Ihnen das nicht sagen. Sie können mir nichts beweisen!«

»Ist ja auch völlig wurst, weil ich Ihnen beweisen kann, dass Sie Anoosh Kapun umbringen wollten und Verena Kleiner entführt haben. Das reicht auch so schon für eine saftige Strafe. Außerdem finden wir bestimmt Spuren an den jeweiligen Tatorten, denn irgendetwas sagt mir, dass Sie sich nicht nur vorhin im Krankenhaus ziemlich blöd angestellt haben. Und dass ich überhaupt noch am Leben bin, spricht ebenfalls für meine Theorie. So wie ich das sehe, haben Sie zwei Möglichkeiten: Sie machen mir das Leben schwer und haben mich zum Feind. Und das sollte jetzt, wo ich Sie kenne und ich mich wehren kann, nicht Ihr erklärtes Ziel sein. Die zweite Möglichkeit ist, dass Sie sich äußerst kooperativ zeigen, und hier betone ich das ›äußerst‹. Dann verspricht Ihnen der Mann, den Sie zweimal versucht haben umzubringen, dass er sich Ihren Fall neutral ansehen wird. Verstehen wir uns?«

Lorenz hatte ganz ruhig gesprochen und Maurer dabei keine Sekunde aus den Augen gelassen. Der nickte nur stumm, und Lorenz fragte noch mal: »Also, wer steckt hinter alldem, wer hat Sie beauftragt?«

Hubert Maurer räusperte sich und antwortete: »Quirin Altenberger. Von ihm stammen die Anweisungen, was ich tun sollte.«

Lorenz hatte geahnt, dass die Antwort so ausfallen würde. Altenberger war nicht der Typ, der tagsüber in fremde Gärten hüpfte, um junge Mädchen zu entführen. So jemand machte sich nicht die Hände schmutzig. Da brauchte es schon Leute wie den Maurer.

»Hat er Ihnen gesagt, warum Sie die ganzen Taten für ihn verüben sollten?«, wollte Lorenz wissen.

»Ich hab nie gefragt. Ich brauchte einfach das Geld …«

Lorenz schluckte seinen wieder aufkeimenden Zorn hinunter und fragte: »Wann sind Sie dem Altenberger denn zuletzt begegnet?«

»Das ist schon ein paar Tage her, Donnerstag, glaub ich ... Seit ich nicht mehr im ›Schlachtrössl‹ arbeite, sehen wir uns nicht mehr so oft ...«, antwortete Maurer.

»Sie haben im ›Schlachtrössl‹ gearbeitet?«

»Ja, als Koch. Aber ich habe dieses ... Problem. Mit dem Alkohol, wissen Sie ...«

»Sparen wir uns das Drama für später auf, Herr Maurer. Wie weit ist es noch bis zu Ihrer Hütte?«, unterbrach Lorenz ihn.

»Wir sind gleich da, biegen Sie da vorne rechts ab ...«, entgegnete Maurer geknickt.

Sie hatten das Rosenheimer Ortsschild bereits vor einiger Zeit passiert, und Kerschl, der mit hundertdreißig Sachen die Überlandstraße entlangpreschte, stieg in die Bremsen. Der Wagen schlitterte bedrohlich und wäre beinahe ausgebrochen.

»Das nächste Mal bitte schön etwas früher, wenn's recht ist!«, blaffte er. Von der Hauptstraße aus führte ein holpriger Feldweg zu einem Wald.

»Immer weiter, ich sag an, wenn wir da sind«, versprach Maurer.

Sie mussten noch einmal abbiegen in einen kaum erkennbaren Pfad, der von der ohnehin schon schlecht befahrbaren Straße noch tiefer in den Wald zu führen schien. Dann öffneten sich die Bäume zu einer Lichtung, an deren Rand eine kleine Holzhütte kauerte.

»Das ist es«, sagte Maurer unnötigerweise, und Kerschl brachte den Streifenwagen vor dem Gebäude zum Stehen.

Als sie ausgestiegen waren, fragte Lorenz: »Wann waren Sie zuletzt hier?«

»Vorgestern ...«, antwortete Maurer leise. Auf der Lichtung war es vollkommen still, Sonnenlicht brach sich in den Baumwipfeln und ließ die Wassertropfen auf dem bodendeckenden Gras glitzern. Die Hütte wirkte leer und verlassen. Ein grausamer Verdacht machte sich in Lorenz breit, als er sich der Eingangstür näherte.

»Und Sie sind sich sicher, dass das Mädchen noch am Leben ist?«, fragte er Maurer.

Dieser antwortete: »Als ich das letzte Mal hier war, ging es ihr noch gut …«

»Frau Kleiner?«, rief Lorenz und erhielt keine Antwort. Die Hütte hatte kein Fenster, durch das er hätte ins Innere hineinsehen können. Die Tür war verschlossen.

»Schlüssel?«, forderte Lorenz.

»In meinem Wagen!«, stammelte Maurer.

»Kerschl, du bist dran«, befahl Lorenz.

Der massige Polizist walzte heran und warf sich mit einem Grunzen gegen die Holztür, die diesem Ansturm keinen Augenblick lang standhielt.

Was sie drinnen vorfanden, würde Lorenz noch lange verfolgen und brannte sich tief in sein Gedächtnis ein. Verena Kleiner hockte zusammengekauert in einer Ecke und glotzte die Eindringlinge verstört an. Es stank erbärmlich. Offensichtlich hatte Maurer seiner Geisel ein kleines Chemieklo zur Verfügung gestellt, das aber entweder längst voll war oder nicht richtig funktionierte. Die junge Frau hatte noch immer das Bikinihöschen an, in dem Lorenz sie schon damals im Garten gesehen hatte, dazu trug sie ein zu großes Hemd, das ihr offensichtlich Maurer gegeben hatte. Sie war barfuß, und an ihrem rechten Fußgelenk befand sich eine eiserne Schelle mit einer Kette, die an der Wand befestigt war und der Gefangenen nur genau so viel Bewegung ermöglichte, dass sie rüber zur Toilette gehen konnte. Ihre Finger und ihr Fußgelenk waren blutig gescheuert von ihren vergeblichen Befreiungsversuchen. Neben der Matratze, auf der sie kauerte, stand eine Kiste mit Keksen, Äpfeln und Wasserflaschen.

Lorenz ging vor Verena Kleiner in die Hocke und sprach mit sanfter Stimme auf sie ein: »Frau Kleiner, erinnern Sie sich an mich? Ich bin Kommissar Hölzl, und wir werden Sie jetzt hier herausholen. Sie haben es überstanden, alles wird gut!«

Anstelle einer Antwort fing das Mädchen hemmungslos zu schluchzen an, und Lorenz stand auf, um Juffinger und Lallinger

Platz zu machen, die mit der Befreiung der Studentin begannen. Lorenz stürmte hinaus, wo Hubert Maurer, von Kerschl an der Schulter gehalten, stand und zitterte. Sein Antlitz war ein Aquarell aus roten Flecken und Furchtpigmenten. Sich mit dem wutschnaubenden Lorenz konfrontiert sehend, rief er, noch ehe der Kommissar die entsprechende Frage stellen konnte: »Der Altenberger hat mir befohlen, sie umzubringen! Aber ich konnte es nicht! Ich konnte es einfach nicht!« Er fiel auf die Knie, und dann brachen auch aus Maurer wieder die Tränen hervor, und er stammelte nochmals: »Ich konnte es nicht …«

Lorenz widerstand seinem dringenden Wunsch, dem Mann mit dem Fuß ins Gesicht zu treten, und massierte sich stattdessen die Schläfe.

»Kerschl, pack das Schwein ins Auto. Ich will nicht, dass die arme Kleiner den noch mal sehen muss, wenn sie gleich rauskommt. Und dann verschwinden wir von hier. Es gibt da noch ein paar Fragen, auf die ich jetzt dringend Antworten brauche.«

Das ewige Lied

Montag, die Nacht nach der Orgie im »Sternenhof«

Anoosh erwachte, und weiß glühender Schmerz schoss durch seinen Körper. Sein Kopf fühlte sich an, als hätte ihm jemand mit einem Hammer auf den Schädel gehauen. Vorsichtig tastete er nach seinen Haaren, und als er seine Hand zurückzog, war sie voller Blut. Zum Schmerz hinzu kam eine schier unerträgliche Hitze. Er schwitzte, wie er noch nie zuvor in seinem Leben geschwitzt hatte. Was war nur geschehen? Hektisch blickte er sich um und stellte überrascht fest, dass er sich am Boden einer mit Holz vertäfelten Sauna befand. Nackt. Um ihn herum waren leere Holzbänke, ein Ofen, sonst nichts.

Er konnte nicht aufstehen, sosehr er es auch versuchte, er war zu schwach, und seine Arme gaben nach. Durst, er hatte solch wahnsinnigen Durst! Sein Mund fühlte sich an, als wäre er aus Pappe, die Zunge war dick und taub, er konnte nicht mehr schlucken, und seine Lippen brannten wie verrückt!

Irgendwie schaffte er es, sich umzudrehen, und entdeckte an der Wand über ihm ein Thermometer. Es zeigte fast hundert Grad! Hektisch versuchte Anoosh, sich zu erinnern. Wie war er nur hierhergekommen? Joram. Anoosh war ihm gefolgt, hatte überrascht festgestellt, dass der Wellnessbereich bereits wie leer gefegt war.

Anscheinend hatte er doch länger geschlafen als gedacht, und er erinnerte sich auch, Joram eine entsprechende Frage gestellt zu haben. Irgendeine Vorführung sei oben, meinte dieser, als sie die Sauna erreicht hatten. Ab dann verblassten Anooshs Erinnerungen und wurden zu einem verschwommenen Dunst. Aber eigentlich spielte es im Moment gar keine große Rolle, *wie* er hierhergelangt war. Viel wichtiger war es nun, sich zu befreien. Irgendwie musste er die Tür aufbekommen.

Er versuchte, sich am Türrahmen hochzuziehen, und prallte schmerzerfüllt zurück. Das Holz war glühend heiß! Gleichzeitig merkte er, dass die Haut an seinen Beinen und an seinem Bauch rot wurde und zu brennen begann. Das Gefühl, sofort etwas trinken zu müssen, wurde übermächtig. Anooshs Instinkte übernahmen nun das Kommando. Er biss die Zähne zusammen und versuchte noch einmal, sich am Rahmen hochzuziehen. Unter größter Anstrengung erreichte er den Türgriff. Dieser schien ebenfalls aus reinem Feuer zu bestehen, und als Anoosh ihn berührte, hörte er ein lautes Zischen. Er unterdrückte den Impuls, seine schmerzende Hand zurückzureißen, und zog stattdessen am Griff. Doch die Sauna war verriegelt! Der Türgriff bewegte sich zwar, aber die Tür selbst blieb verschlossen, als wäre sie von außen blockiert.

Wimmernd sank Anoosh zurück und presste seine Hand, von der sich die Haut in Fetzen ablöste und blutiges Fleisch freigab, gegen die Brust. Er wollte schreien, doch aus seiner ausgedörrten Kehle entwich kein Laut. Er drehte sich noch einmal unter größter Anstrengung um und drosch mit den Füßen gegen die Tür. Mehr als ein dumpfes Pochen brachte er allerdings nicht zustande.

Überrascht stellte Anoosh fest, dass er nicht mehr schwitzte. Als hätte sein Körper allen Schweiß bereits verbraucht. Es gab nichts mehr, was ihm Kühlung verschaffen konnte. Jetzt fiel ihm auch das Atmen schwer, die heiße Luft verbrannte seine Schleimhäute und trübte seine Augen.

Langsam setzte das Delirium ein. Anoosh kauerte sich am Boden zusammen, schutzlos der Hitze ausgeliefert. Das Letzte, was er sah, als er endlich in eine gnädige Ohnmacht fiel, war ein weißer flimmernder Punkt, der rastlos vor seiner Nase herumtanzte.

Buchstabennudelsuppenwahrheit

Montag, Tag 8 nach der Orgie im »Sternenhof«

»Und du glaubst, dass ich dir das jemals verzeihe, dass du mir nicht Bescheid gesagt hast?«, fragte Franzi am Telefon.

Sie schien tatsächlich verstimmt zu sein. Lorenz hatte sie auf der Fahrt zurück in die Inspektion angerufen, um seine Ankunft vorzubereiten. Er wollte Maurer ohne Umwege zu Altenberger bringen und die beiden miteinander konfrontieren.

»Die letzten zwei Stunden waren noch mal die Hölle, meine Liebe. Sei froh, dass dir das erspart geblieben ist …« Tatsächlich wunderte sich Lorenz, dass er immer noch aufrecht stand und nicht längst vor Erschöpfung zusammengebrochen war. Ihm dämmerte, dass er für die geliehene Energie teuer bezahlen würde.

Als sie die Inspektion erreichten, wartete Franzi schon am Eingang.

»Die Maier ist noch nicht da, wir müssen uns beeilen!« Sie warf Maurer einen angewiderten Blick zu und übernahm die Führung Richtung Gefängnistrakt.

»Pack ihn da rein«, sagte Lorenz zu Kerschl und deutete auf den Verhörraum. »Wir holen den Altenberger.«

Er folgte Franzi zu den Zellen. Es handelte sich um einfach ausgestattete kleine Räume mit Bett, WC und Waschbecken. Durch einen Schlitz in der Tür konnte man ins Innere gucken und sehen, was der Häftling gerade trieb. Altenberger lag auf seinem Bett und blätterte in einem alten Magazin. Er trug jetzt kein Kostüm mehr, sondern einen schlichten blauen Zweiteiler, in dem der Mann viel von seiner Diabolik einbüßte.

»Altenberger, aufstehen, Sie haben Besuch!«, rief Lorenz, und der diensthabende Wärter öffnete die Zellentür.

»Oh, ich hatte mich schon gefragt, wann ich euch wiedersehe. Besonders über dich freue ich mich«, sagte Altenberger zu Franzi. »Schmerzt die Wange noch?«

»Nein, Sie haben ja nur wie ein Mädchen zugeschlagen, Joram«, antwortete sie.

Lorenz ballte die Faust. »Reißen Sie sich zusammen, Mann. Raus jetzt hier und mitkommen!«, blaffte er.

Altenberger trat gehorsam aus seiner Zelle und ließ sich vom Wachmann zum Verhörraum führen.

Lorenz öffnete die Tür und machte mit seinem Gips eine einladende Geste. »Hereinspaziert, die Örtlichkeit kennen Sie ja bereits.« Zufrieden nahm Lorenz Altenbergers sichtlich verwirrten Gesichtsausdruck zur Kenntnis, der schlagartig gefror, als er erkannte, wer da an einen Stuhl angekettet auf ihn wartete.

»Ich kenne diesen Mann nicht. Was soll das hier alles?«, fragte Altenberger nervös.

Hubert Maurer stierte ihn aus rot geränderten Augen an. »Aber ich kenn *dich*, Quirin«, sagte er ruhig und betonte jedes einzelne Wort.

»Das ist keine Kunst. Ich bin hier schließlich sehr bekannt. Und nicht blöd, ich weiß, was hier läuft. Ich möchte sofort hier raus, Sie können mich nicht zwingen, hier zu sein.«

»Technisch gesehen können wir das sehr wohl«, behauptete Lorenz. »Was haben Sie sich denn jetzt plötzlich so?«

»Quirin, ich gebe auf«, unterbrach Maurer ihn. »Ich werde ihnen alles erzählen. Ich hab nichts mehr zu verlieren.«

»Einen Teufel wirst du!«, schrie Altenberger und versuchte vergeblich, sich loszureißen und auf seinen ehemaligen Koch einzuschlagen. »Denk an deine Frau, du Penner!«

»Die hat es ohne mich doch eh viel besser«, seufzte Maurer resigniert.

»Das genügt«, fuhr Lorenz dazwischen. »Kommissarin Graßmann, führen Sie ihn bitte ab!« Er deutete auf Hubert Maurer.

Franzi setzte sich wortlos in Bewegung, öffnete Maurers Handschellen und lotste ihn nach draußen.

»Und nun zu uns«, knurrte Lorenz. »Hinsetzen!«

Altenberger gehorchte und ließ sich auf den Stuhl sinken, auf dem eben noch Maurer gesessen hatte.

»Sie wollten mich also umbringen lassen«, sagte Lorenz, der nun vor Altenberger auf und ab patrouillierte. »Wissen Sie, wie ich das finde? Nein, halt, ich beantworte mir die Frage selbst.

Ich finde das nicht gut, nein, ganz und gar nicht gut. Tatsächlich fehlen mir gerade die Worte, um zu beschreiben, *wie* ganz und gar nicht gut ich das finde.«

Lorenz hatte ganz leise gesprochen. Eine wunderliche Ruhe erfüllte ihn. Er spürte, dass ihm nur noch ein letztes Puzzleteil fehlte, und das würde ihm dieser Mann liefern. Er hatte den Mann, der Anoosh zu töten versucht hatte. Und den larmoyanten Möchtegernkiller, der versucht hatte, ihn und Franzi zu ermorden, den hatte er jetzt auch. Das entführte Mädchen war in Sicherheit. Er war es auch, genauso wie Frau Gruber und Franzi. Jetzt hatte er Zeit. Dieser widerliche Typ vor ihm war der Schlüssel zu diesem Fall. Und nun wollte er herausfinden, ob er das richtige Schloss gefunden hatte.

»Sie haben verdammtes Glück, dass alle Ihre Anschläge fehlgeschlagen sind und jeder Ihren gemeingefährlichen Wahn überlebt hat. Wie haben Sie Anooshs Handy aus der Asservatenkammer der Inspektion verschwinden lassen?«

Altenbergers Blick wurde wirr, als er versuchte, Lorenz' Gedankensprung zu folgen. Dann erhellte sich seine Miene, und das böse Lächeln kehrte auf seine Lippen zurück.

»Das wüssten Sie gerne, Sie Superbulle, stimmt's? Schaun wir mal, ob Sie so klug sind, wie Sie glauben. Ich wiederhole mein Angebot, das ich bereits Ihrer Vorgesetzten unterbreitet habe: Sicherlich können wir beide eine Vereinbarung treffen.«

»Wissen Sie was, ich hab's mir anders überlegt. Sie können mich mal kreuzweise. Ich hab gegen Sie mehr als genug in der Hand. Zum Mordversuch an Anoosh Kapun kommt jetzt noch die Anstiftung zum Mord. Und jene zur Brandstiftung. Für Sie zur Erinnerung und weil ich einen ähnlichen Fall unlängst erst zu lösen hatte: Anstiftung zum Mord zählt nach deutschem Recht genauso, als ob Sie selbst die Tat verübt hätten. Oder mit anderen Worten, Sie sind am Arsch.«

Lorenz tat, als ob er gehen wollte, und Altenberger beeilte sich, zu rufen: »Jetzt warten Sie doch mal, vielleicht –«

In diesem Moment wurde die Tür zum Verhörraum aufgerissen, und eine wutschnaubende Polizeidirektorin Maier schwappte herein, als hätte jemand einen Eimer Putzwasser verschüttet.

»Was zum Geier geht hier vor?«, schrie sie aufgebracht. Und dann: »Hölzl, sofort raus hier!«

»Aber …«, protestierte Lorenz.

»Raus! Raus, habe ich gesagt!«

Hinter der Direktorin stand Franzi und hob hilflos die Hände. Zwei uniformierte Polizisten, an deren Namen sich Lorenz nicht erinnern konnte, hatten Maier begleitet und warteten auf Anweisungen. »Schafft den Gefangenen zurück in seine Zelle«, ordnete Lorenz' Chefin an, und die zwei Polizisten setzten sich in Bewegung. An Lorenz' und Franzis Adresse gerichtet sagte sie: »Und ihr zwei Komiker folgt mir in mein Büro, jetzt gleich!«

»Such Lallinger!«, flüsterte Lorenz dem verunsicherten Kerschl, der das Ganze stumm mitverfolgt hatte, ins Ohr. »Postiert euch vor Maiers Büro!«

Dann beeilte er sich, mit Franzi und seiner Vorgesetzten Schritt zu halten. Als sie schließlich das Büro der Direktorin erreichten, diese die Tür hinter ihnen geschlossen und sich in ihren knarzenden Sessel hatte plumpsen lassen, geschah etwas Ungewöhnliches. Maier ließ ihre Maske fallen. Die Gesichtszüge entglitten ihr, und plötzlich war sie nur noch eine ältere, sehr müde Frau in einem kalt eingerichteten Zimmer, die an einem lieblosen Schreibtisch saß. Sie trommelte nervös mit den Fingern auf der Tischplatte, doch Lorenz hütete sich, auch nur ein Wort zu sagen. Franzi tat es ihm Gott sei Dank gleich.

Nachdem die Stille fast schon unerträglich geworden war, begann Maier zu reden.

»Erna Eiderdammer ist meine Freundin. Ich musste es tun, für Sie.«

»Was mussten Sie tun …?«, fragte Lorenz vorsichtig nach.

»Das Handy verschwinden lassen, das Sie bei den Kapuns sichergestellt haben. Der Junge hat damit Fotos von einer Orgie gemacht, an der er und Altenberger beteiligt waren. Und damit hat er dann versucht, Altenberger zu erpressen. Den Rest der Geschichte kennen Sie ja«, antwortete die Polizeidirektorin.

»Sie haben die ganze Zeit über gewusst, wer Anoosh und uns umbringen wollte?«, platzte es aus Franzi heraus.

»Nein, natürlich nicht.« Maier hob beschwichtigend die Hände. »Ich konnte nur Vermutungen anstellen …«

»Und was hat die Eiderdammer damit zu tun?«, wollte Lorenz wissen.

»Nichts. Gar nichts. Die ist nur zwischen die Zahnräder geraten. Altenberger hat sie damit erpresst, dass er ihre Teilnahme an den Swingerpartys publik machen würde, wenn sie ihm nicht hilft. Das wäre für sie politischer Selbstmord. Ich weiß, dass Sie das nur schwer verstehen können, wenn überhaupt, aber ich musste es tun. Ich liebe diese Frau.«

Lorenz und Franzi klappten gleichzeitig die Kinnladen herunter. Bilder stiegen in Lorenz' Vorstellung auf, Bilder, die er niemals sehen wollte. Er schüttelte sich, dachte intensiv an Hundewelpen und stammelte: »Sind Sie beide, sind Sie, nun ja, ähm …?«

»Lesbisch?«, soufflierte Maier ihm. »Ja, sind wir. Wir lieben uns.«

»Dann waren Sie es auch, die Frau Eiderdammer bei unserem Einsatz gestern gewarnt hat, stimmt's?«, vermutete Franzi.

»Ja. Sie haben es mir nicht leicht gemacht. Jeder andere hätte so eine Aktion mit mir abgesprochen, hätte sich die nötigen Genehmigungen eingeholt.« Sie richtete den Blick auf Lorenz. »Aber nicht Sie. Nein. Sie sind Kommissar Hölzl, mit seinen eigenen Regeln und Moralvorstellungen, stimmt's? Und Sie sind schwieriger in Schach zu halten als ein Rudel Italiener auf dem Oktoberfest.« Sie seufzte und sprach weiter: »Ich habe Erna hundertmal gesagt, dass sie es mir gleichtun und nicht mehr auf die offiziellen Feste der Gemeinschaft gehen soll. Aber da hört sie einfach nicht auf mich.«

Lorenz dämmerte plötzlich etwas, und er fragte: »Frau Maier, warum erzählen Sie uns das alles?«

Die Direktorin räusperte sich und antwortete nervös: »Weil ich Ihre Hilfe brauche. Ich hätte gerne, dass diese Geschichte unter uns bleibt. Niemand muss diese lästigen Details wissen.

Sie haben den Fall gelöst, Altenberger und seinen Handlanger gefasst. Das werden wir groß feiern und an die Medien geben. Sie sind beide Helden. Alles, worum ich Sie bitte, ist, dass Sie Erna und mich außen vor lassen und das verschwundene Handy einfach ignorieren. Okay?«

Lorenz drehte den Kopf zu Franzi. Die sah ihm ebenfalls in die Augen, und obwohl seine Partnerin weder den Kopf schüttelte noch nickte, wusste er, wie sie entscheiden würde. Er stand auf, ging zur Bürotür und öffnete sie.

Dann verkündete er: »Frau Kriminaldirektorin Maier, Sie hätten unsere Hilfe gerne in Anspruch nehmen dürfen, und zwar in dem Moment, als Sie von der Erpressung erfuhren. Das wäre der Zeitpunkt gewesen, an dem jeder vernünftige Mensch um Hilfe gebeten hätte. Weil Sie das nicht getan haben, machen Sie sich nicht nur der Behinderung einer polizeilichen Ermittlung schuldig, sondern, und das nehme ich Ihnen sehr persönlich, Sie tragen auch Mitschuld an den Anschlägen auf mein Leben, das von meiner Partnerin sowie auf das von Anoosh Kapun, Frau Gruber und Verena Kleiner. Wenn Sie glauben, dass das keine Konsequenzen für Sie haben würde, haben Sie sich ordentlich geschnitten. Kerschl, Lallinger, ihr könnt reinkommen.« Und als die beiden Polizisten das Büro betreten und sich vor Lorenz aufgereiht hatten, befahl er: »Bitte nehmt Johanna Maier fest.«

Die Direktorin protestierte nicht. Erhobenen Hauptes schritt sie an der Seite von Kerschl und Lallinger aus ihrem Büro und würdigte Lorenz und Franzi keines weiteren Blickes mehr.

Und mit dem Verschwinden seiner Chefin senkte sich die bleierne Müdigkeit über ihn.

Und Lorenz wollte nur noch eines: schlafen.

Rahmenbedingungen für eine Entspannung

Freitag, 2 Monate nach der Orgie im »Sternenhof«

Es war kein guter Tag für das Spanferkel gewesen. Seit nunmehr acht Stunden brutzelte es über einem Feuer vor sich hin, seine saftigen Schwarten waren kross braun gebraten, und sein Fett tropfte zischend in die Glut. Nun kam auch noch Bernhard Eibl und schnitt mit einem scharfen Messer große Brocken aus seinem Bauch heraus. Er schaufelte sie auf eine silberne Platte und wuchtete sie zum reich gedeckten Tisch vor der Baustelle von Frau Grubers neuer Pension. Dort leisteten sie dicken Knödeln, Schüsseln voller Salat und heißen Soßenkannen Gesellschaft. Bierkrüge wurden herumgereicht, geleert und aus einem großen Fass wieder gefüllt, und sogar ein Blaskapellen-Quintett hatte sich eingefunden, um den Schmaus musikalisch zu untermalen.

Auf dem First des neuen Hauses thronte ein kleiner, mit bunten Bändern geschmückter Tannenbaum. Das Richtfest war bereits in vollem Gange, und die alte Pensionswirtin hatte nicht nur sämtliche Handwerker und all ihre Freunde eingeladen, sondern auch die komplette Feilnbacher Feuerwehr.

Seit dem Vorfall auf dem »Sternenhof« waren nun fast acht Wochen vergangen. Dass sich Frau Grubers neue Pension nun schon aus den Ruinen ihrer verbrannten Vorgängerin erhob, war dem wundersamen Zusammenspiel einer ganzen Reihe günstiger Faktoren zu verdanken. Weil sich Hubert Maurer der Brandstiftung schuldig bekannt hatte, bewilligte die Feuerversicherung anstandslos den umgehenden Neubau des Gebäudes. Sie gestattete Frau Gruber sogar einige bauliche Änderungen. Für diese hätte es auch der Zustimmung des Bauausschusses des Gemeinderats bedurft, die Bürgermeisterin gab allerdings persönlich grünes Licht, schon bei der mündlichen Anfrage von Frau Gruber. Möglicherweise hatte das etwas damit zu tun, dass Lorenz sich entschlossen hatte, Erna Eiderdammer zu verschonen. Zumindest hatte er sie bislang nicht wegen ihrer Verstrickung in den »Dirndl Swinger«-Fall, wie die Presse die

Ereignisse getauft hatte, angesprochen. Ein wenig Vitamin B in diesen Kreisen konnte sicherlich nicht schaden, schließlich war das hier immer noch Bayern.

Als drittes Wunder musste man das Phänomen werten, dass Frau Gruber sofort nach der Ausschreibung Handwerker für alle anfallenden Arbeiten fand. Als Lorenz sich eines Tages verwundert danach erkundigte, erfuhr er, dass die Arbeiter dafür eine andere Baustelle, nämlich einen Anbau am »Sternenhof«, ruhen ließen. Auf Anordnung des Bauherrn Alexander Barranow.

Lorenz war das recht. Sollte der Russe nur ein schlechtes Gewissen haben. Immerhin hatte die Affäre für ihn ebenfalls keine weiteren Konsequenzen gehabt. Mehr noch, er war mit der Festnahme Altenbergers seinen ärgsten Widersacher losgeworden. Im Prozess gestand Altenberger nämlich, dass er mit dem Mord an Anoosh Kapun ja zwei Fliegen mit einer Klappe geschlagen hätte. Einerseits wäre er den unliebsamen Erpresser losgeworden, und als schönen Beifang hätte er andererseits noch den Rufmord Barranows und seiner Neuausrichtung des »Sternenhofs«, den er als Konkurrenz für sein »Schlachtrössl« einstufte, herbeigeführt.

Nun, Zweiteres hatte er wohl trotzdem erreicht, zumindest den Presseberichten nach zu urteilen, die die regionalen Medien nach Bekanntwerden des Falles überfluteten. Aber Alexander Barranow gehörte nicht zu den Naturen, die sich so leicht aus der Bahn werfen ließen, und er zog stoisch weiter sein Ding durch. Und zumindest von behördlicher Seite hatte er keine Stolpersteine mehr zu erwarten.

»Magst du noch Krautsalat, Herr Polizist?«, fragte Madra Malki und hielt Lorenz eine volle Schüssel unter die Nase. Er hatte die sympathische Asylbewerberin vor ein paar Wochen mit Frau Gruber bekannt gemacht, und für die beiden Frauen war es Liebe auf den ersten Blick gewesen. Seither führten sich die zwei alten Damen auf wie pubertierende Mädchen, die im Körper zweier ausgewachsener Glucken gefangen waren, und wechselten fließend zwischen entnervender Albernheit und ganzheitlicher Fürsorge gegenüber Lorenz und allen, die sie unter ihren Fittichen haben wollten.

»Nein danke, Madra, ich platze schon, bevor ich überhaupt auch nur ein Stück Spanferkel verputzt habe. Und die Sauerei will ich dir nicht zumuten. Wie geht's denn Anoosh?«

Madras Gesicht wurde ernst.

»Besser«, antwortete sie. »Langsam geht es bergauf mit ihm. Immerhin dürfen seine Mutter und seine Schwester vorerst in Deutschland bleiben, die Berichte in Zeitung und Fernsehen waren da ganz hilfreich. Aber es wird noch eine ganze Weile dauern, bis Anoosh wieder auf die Beine kommt. Bist du sischer, dass du kein Kraut mehr willst? Rosa, der Bube sagt, er sei schon satt, ich glaub, dem schmeckt's nicht!«

»Lenz, du musst mehr essen, du fällst mir sonst noch vom Fleisch!«, rief Frau Gruber vom anderen Ende des Tisches herüber.

»Jetzt schwächel hier nicht herum!«, rief Bernhard Eibl, der sich neben Lorenz gesetzt und ein großes Stück Fleisch auf seinen Teller geladen hatte. »Stoß lieber mit mir an!«

Er hob sein Bierglas, und auch Lorenz ergriff seinen Krug. Glas klirrte, Bier rann Kehlen hinab, und der Kurdirektor sagte: »Hast du schon gehört, dass der Krohneiser von seinem Posten als Gemeinderat zurückgetreten ist? Aus persönlichen Gründen ...«

»Mir tut's eigentlich nur um seine Tochter leid«, antwortete Lorenz. »Die hat ja die Arschkarte gezogen mit den Männern in ihrem Leben.« Er blickte auf seinen Arm. Seit ein paar Tagen konnte er wieder ohne Bandagen herumlaufen. An seinem Unterarm verlief eine große rote Narbe, die Muskeln waren schwach und ausgemergelt und die Haut fahl, aber immerhin würde er keinen bleibenden Schaden davontragen.

Er musste an seine ehemalige Chefin denken. Auch Johanna Maier hatte bei ihrer Verhandlung alles gestanden, was ihr vorgeworfen worden war. Alles, außer dass sie den Polizeibericht der Schlägerei zwischen Anoosh Kapun und Hubert Krohneiser hatte verschwinden lassen. Das wollte sie nicht verantworten, und am Ende konnte es ihr auch nicht nachgewiesen werden. Irgendwer hatte da sehr sauber gearbeitet und noch gründlicher seine Spuren verwischt.

Da fiel Lorenz etwas ein: »Apropos Arschkarte, wie geht's dir denn eigentlich mit den Nachwehen aus dem ›Dirndl Swinger‹-Fall?«

Der Kurdirektor zuckte mit den Schultern und genehmigte sich einen großen Schluck Bier. Dann antwortete er: »Weißt, ich kann's eh nimmer ändern. Ich seh des jetzt wie eine Achterbahn, die Bügel sind unten, Aussteigen ist nicht mehr, mir bleibt alleine noch die Entscheidung, ob ich die Fahrt genieße oder eben nicht. Nun sind wir dank der Medien eben das ›sündige Dorf‹. Aber möglicherweise ergeben sich genau daraus die dringend nötigen neuen Impulse, um die Feilnbacher endlich aus ihrer Lethargie herauszureißen. Vielleicht sollten wir doch von den Äpfeln auf Hanfanbau umschwenken.«

»Was sagt denn eigentlich die Bürgermeisterin zu der ganzen Geschichte?«

»Die hält sich bedeckt, verweigert Interviews und Presseanfragen. Sie hat halt Angst, dass der Strudel sie mitreißt. Was auch berechtigt ist, wenn man bedenkt, wie tief sie in der Sache mit drinsteckt. Vielleicht wäre es aber auch gar kein so blöder Schachzug, gerade jetzt mit offenen Karten zu spielen und das Beste aus der Situation zu machen.«

»Ach geh. Das wird gehandhabt wie immer in der Politik: Gras drüber wachsen lassen und derweil hoffen, dass bald die nächste Sau durchs Dorf getrieben wird.«

»Wenn wir nun schon bei der Sau sind …«, sagte Eibl und angelte sich ein weiteres Stück Spanferkel. Hinter ihnen tobten seine Kinder durch den Garten und spielten mit ihren neuen Freunden aus dem Asylantenheim. Dabei war es ihnen völlig egal, dass viele der Flüchtlinge noch gar nicht Deutsch konnten, sie unterhielten sich einfach mit Händen und Füßen und in der universalen Sprache des Lachens.

»Wir könnten so viel von unseren Kindern lernen …«, seufzte der Kurdirektor.

Lorenz legte seinem Freund den Arm um die Schulter. »Kopf hoch, mein Freund. Wir Alten und Uneinsichtigen haben nur noch eine überschaubare Haltbarkeit.«

Bernhard Eibl lächelte, und beide sahen ein paar Augenblicke lang einträchtig schweigend den Kindern bei ihrem Spiel zu.

»Nimmst jetzt den Job eigentlich an?«, fragte Eibl plötzlich.

Lorenz wand sich ein wenig hin und her, ehe er schließlich antwortete: »Ich hab mich noch nicht entschieden. Kann's mir immer noch nicht so recht vorstellen, auch wenn das Angebot schon sehr verlockend ist.«

»Dann tu's! So was fällt einem nicht umsonst zu, das weißt doch!«

Lorenz setzte seine Brille ab und rieb sich die Augen. »Ja, ich weiß schon … aber ›Polizeidirektor Hölzl‹, das ist so ein großes Wort …«

»Ach geh!«, widersprach Eibl. »Außerdem gibt es da noch jemanden, dem das sicherlich sehr gefallen würde …«

Als er das gesagt hatte, legten sich von hinten zwei schlanke Arme um Lorenz' Hals. Schöne Arme, nackt und mit weicher Haut.

»Über was debattiert ihr Helden denn schon wieder so angestrengt?«, fragte sie und schmiegte sich an Lorenz' Rücken.

»Über die prestigeträchtige und dringend ausstehende Beförderung deines Freundes«, antwortete Eibl.

Franzi duftete wie eine Wildblumenwiese, frisch und leicht nach Sommer, und wenn sie ihm so nahe war, fielen sämtliche Lasten von Lorenz ab, und Schmetterlingsschwärme stoben durch seine Brust. Seine Welt hatte aufgehört zu rotieren, und er verspürte tiefe Dankbarkeit.

Als Franzi sein Gesicht in beide Hände nahm und ihm einen innigen, langen Kuss auf die Lippen drückte, war nichts mehr sonst von Belang.

Danksagung

Einen von Herzen kommenden Dank spreche ich an dieser Stelle allen aus, die dieses Buch möglich gemacht haben. Dazu gehören neben den Unterstützern, Käufern und Fans des »Dirndl Pornos« auch jene, die den Mut hatten, sich in der Öffentlichkeit hinzustellen und ihren Unmut kundzutun. Denn am Ende haben beide Parteien dazu beigetragen, dass der »Dirndl Porno« solch ein Erfolg geworden ist, und der wiederum hat mich motiviert, einen zweiten Teil zu schreiben.

Ganz besonders bedanke ich mich bei meinen Freunden und meiner Familie. Sie alle mussten sich viel zu oft anhören, dass ich gerade keine Zeit für dieses oder jenes habe, weil ich doch unbedingt mein Buch fertig schreiben müsse. Aber das Selbstmanagement läuft mittlerweile runder, und für den Abschluss der Hölzl-Trilogie gelobe ich Besserung!